邊荒傳說

卷09

黃易

異俠大系

新編完整版

邊荒傳說

卷09

目錄

第一章　真龍不死

高彥來到西門大街卓狂生的說書館大門外，對面就是紅子春的洛陽樓，除說書館外，這一帶的七、八棟樓房，均屬紅子春的物業，令紅子春成爲夜窩子的大地主。

卓狂生的說書館，像大多數夜窩子內的青樓賭場般仍未重新開業。道理淺顯，因爲荒人囊內缺金，開門做生意，只會落得門可羅雀的局面，所以精明的荒人都按兵不動，以免耗費燈油之餘，還得支付工資。

邊荒集確實亟需一個振興經濟的大計。

踏入說書館的大堂，可容百人的空間只有卓狂生一人，正對著一排排的空凳子伏案疾書，感覺挺古怪的。

卓狂生停筆往他瞧來，哈哈笑道：「高小子你來得正好，我剛爲你那台說書寫好章節牌。」

高彥趨前一看，見到案上放著五、六塊呈長形的木牌子，其中一塊以硃砂寫著「小白雁之戀」五個紅色的大字。這些牌子會掛在說書館大門處，讓來聽說書的人曉得有哪幾台書，有所選擇。

高彥失聲道：「你這傢伙聾了嗎？我說過還須好好的想清楚。他奶奶的！你的絕世蠢計一定行不通，只會害死我，更會氣得小白雁最後謀殺親夫。」

話說完伸手把「小白雁之戀」的大牌子搶到手上去。

卓狂生並沒有阻止他，撫鬚笑道：「小子你給我冷靜點，我想出來的辦法，從來沒有行不通的。

想想吧！當小白雁怒氣沖沖不惜千里來找你算賬，發覺原來是一場誤會，化嗔怒爲狂喜，你說有多麼動人。」

高彥舉起手中木牌子，苦笑道：「這也有誤會的嗎？連物證都有了。她會認定我是卑鄙小人，竟出賣她的私隱來賺錢。我敢肯定她除謀殺親夫外，還會把你的說書館拆掉。你害我，也害了自己。」

卓狂生欣然道：「放心吧！技巧就在這裡，我這個計畫分作兩方面，首先是如何把小白雁氣得暴跳如雷，非來邊荒集尋你晦氣不可。令她完全失去自制力。」

高彥往後移，捧著牌子頹然在前排凳子正中處坐下，唉聲嘆氣道：「你愈說老子愈心驚膽跳，你這樣胡搞下去，最後只會砸了我和小白雁的大好姻緣。」

卓狂生瞪眼道：「聽書要聽全套，不要這麼快下定論。你奶奶的，到兩湖去是無可選擇的最後一著，可選擇的話，當然是引她這大小姐到邊荒集來，只有在邊荒集你才可以爲所欲爲、胡天胡地。如果在兩湖，不論小白雁如何愛你，怎也要顧及聶天還的顏面，不敢逾軌，明白嗎？更大的可能性是老聶封鎖了消息，根本不讓她曉得你到兩湖去找她，用雲龍把她載往無人荒島，讓我們兩個傻瓜撲了個空。」

高彥沒精打采的道：「她肯來當然是最好，在邊荒集我更是神氣得多，通吃八方。但如用你的蠢辦法，她可能永遠都不會原諒我。」

卓狂生道：「她生氣，是因爲你出賣和她之間的秘密戀情，可是如果當她來邊荒集找你算賬，方發覺你根本沒有出賣她，更明白這是令有情人能相會的唯一手段，便會被你的一片癡情感動。他娘的！不可能有更好的辦法。」

高彥愕然道：「你先前說要賣她和我的故事，現在又說不會出賣她，不是前後矛盾嗎？」

卓狂生微笑道：「此正爲竅妙所在，出賣的是由我拼湊出來的版本，是以局外人的立場說故事，只要她聽過這台書便會知道，事實上你對與她之間的事守口如瓶，根本是一場誤會。」

高彥一呆道：「怎辦得到呢？」

卓狂生道：「連邊荒集都被我們奪回來，有甚麼事情是辦不到的？小白雁之戀的話本由我供給，完成先給你過目，看過後你會放心。」

高彥抓頭道：「若是如此，恐怕不夠威力激她到這裡來。」

卓狂生指指腦袋，傲然道：「我想出來的東西，包管你拍案叫絕。看你這小子也有點表演的天分，就由你現身說法，親自來說這台書寶。如何？這樣夠威力了嗎？」

高彥色變道：「你是不是想嚇破我的膽？由我親自出賣她，她還肯放過我嗎？即使內容全是杜撰的，仍然是不行。」

卓狂生道：「這恰是最精采的地方，就看小白雁對你的愛是否足夠。讓我告訴你，愛的反面就是恨，愛有多深，恨便有多深。用你的小腦袋想想吧！假如隨著我們觀光大計的推展，消息四面八方的傳開去，其中一項是你高小子，將親自到說書館說『小白雁之戀』這台書，消息傳至兩湖，會有甚麼反應呢？」

高彥捧頭道：「當然是把我的未來嬌妻氣個半死，恨不得將我剝皮拆骨，斬成肉末。」

卓狂生拍案道：「這就是最理想的反應。老聶和小郝肯定不會封鎖這樣的『好消息』，還會立即讓你的小白雁知道此事，好令她明白看錯了你這卑鄙小人。對嗎？」

高彥放開手，道：「這還不是害我嗎？」

卓狂生道：「以小白雁的性格，肯定會拋開一切，來找你這負心郎算賬。而聶天還卻沒法反對，因爲他必須遵守承諾，不能插手干涉你和她之間的事，管他是郎情妾意，又或謀殺親夫。明白嗎？」

高彥垂頭喪氣道：「大概是這樣子吧！」

卓狂生胸有成竹的道：「再想想看，當她氣勢洶洶的來踢館，卻發覺你根本沒有說她半句閒言，且寧死也不肯出賣她，她會有甚麼感覺呢？」

高彥糊塗起來，道：「且慢！你是說要我說書只是個虛張的幌子，根本沒有這回事？」

卓狂生大笑道：「你終於明白了。記著哩！說謊後必須圓謊，才可以把小白雁騙得服服貼貼。你的英雄救美只是個騙局，卻絕不可讓她看穿，所有荒人兄弟都會在此事上爲你隱瞞，人人異口同聲說你不愛江山愛美人，爲小白雁背叛了邊荒集。問題來了，背叛邊荒集是彌天大罪，不可能沒有懲戒的。不過在鐘樓會議上，眾人念在你迷途知返，且能戴罪立功，又得燕飛拚死保著你，所以只罰你到敝館來說書，以表明你與小白雁劃清界線，揮慧劍斬情絲的決心和誠意，表示出懺悔之心。」

高彥發了一會兒呆後，拍額道：「眞荒謬！虧你想出這樣的餿主意來。他奶奶的，於是我這富貴不能淫、威武不能屈的好漢，便諸多推託，死也不肯登台表白。唔！不過你剛才不是說過另有版本嗎？又是怎麼的一回事？」

卓狂生道：「這是個特別爲小白雁和一心要破壞你們小夫妻的人而設的版本，隨宣傳邊荒遊而傳遍南方各大城鎮的文本散播。你的小白雁之戀只列章回的標題，盡可能加油添醋，例如甚麼娘的『一見鍾情』、『愛郎情切』、『共度春宵』諸如此類，總之不氣死小白雁不罷休。哈！當然了！以上標題無一實情，只是局外人想當然耳矣。」

高彥認眞的思索起來，皺眉苦思喃喃道：「你這條激將之計眞的行得通嗎？」

卓狂生道：「信我吧！這個險是不能不冒的。對了！還有一件事，我不想動用公款，小查那間燈店的營運資金，你必須直接向大小姐借銀，此事沒得商量，明白嗎？」

高彥無奈的道：「你說怎麼辦便怎麼辦吧！我敢不照你的意思嗎？他奶奶的！這件事我還要仔細想想，老子點頭才可以實行。」

劉裕登上小山崗，烽火仍能熊燃燒，不住把濃煙送往高空。

忽然心中一動，腦海浮現任青媞誘人的花容。

劉裕心中大訝，難道自己竟承繼了燕飛的靈覺，可以對人生出神妙的感應。旋又推翻這個想法，因爲他嗅到一絲絲若有似無的香氣，而這正是任青媞動人的體香。他敢肯定若不是自己內功上有突破，一定會疏忽了這氣味。

自己應否揭破是她搞鬼，以收先聲奪人的震懾效果呢？

念頭一轉，又放棄了這想法，因爲與他心中擬定好的策略不符合。

過去的幾天，他整個心神全放在體內眞氣的運轉，和如何把與以前迥然有異的眞氣，應用到刀法上。養息時則思量返回北府兵後的生存之道。

屠奉三說中了他的心意，他必須韜光養晦，敵人愈低估他愈理想，所以他決定將現在眞正的實力盡量隱藏起來，讓敵人誤以爲他仍是以前那個劉裕。

他是北府兵最出色的探子，善於憑氣味追躡目標。從剛才嗅得任青媞留下的氣味，他可以斷定任青媞離開烽火處有頗長的一段時間，或許是二、三個時辰，換作以前的他肯定再沒法嗅到任何氣味，所以他決定裝蒜，以令此妖女沒法掌握到他現在的本領。

劉裕目光掃過小崗南坡茂密的樹林，那是唯一最接近他的可藏身之處，劉裕心中暗笑，掉頭便走。

「劉裕！」

劉裕已抵東面坡緣處，聞言止步道：「任后有何指教？」

破風聲直抵身後。

劉裕旋風般轉過身來，任青媞盈盈站在他面前兩丈許處，消瘦了少許，仍是那麼綽約動人，神情冷漠地瞅著他。

想起曾和她有過肌膚之親，同室共床，卻說不出是何滋味。

任青媞幽幽一嘆，本是冷酷的眼神生出變化，射出幽怨淒迷的神色，輕輕道：「劉裕你現在是大名人哩！淮水一戰，使你名傳天下，現在邊荒集也落入你的手上，理該大有作爲，爲何還要回廣陵去送死呢？」

劉裕啞然笑道：「我死了不是正中任后下懷嗎？我們的關係早已在建康結束，從此是敵非友。勿要對我裝出關切的模樣，你當我是呼之即來，揮之則去的傻瓜嗎？」

任青媞微聳香肩，淺笑道：「誰敢把你當作傻瓜呢？我是來找你算賬的，我的心珮在哪裡？」

劉裕搖頭嘆道：「虧你還有臉來向本人要這討那，你死了這條心吧！心珮即使在我身上，我也絕不會拿出來給你。本人沒時間和你糾纏不清，你想要甚麼，先問過我的刀好了。」

任青媞雙目殺機大盛，沉聲道：「勿要激怒我，你那三腳貓本領我比任何人都清楚。我專程趕來，豈是你虛言恫嚇可以唬走。我知道你有一套在山林荒野逃走的功夫，不過在你抵達最接近的樹林前，恐怕已一命嗚呼。不要怪我沒有警告在先。」

劉裕聞言大怒，又忙把影響體內眞氣的情緒硬壓下去。以前當他心生憤慨的時候，體內眞氣會更趨旺盛、氣勢更強大。但被改造後的先天眞氣，卻恰好相反，愈能保持靈台的空明，眞氣愈能處於最佳狀態。只是這方面，已是截然不同的情況，大幅加強了劉裕對自己的信心。

自離開邊荒集後，他的首要目標是要保存小命，至乎用盡一切手段以達致此目標，當然絕不可意氣用事，因小失大。

表面看來，任青媞並不能對他構成任何威脅，可是深悉她的劉裕，卻比任何人都清楚她的危險性。除非能殺死她，否則天才曉得她會用甚麼卑鄙手段對付自己。

他能殺死她嗎？

這個念頭確實非常誘人。他早下定決心，任何擋著他去路的人，他會毫不猶豫的鏟除。

驀地一股邪惡陰毒的眞氣襲體而至。

劉裕心中一懍，曉得她的逍遙魔功又有突破，更勝上次在建康遇上的她，不怒反輕鬆的笑道：「原來任后的功夫又有長進，難怪口氣這般大，好像本人的生死完全操在你手上似的。但我偏不信邪，請任后出手，讓我看看你有沒有殺死我劉裕的本領。」

他的口氣雖仍然強硬，但卻留有餘地，不至於令任青媞下不了台。

任青媞忽然「噗哧」嬌笑起來，眼內的殺氣立即消散，化爲溫柔之色，一副萬種風情向誰訴的誘人媚態，抿嘴道：「我們講和好嗎？」

劉裕失聲道：「甚麼？」

任青媞回復了談笑間媚態橫生的風流樣兒，若無其事的道：「自古以來，分分合合是常事而非異況。人家坦白告訴你吧！我並沒有讓任何人沾過半根指頭，你是唯一的例外。你是個有經驗的男人，自有辦法判斷我是否仍保持處子之軀。你想在甚麼地方得到我，人家絕不會有半句反對的話，如此該可釋去你的疑慮。青媞不論如何狠心，也不會傷害自己生命中的第一個男人。」

儘管劉裕清楚她是個怎麼樣的妖女，可是當她如眼前的情況般巧笑倩兮，說出獻上動人肉體極盡媚惑能事的話兒，也感到心跳加速，大爲吃不消，更令她以前在他心底留下的惡劣印象迷糊起來。

劉裕心叫厲害，湧起當日在廣陵軍舍與她纏綿的動人滋味，嘆道：「任大姊勿要耍我了，你既然已選桓玄而捨我，今天何苦又來對我說這番話呢？你不是說我回廣陵是去送死的嗎？對一個小命即將不保的人獻身，不是明知輸也要下注？」

任青媞雙目射出溫柔神色，輕輕道：「小女子以前對劉爺有甚麼得罪之處，請劉爺大人有大量，不再計較。你這個人啊！蠻橫固執得教青媞心動。你知不知道人家爲何要特地來找你呢？」

劉裕語帶諷刺的道：「不是要來殺我嗎？」

任青媞欣然道：「給你這冤家猜中哩！我是一心來殺你的。」

劉裕大感錯愕，呆瞪著她。

任青媞平靜的道：「這叫盛名之累。傳言『劉裕一箭沉隱龍，正是火石天降時』，可是我偏不信邪。而要證明你是否天命眷寵的人，只有一個方法，就是看能否殺死你。你如果被殺死，當然不是甚麼眞命天子。對嗎？」

劉裕又感到她邪異眞氣的威脅力，曉得已被她的氣機鎖死，逃也逃不了，只餘放手硬拚一法。

他當然不是害怕，只是不願被她以此直截了當的手法，摸清楚自己的眞正實力。從容微笑道：「難得任大姊這般看得起我，是我的榮幸。不過任大姊冒這個險似乎不太値得吧！你如殺不死我，便要飮恨在本人刀下，你以爲還有另一種可能性嗎？」

任青媞嫣然笑道：「只有這個辦法，可以判斷你是否是應天命而崛起的眞命天子，這個險是値得冒的。如果眞的殺死你，可拿你的首級去領功。殺不死你嘛！我任青媞以後死心塌地的從你。劉郎啊！你捨得殺人家嗎？人家不但可以令你享盡床笫之樂，還是你手上最有用的一著暗棋，令你在應付桓玄時得心應手。我可以立下毒誓，永遠不背叛你，永遠聽你的話。」

劉裕大感頭痛，冷喝一聲「無恥」，厚背刀出鞘。

他不論才智武功，已非昔日吳下阿蒙，經過這些日子的磨練，更對自己建立起強大的自信，有把握應付任何情況。

他決定狠下心腸，斬殺此妖女，好一了百了。

任青媞一聲嬌笑，紅袖翻飛，兩道電光分上下朝劉裕疾刺而來。

第二章　北方望族

燕飛登上高處，朝北望去，也不由看得精神一振。

在前方三、四里處，一座規模宏大的塢堡，坐落在兩道河流間的丘陵高地上，依山勢而築，高低起伏，氣勢逼人。建此堡者肯定是高明的人物，把地理上的優點發揮得淋漓盡致，用盡水陸交通的方便。

堡牆高達三丈，堡牆底下均用條石砌築，堡內布滿傘蓋似的大榕樹及木檐瓦頂土牆的民房，照計算聚居其內足有數千戶之多。如此興旺的大塢堡，在北方亦屬罕見。

現在他再不為堡內住民擔心，以那群馬賊的實力，根本無法攻陷這座塢堡。這種塢堡是北方老百姓躲避戰火盜賊的堅強據點，即使當權者亦對他們睜隻眼閉隻眼，只要肯納稅獻糧，大家便可相安無事。

燕飛朝塢堡掠去，心裡正猶豫該繞道而行，還是警告堡民後，始繼續行程。忽然堡內傳來三下鐘鳴。

他曉得被望樓上放哨的堡民發現了，心中暗讚對方警覺性高時，堡門放下，二十多騎從堡內衝出來，人人鮮衣策馬，刀箭齊備，自有一股逼人而來的氣勢。

燕飛心中大訝，堡內的人不單生活豐足，且主事者肯定不是平庸之輩。

燕飛從容迎上，還攤開兩手，表示並沒有惡意。

來騎一陣風直抵燕飛身前十丈許處，然後扇形散開，將燕飛團團圍起來，來勢洶洶。一副一言不合，立即火併的格局。

忽然有人叫道：「你不是燕飛嗎？」

燕飛怎想得到一個偏處北陲之地塢堡的人，竟一眼把自己認出來，大感奇怪，朝說話者瞧去，登時眼前一亮。

說話者是個年近三十的漢子，身穿白色武士服，脊直肩張，體型魁梧威武，頭紮英雄髻，可是相貌卻清奇文秀，充滿書卷氣，一雙眼睛閃動著智慧的光芒，令人感到他不但武技超群，且是飽學之士。如此文武兼修的漢人，在北方是非常罕見的。

那人離鞍下馬，抱拳氣定神閒的道：「清河崔宏，拜見燕兄。」

其他人顯然都聽過燕飛之名，無不現出尊敬崇慕的神色，全體在馬上施禮致敬。

燕飛尚是首次聽到崔宏這個名字，但對清河崔氏卻是聞之久矣。永嘉之亂後，高門大族紛紛南遷，亦有世族選擇留在北方，而其中聲名最烜赫者，正是清河的崔姓大族，隱爲北方諸姓大族的龍頭家族。

難怪此人一派名士風範，這種累世相傳的大族風采，是不能冒充的。

燕飛微笑道：「崔兄怎可能一眼看出是燕某人呢？」

崔宏喜形於色的趨前道：「因爲崔宏曾到邊荒集採購兵器、馬匹和戰船，多次經過東大街，都見到燕兄坐在第一樓喝酒沉思。那時我已心儀景慕，只是不敢驚擾燕兄，又苦無機會結識。說來好笑，我曾求過姬別公子，請他引見燕兄，以爲他看在大筆交易分上，會勉爲其難爲我介紹一下，豈知卻被他一口拒絕。唉！眞令人洩氣。不過今天終能與燕兄相見交談，還了我存在心中的一個夙願。如我沒有猜錯，燕兄只因路過時發現賊蹤，所以特來示警。」

燕飛聽他說話謙虛得體，又不失世家大族的氣派身分，且一語道破自己來意，顯示他對一切成竹在胸，大生好感。欣然道：「崔兄原來已掌握情況，那兄弟不須饒舌，我還有事趕著去辦，就此別過，異日有緣，大家再把盞暢談如何呢？」

崔宏道：「燕兄當是趕往河套，助代主拓跋珪應付慕容寶北伐的大軍。不過照我判斷，兩方的眞正決戰，仍須等上一段時間，快則二、三個月，慢則一年半載，燕兄到敝堡逗留一天半夜，理該沒有問題。當然了！我明白燕兄的心情，是愈快與代主會合愈好，可是我可擔保燕兄到敝堡稍作盤桓，不會是浪費時間。否則我只好陪燕兄走上一程，好過被心中的諸般渴想折騰個半死。」

燕飛登時對他刮目相看，這不但是個知曉天下大事的人，且胸懷壯志，不能以尋常高門名士視之。比對起南方頹廢的所謂名士，除謝安、謝玄之輩，實有天壤之別。

奇道：「崔兄怎知決戰尙有一段時間才會來臨呢？」

崔宏謙虛的道：「崔某一直留意北方各族的動向，冷眼旁觀下，看得特別仔細。自代主拓跋珪毅然放棄得之不易的平城、雁門兩城，我便猜到代主採取的是堅壁清野、避敵鋒銳的戰略，而這亦深符代主一向的作風，故有此猜測。」

燕飛心中大震，暗忖如此人不能爲拓跋珪所用，反投敵方陣營，那不但拓跋珪最後要吃敗仗，自己也永遠救不回紀千千主婢。

表面不露任何神色，欣然道：「如此燕某也不客氣了！就叨擾一個晚上吧！」

崔宏大喜道：「崔某必躬盡地主之誼。」

又大喝道：「讓馬！」

一人應令躍下馬來，讓出戰馬，與另一人共乘一騎。

崔宏親自伺候燕飛上馬，然後與族人簇擁著燕飛，朝崔家堡馳去。

劉裕厚背刀連續劈出。

在過去幾天，劉裕對刀法的思考，著眼點集中在如何從敵人的強手重重圍困下，突圍而出。早在淝水之戰前，劉裕本身已是一等一的高手，遇上強如盧循者仍有一拚之力。此後多番出生入死，從實戰中不斷握刀歷練，精進厲行，刀術上有長足的改進。敢說除非是遇上孫恩、慕容垂等大師級的高手，單打獨鬥，能令他生畏的數不出幾個人。

當然想要他項上人頭者，絕不會和他講甚麼江湖規矩，不來則已，來則必是群起攻之，於某一特定對敵方有利的環境裡，把他逼進死地，以足夠的人手、壓倒性的優勢，取他的小命。

他正是針對這種情況，構思創作出這招他名之為「九星連珠」的刀法，過去幾天不停反覆苦練，到今天正式用在戰鬥上。

連續劈出九刀，一般刀手人人可以辦得到，可是若要每刀均注滿勁力，便必須是氣脈特長、內功精湛的刀法高手勉可為之。但如要像劉裕般純憑一口真氣，輕重隨意於高速縱躍裡，電光打閃般連續劈出九刀，在被燕飛改造真氣前的劉裕，便自問怎麼苦練也力有未逮。

最厲害處是他從自創的「靈猴跳」領悟回來的身法，每當厚背刀劈中目標、樹幹粗枝，或是敵人兵刃，他巧妙的刀勁會借對方的勁力改變勢道，迅速改變身法，於敵人間鬼魅般難以捉摸的移動，猛進可變成急退，平衡化為飛縱，身法刀術，配合得天衣無縫。

所以這招「九星連珠」，並非只是一招特別凌厲的刀法那麼簡單，而是代表他刀法上的突破，於刀道上開始一段全新的里程，更是他能否成為當代刀法大家的一個開始。

「噹！」

第一刀劈出，命中任青媞照面刺來的鋒利短刃，同時借勢橫移，反手揮出第二刀，劈得任青媞改招攻來的左手刃，像另一刃般急盪開去，原本來勢洶洶的強攻之勢立即土崩瓦解。

劉裕心叫好險，從這兩刀裡，他試出任青媞陰鷙邪異的逍遙魔功，比上次與她交手又有精進，若非他亦非昔日的劉裕，今次肯定不能活著離開。

任青媞俏臉現出難以掩藏的訝異神色，顯然是想不到劉裕強橫若此。

劉裕的第三刀絕不容她喘息般隨其趨前疾斬她玉頸。

「嗆！」

任青媞猛扭嬌軀，以一優美得難以形容又充滿誘惑力的姿態，變成面向劉裕，雙刃交叉的硬架著劉裕凶厲無匹的一刀。

劉裕全身劇震，陰毒冰寒的真氣從雙刃交叉處送入他刀內，把他的強大刀勁化去，然後寒氣箭矢般從握刀的手射入他經脈中，劉裕差點便要受傷，幸好體內先天真氣及時運轉，化去對方入侵的邪氣。

任青媞嬌叱一聲，借力往後飛退。

劉裕內力已無以爲繼，看著任青媞直退至三丈過外，提刀而立，心中苦笑。

任青媞花容轉白，胸口急速起伏著，俏臉現出難以相信的神色。

劉裕的刀氣立即又緊鎖著她，隨時可發動第二波的攻勢。

不過他也洩了點氣，更想到沒法殺她的關鍵所在。問題是他的「九星連珠」最理想的效果，是用在群戰時的突圍逃生上。遇上像任妖女這般的超級高手，對方見勢不對，可以借勁脫身，不會蠢得仍硬要攔截他。

劉裕這時心想的是須另創刀招，以用於這種單打獨鬥的場合，甚或對方若一意逃走，自己仍有把握留下敵人的能力。

任青媞的臉頰回復紅潤，輕微的內傷在眞氣運轉下已告痊癒。

劉裕雙目殺機再盛，刀鋒遙指任青媞，做攻擊之勢。

任青媞忽然垂下雙手，一對短刃收藏於香袖內，笑臉如花的道：「不打哩！」

劉裕感覺被耍了似的，失聲道：「不打？你當我們在玩遊戲嗎？」

任青媞喜孜孜的道：「差不多是這樣，這個遊戲便叫『誰是眞命天子』，屬於尋寶遊戲的一種。眞令人難以相信，你究竟是怎麼搞的，忽然變得這麼厲害。我眞的自問沒法殺死你，由此亦可證明你或許眞是老天爺選中來改朝換代的人。」

劉裕心中苦笑，只有他清楚任青媞是給自己剛才的三刀唬著了，事實上這還是任青媞唯一殺自己的機會，因爲他的刀法只是小成而非大成，一旦給這妖女摸清楚「九星連珠」的刀招，他將難以自保，說不定眞的會被她層出不窮的逍遙魔功殺死。此時的任青媞，與當日的任遙，不論招式功力，都所差無幾。

「鏘！」

厚背刀回到鞘內去，劉裕大感無奈，不過也知這是最聰明的做法。

任青媞笑意盈盈的直走到他身前兩步許的近處，玉手收到背後，挺起起伏有致的胸脯，迎面細審他，柔聲道：「你更有男性氣概哩！剛才的三刀，眞有君臨天下、捨我其誰的勇者風度，迷死人家了。」

劉裕簡直不知是好氣還是好笑，又或應被讚得飄然雲端，只知拿她沒轍。不知爲何，他感到心中對她的厭惡大幅減退，還感到她有無比的誘惑力。他當然清楚這感覺是不對和危險的，只恨除了心叫妖女厲害外，卻沒法背叛來自心底的感覺。

令他更頭痛的是，假如她向桓玄洩露他的底細，他隱藏實力的策略肯定泡湯。

想到這裡，心中已有定計。

你既然騙過我，我騙你也是理所當然。

劉裕皺眉冷哼道：「你記得我在建康對你說過甚麼話嗎？」

任青媞像和他沒發生過任何事似的漫不經意道：「你說過甚麼話呢？今天一切重新開始，以往的事還記來做甚麼。」

劉裕心中暗叫無恥。

不過坦白說，知道是一回事，感覺又是一回事，眼前的她是如此艷光四射，是無恥妖女也無關緊要，她的魔力足把一切負面的元素抵銷。

自己怎會有這種矛盾的感覺？

忽然鼻中充盈屬於她的幽香，原來她移近了少許，只差半步便可縱體入懷。她的一雙美眸異采閃動，若能勾人的魂魄，動人的嬌軀散發著青春健美的氣息，襟口處露在外面的雪白肌膚，嬌嫩幼滑，足可令任何正常的男人心跳加速和生出擁抱美人的強烈慾求。

劉裕驚醒過來，心忖自己是怎麼搞的，竟在這等時刻被她迷得糊裡糊塗的，自己竟是個這般沒定力的人嗎？

與她相識後，他還是首次生出警覺，感到不妥當。

劉裕心想這難道是一種高明的媚術？世間眞有此等異術邪法嗎？

「你在想甚麼呢？」

劉裕眞的想往後退開，但亦知這代表自己怕了她。微笑道：「你走這麼近幹甚麼？忘了我對你說過請你有多遠滾多遠嗎？」

任青媞蹙起秀眉，垂首輕輕道：「人家投降了。請劉爺你大人有大量，不計較人家犯過的錯誤。現在青媞願聽任劉爺處置，接受劉爺任何懲罰。」

換過是一般男人，此刻肯定抵受不了她語帶雙關的軟語求和。可是劉裕歷經苦難和磨練，本身性格又是堅毅不拔，且生出警戒之心，豈會輕易被她迷惑。

劉裕啞然失笑道：「任大姊不要再對我耍手段灌迷湯了，憑你幾句話便要我像以前般信任你嗎？」

任青媞聳聳香肩，故作驚訝的道：「怎麼相同呢？現在人家認定你是眞龍託生，是改朝換代的天之驕子，當然會對你掏出眞心，死心塌地的伺候你，爲你辦事。少個敵人總比多個敵人好，尤其像我這般出色的小女子。」

劉裕淡淡道：「你對我還有甚麼價値呢？」

說出這句話後，劉裕自己也嚇了一跳，這番話是自然而然地衝口而出，顯是心內的想法。在這剎那劉裕曉得自己變了，變得更實際。而這改變是形勢逼出來的。

任青媞沒有絲毫不以爲然的反應，欣然在他眼前輕溜溜轉了個身，姿態曼妙至極點，到再次面向他時，呵氣如蘭的喘著氣道：「青媞可以做你貼身的保鏢，劉爺寂寞時人家可爲你解悶兒，保證你會忘記了以前所有女人。我更可以聽你的指示去做敵人的臥底，爲劉爺打探消息，甚至做刺客殺手。我不要任何名分，只想做你的情人。唯一的要求，只是要看著天師道在你手上冰消瓦解，孫恩身敗而亡。這麼一個又乖又聽話的青媞，劉爺忍心拒絕嗎？」

當她說到忘掉了以前所有女人，劉裕不由想起王淡眞，心中一痛。任青媞這帶有高度誘惑力，彷如枕邊情人夜語的私話，登時威力大減。

劉裕微笑道：「你和任遙究竟是甚麼關係？」

任青媞白他一眼，垂首道：「他的的確確是我的親兄，我們大魏皇朝最後的一點嫡親血脈。曼妙是我的堂姊，我和她的后妃身分是個幌子。現在我是大魏皇朝僅留下來的最後一個人，所以我要向孫恩報復，以雪亡魏之恨。人家甚麼都對你說，你怎樣安置人家呢？」

第三章　擇木而棲

天色昏黑前，燕飛和崔宏尋到水源，讓馬兒可以吃草喝水，好好休息。他們已急趕了兩天的路，把太原遠遠拋在後方，直撲河套之地。在崔宏提議下，他們兩人六騎，輕裝上路，戰馬輪番負載二人，只兩天便跑了六百多里。

兩人在河邊坐下，悠然吃著乾糧。

燕飛順口問道：「崔兄對這一帶的地理形勢瞭如指掌，教人驚訝。」

崔宏微笑道：「我自幼便喜歡往外闖，走遍了北方，亦曾到過建康，想看看晉室南渡後會否振作過來。」

燕飛道：「結果如何？」

崔宏現出一絲苦澀的表情，道：「結果？唉！我打著崔家的族號，求見建康最顯赫的十多個高門，只有謝安肯接見我。安公確不愧爲千古風流人物，可惜獨木難支，在司馬氏的壓制下，根本難有大作爲。而事實證明我沒有看錯，淝水大勝反爲謝家帶來災禍。晉室氣數已盡，敗亡只是時間上的問題。」

燕飛不由想起劉裕，他是否已抵廣陵？自己把他體內眞氣由後天轉作先天，能否令他安度死劫？道：「崔兄對南方的近況非常清楚。」

崔宏欣然道：「我們崔家現在已成北方第一大族，子弟遍天下，兼之北方諸族多少和我們有點關係，我又特別留意各地形勢的變化，所以知道的比別人多一點。」

沉吟片刻，接著道：「我邀燕兄到敝堡，閒聊間說了句希望有一天燕兄能爲我引見代主，豈知燕兄不但一口答應，還邀我隨燕兄一道北上，眞令我受寵若驚。不知燕兄是一時興起，還是早經思量呢？」

燕飛道：「我想反問崔兄，在北方崔兄最佩服哪一個人呢？」

崔宏毫不猶豫的答道：「我最佩服的人是王猛，他等若苻堅的管仲，如他仍然在世，肯定不會有淝水之敗。」

燕飛有些愕然，他本以爲崔宏佩服的人是白手興國的拓跋珪，不過用心一想，崔宏欣賞王猛是最合乎情理的。這須從崔宏的出身去看。清河崔氏是中原大族的代表和龍頭，等若南方的王、謝二家。而崔宏更是清河崔氏的望族。世家大族最重身分名位，此爲世家中人的習性，改變不來。所以崔宏對憑做馬賊起家的拓跋珪，實難生敬佩之心。

不過在這兵荒馬亂的時代，留在北方的世家大族，都想尋找一個依託，以保持他們世族的地位，至乎能發展他們的政治理想和抱負。崔宏正是這般的一個有爲之士，所以崇拜王猛，並以之爲最高目標。

點頭道：「明白了！我並沒有看錯崔兄。我本以爲崔兄因有盜賊在旁窺伺，要遲些才能起行，哪知崔兄毫不猶豫的立即隨我來了。」

崔宏仰望夜空，雙目閃閃生輝，道：「因爲這是我夢寐以求的機會，一個我一直苦待的機會。我並不擔心盜賊，如我崔宏沒有齊家之能，怎還敢去代主面前獻治國平天下之醜。在敝堡上游十里內，尚有另兩座規模相當的塢堡，人稱之為『十里三堡』，在過去十多年來，受過惡盜賊兵上千次的騷擾，我們沒有一次吃虧，現在該是讓我的族人學習獨立，不再倚賴我的時候了。」

燕飛感到與這人說話頗有樂趣無窮的感覺，崔宏不但是學富五車的智士，更是精於兵法武功的超卓人物，有他輔助拓跋珪，肯定是如虎添翼。

饒有興致的問道：「為何不選擇慕容垂呢？像崔兄如此人物，只要任何人聽過你開口說話，保證會重用你。」

崔宏道：「說出來燕兄或不會相信，直至慕容垂攻陷邊荒集攜美而去的前一刻，慕容垂仍是我心中唯一的選擇，可是他這一著子下錯了。他是不該與荒人為敵的。我曾到過邊荒集，明白荒人的驚人潛力。他令我失望了，竟看不通只要不去惹荒人，荒人是絕不會管邊荒外的閒事。成為荒人的公敵是這世上最愚蠢的事。」

燕飛一呆道：「你是否太高估我們呢？」

崔宏微笑道：「慕容垂兩次攻陷邊荒集，也兩次被逐離邊荒，是沒有人可以反駁的事實。對慕容垂在實力上固然有一定的影響，聲譽損失更是無可估量。假如今次慕容寶遠征北塞大敗而回，將會動搖慕容垂的北方霸主地位。邊荒集就像一頭沉睡的猛獸，現在猛獸已被驚醒過來。」

燕飛定神看了他好一會兒，道：「崔兄的十里三堡肯定在這一帶非常有名望，這區域更曾一度落入慕容垂之手，他沒有招攬你們嗎？」

崔宏道：「我想請教燕兄一個問題，萬望燕兄坦誠賜告。」

燕飛啞然笑道：「你怕我不老實嗎？」

崔宏忙道：「崔某怎敢呢？不過這問題並不易答，就是假如我告訴燕兄，我決定和族人投向慕容垂，燕兄會否殺我？」

燕飛想也不想的道：「一天你尙未成爲慕容垂的人，只是在口上說說，我是下不了手的，可是如果你眞的成了慕容垂手下的大將謀臣，便是我燕飛的敵人，我是不會手下留情的。」

崔宏淡淡道：「燕兄是個有原則的人，可是換了是代主，他會怎樣處置我？」

燕飛從容答道：「難怪你怕我不肯說眞話。我可以肯定的告訴你，他會在你投靠慕容垂一事成爲事實前，不擇手段的把你崔家連根拔起，不會只是殺一個人那般克制。我的兄弟拓跋珪看事情看得很遠，而你崔家現在是北方的龍頭世族，你們的選擇，會影響北方各大世族的人心所向，所以代主絕不容你們投往敵人的陣營。」

崔宏欣然道：「多謝燕兄坦然相告。現在輪到在下來回答燕兄先前的垂詢，慕容垂確曾派人來遊說我們歸附他大燕，那不但是邊荒被荒人光復後的事，且慕容垂毫無誠意，只令我更相信自己的看法，就是慕容垂並不把我們北方的世族放在眼裡。」

燕飛訝道：「你怎知慕容垂沒有誠意呢？」

崔宏不屑的道：「首先是慕容垂並沒有親自來見我，其次是我向來人提出一個問題，那使者卻是含糊其詞，顧左右而言他。」

燕飛興致盎然的問道：「崔兄這個問題，肯定不容易回答。」

崔宏道：「對有誠意的人來說，只是個簡單的問題。我問他大燕之主是否準備詐作調兵北上討伐拓跋部，放棄這附近一帶包括太原在內的城池，以引慕容永出關罷了。」

燕飛動容道：「崔兄看得很準。」

崔宏憤然道：「慕容垂只是利用我，用我們來牽制慕容永。哼！我豈是輕易被利用的人。」

燕飛聽得暗自驚心，能影響與慕容垂之戰成敗的因素不但錯綜複雜，且很多不是他和拓跋珪能控制的，至乎無法掌握和預測。眼前的崔宏和他崔氏的影響力，便可以左右戰況的發展。假設崔宏是站在慕容垂的一方，又隨慕容寶出征，後果便不堪設想。幸好現在沒有出現這種情況，崔宏正和自己結伴北上。

崔宏道：「在下有一個不情之請，萬望燕兄應允。」

燕飛真的沒法摸透崔宏這個人，沒法明白他突然提出來的請求，究竟是如何的一個請求。道：「崔兄請說出來，看我是否辦得到。」

崔宏道：「燕兄當然辦得到，就是在代主決定是否起用我之前，不要為我說任何好話，也不要揭露我的出身來歷。」

燕飛皺眉道：「那可否說出崔兄的名字呢？」

崔宏道：「這個當然可以。」

燕飛笑道：「那有何分別？他怎可能不曉得你這個人呢？」

崔宏悠然神往的道：「我真的很想知道是否如此。希望他不會令我失望吧！」

劉裕睜開眼睛，整個天地都不同了。他開始坐息時，太陽剛過中天，林野美得令人目眩，現在則是繁星滿天。

他從未試過坐息能專注到這種程度，渾然忘記了時間的流逝，還以為只闔上一會兒眼皮，養養精神，以應付回廣陵前最危險的路途，怎知一坐便是由午後直坐至深夜。

自己的確進步了，頗有點出神入化的美妙感覺。

除非是像任青媞般以烽火在途中引他相見，否則敵人要在半路伏擊他，根本是不可能的，因為無從掌握他返回廣陵的路線。

可是現在距離廣陵只有兩個時辰的路程，這個形勢改變過來。只要敵人埋伏在廣陵城外，而他又掉以輕心，便大有可能掉進敵人精心布置的陷阱裡。

所以他必須停下來好好休息，養精蓄銳，讓精神和體力攀上高峰，以闖過此關。

他的憂慮是合理的。

對劉牢之來說，最理想的情況是令他沒法活著回到廣陵，那就既不用失面子，又可在他劉裕未成氣候前，去除這能影響他權力的禍根，最是乾淨俐落。

眼前有兩個選擇，一是憑他對廣陵一帶環境的熟悉，神不知鬼不覺的潛回去，待至天明時大搖大擺的入城。他有信心可輕易辦到。

另一個選擇是以突襲對付埋伏。先一步弄清楚敵人的情況，然後以雷霆萬鈞之勢，殺對方一個片甲不留，以洩心中對劉牢之的怒火，重重打擊劉牢之，讓他曉得自己不是好惹的。

後一個選擇對他有無比的引誘力，既可當作試刀磨練，又可先發制人，狠挫劉牢之在暗裡對付自己的人馬。

這會否暴露自己現在的實力呢？後果全看他如何拿捏了。只要不是像燕飛般斬殺竺法慶而名震天下，劉牢之只會怪手下不濟事。

想到這裡，劉裕彈跳起來，朝廣陵的方向掠去。

會稽城。

一身武服衣裝的謝道韞在太守府的大門外下馬，王凝之的副將李從仁神色慌張的迎上來，低聲道：「賊兵三天前於浹口登陸，接著兵分兩路，一隊向句章推進，另一軍朝會稽開來，餘姚和上虞已先後失守，落入賊兵手上。」

謝道韞登階入府，向追在身後的李從仁大訝道：「兩座城池也擋不了天師軍片刻嗎？」其他兵將追在兩人身後，人人面無血色，皆因知道形勢大壞。

餘姚和上虞是會稽東面兩座大縣城，有強大的防禦力，絕不可能不戰而降的。

李從仁嘆道：「尚未交戰，城內的天師道亂民首先造反，攻擊我軍，開門迎接孫恩。現在最怕是同樣的情況會在我們這裡重演，大人他又……唉……」

謝道韞穿過大堂，踏足通往後堂的碎石路，沉聲道：「我們現在有多少人馬？」

李從仁苦笑道：「不過二千人。」

謝道韞大吃一驚，停下來失聲道：「只得二千人？」

李從仁嘆道：「自從餘姚和上虞失陷的消息接踵傳來，我們這裡出現了逃亡潮，大批士兵脫下軍服，丟掉武器，加進逃離會稽的難民裡去。逃難的人太多了，我們沒法阻止，二千人是今午點算的數字，現在恐怕沒有這個人數。」

謝道韞繼續舉步，每步均似有千斤之重，道：「大人呢？」

李從仁無奈道：「太守大人自黃昏開始把自己關在道房內，還嚴令不論發生任何事，都不准騷擾他，違令者斬。」

謝道韞淡淡道：「違令者斬？我倒希望他斬了我，如此可以眼不見為淨。」

李從仁沉聲道：「夫人千萬不要氣餒，這是我們最後一個機會。會稽城高牆厚，只要太守大人肯奮起抗敵，我們大有可能守個十天半月，待附近城池派軍來援，便可以遏止賊勢。可是如會稽失守，附近嘉興、海鹽、臨海、章安、東陽、新安諸城均不能保，建康也勢危了。」

謝道韞道：「我再試試看吧！」

宋悲風全速趕往會稽。

他本是騎馬來的，可是路上塞滿逃難的人潮，只好棄馬徒步，還要專揀荒山野嶺來走。

以會稽為中心的四周所有城池，全陷入狂亂中，彷如人間地獄，可見這區域的群眾，很多並不信任孫恩，特別是崇佛的信徒。天師道的起事，代表著天師道和南方佛門的一場決戰已告展開。

只看其來勢洶洶的姿態，建康今次有難了。

他現在唯一的希望，是在天師軍攻入會稽城前找到謝道韞母子，設法保護他們逃離險境。

紀千千和小詩隨著大隊，披星戴月的在平原上策騎推進。

慕容垂的部隊在黃昏時拔營起行，把大軍一分為二，三萬人仍留在原地，二萬大燕戰士則隨慕容垂動身，當然包括她們主婢在內。

沒有人告訴她發生了甚麼事，紀千千全憑自己的觀察作出判斷，例如慕容垂部隊的大約人數、兵種的類別。

由於曾仔細研究慕容垂予她的地理圖，她曉得這支二萬人的全騎兵部隊，已偏離了往台壁的路線，目的地該是長子和台壁之間的某處。

慕容垂的用兵手法確實出人意表，神妙莫測。他不是要攻打被抽空了兵力的台壁嗎？爲何又要分散兵力呢？

摸黑走了一段路後，她逐漸明白過來，心中驚嘆，慕容垂的確不負北方第一兵法大家的盛名，難怪人人畏懼他。

慕容垂抵鄴城而不攻，引得慕容永把駐守台壁的軍隊調往長子，已是非常高明的誤敵奇招。慕容永中計後，慕容垂立即捨鄴城而直取台壁，更令慕容永陣腳大亂。

台壁是長子南面最重要的城堡，一旦失陷，敵人可以台壁爲堅強據點，直接攻打長子，所以台壁是不容有失的。只要慕容永能保住台壁，長子便穩如泰山。

慕容垂正是看破此點，曉得慕容永會派大軍來保住台壁，所以兵分兩路。

一路裝出佯攻台壁的姿態，於到達台壁後裝出攻堡的模樣，伐木建雲梯、擋箭車、檑木車等攻堡工具，其實卻志不在台壁。

眞正的計謀是慕容垂這支正秘密行軍的部隊，會埋伏在長子往台壁的路途上，當慕容永的援軍匆匆趕往台壁之際，慕容垂會從暗處撲出來，殺慕容永的人一個措手不及。

在沒有城牆的保護，慕容永一方已是長途跋涉，兵疲馬困；而慕容垂埋伏的部隊則是養精蓄銳、蓄勢以待，如此情況慕容永的人更不是對手。

慕容永肯定會中計，因為他別無選擇，當慕容永把堵塞太行大道的大軍調往台壁，他便注定踏上敗亡之路。

慕容垂太厲害哩！

第四章　保命金牌

劉裕站在高郵湖西南岸一座小山丘上，俯視南面七、八里許處廣陵城的燈火，心中驚異不定。難道自己猜錯了，劉牢之竟沒有殺他劉裕之心。如劉牢之錯過此一機會，再想幹掉自己便要大費周章，實非智者所爲。

他已查探清楚從西北返回廣陵的幾條路線，卻找不到敵人的蹤影。別的他不敢自誇，可是當探子卻是信心十足。

劉牢之如派人來殺他，肯定會是一批經驗老到的殺手，且與北府兵全無關係，是屬於與劉牢之有深厚交情的幫會或黑道人物，又或是劉牢之透過中間人請來的職業殺手。不論用以上任何一種辦法，成功失敗，事後劉牢之都可以推個一乾二淨。

他當然不是泛泛之輩，所以敵人不來則已，來的肯定有足夠人手，還須布下羅網，令他難以脫身。最理想該是在離廣陵十里許的地方伏擊他。太接近廣陵會驚動守軍，過遠則範圍太廣。

究竟是怎麼一回事呢？

現在離天亮只有個把時辰，既然沒有伏兵，自己大可提早入城，以免引起鬨動，更招劉牢之的顧忌。

想到這裡，劉裕奔下山坡，朝廣陵的方向奔去。

急掠半里後，他踏足廣陵北面貫穿平野的官道，倏地止步。

在黎明前的暗黑裡，一道人影卓立前方，攔著去路。

劉裕定神一看，立即心叫糟糕，並首次懷疑燕飛義贈的免死金牌會否失去效用。

崔宏隨燕飛登上一座小山崗上，只見在向西北的崖緣處，直豎著一枝粗如兒臂、長約六尺的木桿子。

燕飛繞著桿子轉了一個圈，留神細看。

崔宏趨前功聚雙目往桿子看去，桿身以利刃刻劃出密密麻麻的刀痕，該是暗號和標記。

燕飛忽然一掌拍在桿頂的位置，粗木幹寸寸碎裂，灑落地面。

崔宏看得瞠目結舌，說不出話來，燕飛掌勁的凌厲，固是他平生未遇，真正令他佩服的是燕飛那種輕易從容的姿態。

燕飛微笑道：「我的兄弟曉得我來了。」

崔宏道：「代主現在身在何處？」

燕飛指著西北的方向，道：「他在大河東和盛樂南面的丘原之地。」

崔宏精神一振道：「那是著名的五原，因有大河、汾水等五道河流流經，故名為五原。縱橫過百里，丘林密布，最利躲藏。」

燕飛目光投往五原的方向，道：「慕容寶不是傻瓜，不會這麼容易中計的。」

崔宏道：「燕兄清楚慕容寶的性格嗎？」

燕飛道：「我的兄弟對他該有深入的認識。」

崔宏點頭道：「我對慕容寶雖然有看法，但始終限於道聽塗說，知道的只是表面的皮毛。代主與慕容寶同是鮮卑人，又自小相識，對慕容寶的行事作風，該已用智鋪謀於掌握之中。只看代主把平城和雁門送予慕容永，便可知代主千方百計要激起慕容寶的怒火和仇恨，令他喪失理智。我相信代主定有辦法，引慕容寶在五原區和他作戰。」

燕飛擔心的道：「慕容寶的性格或許有弱點，可是他手下不乏謀臣勇將，可以補他的不足。他們從水路來，亦可從水路走，來去自如，沒法攔截。」

崔宏從容道：「拖到夏天雨季來臨又如何呢？河套一帶年年夏天都會因大雨而河水氾濫，不利行舟。一方是勞師遠征、將士思歸；一方是衛土之戰、士氣高昂。戰事拖得愈久，對慕容寶愈是不利。慕容寶從水路直撲盛樂，已走錯了第一著。如果慕容寶先收復平城和雁門，與中山建立聯繫，設置跨長城往盛樂的補給線，代主此仗必敗無疑。」

燕飛笑道：「幸好崔兄不是慕容寶的軍師。」

崔宏道：「他根本不會任用我作軍師，也不會聽漢人說的話。」

燕飛道：「我也想看看小珪會如何待你。我們起程吧！」

劉裕暗自心驚是有理由的。

首先是此人出現的時間，恰好是他最沒有戒備的時刻，假如對方不是碰巧遇上他的話，問題會是非常嚴重，顯示自己一直在對方的監視下，那至少在輕功和潛蹤隱跡兩項功夫上，對方是遠勝自己。

其次是對方只是孤身一人。此條官道位於平野中，數里之地盡是草原野地，一眼可看清楚對方沒有其他幫手，敵人既有把握憑一人之力收拾他，又清楚自己是劉裕，當然是藝高人膽大，有十足擊殺他的信心。

第三是此人出現得非常突然，眼前一花已被他攔著去路，同時被他的殺氣鎖緊，想掉頭走都不行。

劉裕有一種奇異的感覺，此人全身夜行黑衣，套上黑頭罩，只露出眼、鼻和口，身材高大，可是他頎長的體型卻予他不男不女的感覺，令他一時間難辨雌雄。

對方究竟是何方神聖？

兩人相隔近五丈，但不知如何，劉裕的感覺卻是對方已近在咫尺，只要對方動手，狂風暴雨般的殺著會立即迎面而來，沒有片刻空隙，完全不受距離的影響。

正是這種感覺，使他曉得逃跑是自取滅亡，連捨命一拚的機會都會失去。

劉裕清楚知道遇上了可怕的敵人，換作以前的自己肯定必死無疑，此人是接近孫恩級數的高手，但有了燕飛的免死金牌又如何呢？

際此生死懸於一髮的緊張時刻，他的恐懼、焦慮像潮水般退個無影無蹤，靈台一片清明，體內眞氣天然運轉。

「鏘！」

劉裕拔出背上厚背刀，遙指敵人。

劉牢之怎會請得動這般高手？像這種高手，理該是威震天下的人物，自己怎會從沒有想過有這號人物？

想到這裡，腦際靈光一閃，已想到對方是何人。

敵人黑頭罩內雙目紫芒遽盛。

劉裕知對方出手在即，而眼現紫芒，他尚是首次得睹，由此可知對方的眞氣是如何怪異難測。

倏地退後，同時雙手握刀，高舉頭上。

忽然間他感到心、神、意全集中到厚背刀處，無人無我，生榮死辱，再無關痛癢。

果如所料，黑衣蒙面高手在氣機感應下，全力出擊。一股凜冽至使人呼吸難暢、雙目刺痛、身如針戳的驚人氣勁，隨其移動撲頭蓋臉湧來。明明是春暖花開的時候，他卻像置身在冰天雪地裡，身內的氣血也似被冷凍得凝固起來。

如此陰寒可怕的眞氣，他還是初次遇上。

五丈的距離，只像數尺之地，對方一跨步便到了。甚麼縮地成寸，不外如眼前的情況般。

厚背刀直劈而下。

他生出在戰場上面對千軍萬馬的感覺，心中湧起一往無前的氣概，縱使戰死沙場，也不退縮半步，不會有任何遺憾。

在過去幾天日夜修行、連用不分的先天眞氣，貫刀而發，最奇妙是他感到天地宇宙的能量似被他盡吸納到這一刀之內。

於此一刻，他終於明白後天和先天迥然有異的分別。

驚人的刀氣隨刀而去，像破浪的堅固船首，硬從敵人雙掌推來的凌厲掌風裡衝開一道間隙缺口，疾劈對手雙掌正中的空隙。

此刀實是劉裕活到此刻最精采的傑作，是在面對生死下被逼出來的救命絕招，全無技巧，卻又是精妙絕倫、簡約神奇。

「蓬！」

刀掌交接。

劉裕悶哼一聲，全身氣血翻騰，眼冒金星，難過得差點吐血，旋又回復過來，方發覺自己硬被震得踉蹌跌退十多步。

但對方亦被他劈得向後倒退，沒法趁勢追擊，否則他肯定小命不保。

劉裕全身一鬆，脫出對方自現身後一直纏緊他的氣勁。

他福至心靈，曉得對方亦具備先天眞氣一類的奇功絕藝，在功力上勝過自己不止一籌，可是卻被他劉裕悍不畏死，從戰場上培養出來的氣勢壓制，故沒法搶得上風。

「好！」

對手終於首次開腔說話，雖只是一個字，仍被劉裕聽出有點尖細，予人陰陽怪氣的感覺，更證實對敵手身分的猜測。

倏地萬千掌影，迎面攻來，對方似已消失在掌影中。

劉裕知這是生死關頭，對方在施展一種奇妙的步法，以鬼魅般的高速往自己移來，每一刻位置都在變化中，所以招式亦是千變萬化，他一個把握不當，任何一掌都會變成自己的催命符。論招數，他實在及不上對方。豈敢大意，忙施出「九星連珠」的第一刀。

劉裕騰空而去，飛臨對手上方。

他的肉眼雖然沒法掌握對手的位置，可是卻能清楚感應到敵人氣勁最強大的核心，就憑此感應，他掌握到反擊的目標。

「砰！」

厚背刀如中鋼盾，發出勁氣交擊的爆響，對方化掌爲手刀，像使兵器般以硬碰硬，格擋了他氣勢雄厚的一刀。

劉裕如給大鐵錘重重敲了一記，命中的不是他的厚背刀，而是心臟，心知是技不如人，故被對方可怕的勁氣攻入經脈，震得他拋往半空。可是立即又回復過來，顯然仍挺得住。

拳頭迎空而來。

對方根本不容他有半刻喘息的機會，離地上彈，一拳往他轟至。

劉裕知是揭露對方身分的最佳時刻，長笑道：「陳公公比你的主子要厲害多哩！」

對方聞言攻勢立受影響，遲緩了一瞬。高手相爭，豈容任何破綻。劉裕大喝一聲，厚背刀往下疾劈，正中陳公公的鐵拳，震得陳公公往下墜跌。

至此劉裕終搶得少許先機，忙使個千斤墜加速下落之勢，厚背刀連珠般攻去，每刀均因勢而施，刀與刀間全無間隙。登時刀光急閃，狂風暴雨般往落在地面的陳公公罩下去。

陳公公也是了得，雖被劉裕展開刀法追擊，仍挺立地上，見招拆招，一一封擋，震得劉裕不住往上拋擲。

到第九刀，劉裕曉得如再不能逼退對方，今晚肯定命絕於此，心中湧起找對方陪葬的強大意念，靈台卻空明一片，再不理對方的招數，狂喝一聲，厚背刀凌空下劈。

陳公公終於往橫移開，兩手縮入袖內，雙袖揮打，拂中厚背刀。

狂猛無比的力道貫袖而來，劉裕如被狂風捲起的落葉，往另一方向拋飛而去。

「嘩！」

劉裕噴出一口鮮血，但也知燕飛贈他的免死金牌仍然有效。

陳公公此招像是送劉裕一程，但卻是別無選擇，因爲他並不曉得劉裕已是強弩之末，如果讓劉裕永無休止的一刀一刀、刀刀精奇地劈下來，又不顧自身性命，最後肯定以共赴黃泉收場。

他當然不肯與劉裕作伴。

倏忽間，劉裕在十多丈外落地。

陳公公這一拂亦盡了全力，一時間沒法立即追殺劉裕。

劉裕足踏實地前，體內眞氣回復運轉，忙深吸一口氣，功聚兩腿，觸地時借勢彈起，往東投去。

破風聲在後方響起，顯示陳公公正以驚人高速從後面追來。

劉裕望著兩里許外的密林掠去，心忖只要到達密林裡，憑自己的獨門本領，肯定可以輕易脫身。

大笑道：「陳公公不用送了！早點回去伺候琅琊王吧！」

同時加速，逃命去也。

燕飛和崔宏在荒野策騎飛馳，四匹健馬追在後方，踢起飛塵。

急趕三個時辰路後，太陽在東方山巒上露臉，大地春風送爽。

五原只在半天的馬程內。

依照時間計算，慕容寶的先頭部隊該於這兩天內抵達黃河河套，拓跋珪會否來個下馬威，突襲對方的先鋒隊伍呢？

燕飛瞥一眼並肩而馳的崔宏，雖然是長途跋涉、日夜趕路，這出身自北方龍頭望族的高手仍是神采飛揚，精神奕奕，不露絲毫疲態。

燕飛絕少對一個人生出懼意，可是崔宏正是這樣的一個人，當想到如讓他投靠了慕容垂，又得慕容垂重用，成爲敵人，整條脊骨都感到陣陣冰寒。

此人不單是戰場上的謀略大家，更是治國的人才，加上他特殊的出身，對北方的高門大族實有無與倫比的影響力。

一個王猛，令苻堅成了北方之主。

眼前的崔宏，能否使拓跋珪成爲第二個苻堅，至乎完成苻堅未酬之志，南伐成功，統一天下？

燕飛心中矛盾。

如果劉裕當上南方的帝君，拓跋珪成爲北方唯一的霸主，以兩人的志向性格，在戰場上決戰生死是無可避免的事。

自己現在向拓跋珪推薦崔宏，等於增加拓跋珪在戰場上的籌碼，肯定不利劉裕，這究竟是怎麼回事？

想到這裡，燕飛心中湧起古怪的滋味。

燕飛啞然失笑，自己是否想得太遠呢？每一個人，都只能依眼前的形勢處境，作出最佳的選擇，將來的事，只能由老天爺決定。

崔宏朝他瞧來，好奇的問道：「燕兄想到甚麼有趣的事？」

燕飛心中一動，問道：「崔兄怎樣看劉裕這個人？」

崔宏一邊策馬而行，一邊答道：「劉裕一箭沉隱龍，正是火石天降時。這兩句歌謠如害不死他，劉裕會否成爲南方新君，只是時間的問題。哈！原來你想起了他，他是你的好朋友呵！」

燕飛道：「你沒有想過投靠他嗎？他始終是漢人嘛！」

崔宏微笑道：「經過了這麼多年，漢胡間的界線已愈來愈模糊，這是漢胡雜處的必然發展。南方雖然山明水秀，論國力和資源卻不及北方。兼之北方地勢雄奇，易守難攻，南方多爲河原平野，所以只要北方統一團結，南人根本沒有抵擋的能力。良禽擇木而棲，燕兄認爲我該如何選擇呢？」

燕飛大感無話可說。

忽然前方塵沙揚起，十多騎出現在地平盡處，朝他們奔來。

燕飛笑道：「接應我們的人來哩！」

第五章　會稽失陷

謝道韞從睡夢中驚醒，連忙執劍從臥榻坐起來，一時仍弄不清楚自己身在何處。震天殺聲由某方傳過來，略一定神才記起仍在太守府內。

她本意到內堂休息片刻，想不到耐不住過去十多天的勞累，竟睡個不省人事。

謝道韞持劍站起來。

她自幼和謝玄一起練劍，到嫁入王家後才放棄習武，想不到今天又要拿起利刃。

謝明慧和幾名親兵氣急敗壞的衝進來，臉青唇白的道：「城破了！賊子已攻入城內，我們要立即走，遲則不及。」

謝明慧是謝道韞堂弟謝沖的長子，隨王凝之來守會稽，負責守東門，現在退回太守府，可知會稽大勢已去，再守不住。

謝道韞作夢都沒有想過小睡一覺後城已被破，她領先走出內堂，問道：「太守大人呢？」

謝明慧答道：「李將軍和榮弟已去請駕，我們約好在西園集合。」

李將軍就是李從仁，王凝之的副手。謝明慧口中的榮弟是謝道韞和王凝之的兒子王榮之。謝明慧雖說得客氣，謝道韞當然明白「請駕」的意思是要破門進入道房，把仍在祈求道祖派神兵天將打救的王凝之強行駕走，好逃出生天。

百多名全副武裝的親兵神色凝重的在內堂外的園林布防，等候命令。

謝道韞踏出內堂，正要左轉往王凝之所在的道房趕去，倏地前方大堂的後門洞開，數十名守軍棄甲曳兵的逃出來，後面追著大批天師軍。

謝明慧不愧是謝家子弟，大喝道：「帶夫人走。我們上！」

領著手下往敵人殺去。

謝道韞知道自己留下亦於事無補，叫道「明慧小心」，在另十多名親兵簇擁下，朝道房方向奔去。

剛走上中園的迴廊，大群人在迴廊另一端奔至，人人負傷掛彩，狼狽至極，竟是李從仁和他的手下。

謝道韞的心直沉下去，情況比她想像的更惡劣，猛一咬牙，搶前而出。

要死便大家死在一塊兒！

李從仁大吃一驚，攔著她道：「夫人請隨我來，太守大人和公子該已突圍往西園去，那裡備有馬匹，我們可從西門離開。」

後方殺聲震耳，只聽聲勢，便知謝明慧攔不住敵人。

太守府多處著火，濃煙沖天，情況亂至極點。

謝道韞從未遇過如此險境，卻能臨危不亂。

「姑母！」

謝道韞還以為是謝明慧，循聲看去，見到的是謝明慧的親弟謝方明，正一臉驚惶的瞧著她，雙目射出哀求的神色。

謝道韞心中一軟，能保存多少謝家子弟的生命便多少吧！斷然道：「我們到西園去！」

劉裕朝廣陵城奔去。

回想昨夜的情況，眞是驚險萬分，如果陳公公再多擋他一刀，現在他肯定走的是奈何橋。燕飛贈他的免死金牌連續發揮了兩次效用，令他避過兩次死劫。恐怕燕飛也想不到他尚未返回廣陵，已兩度遇險。

陳公公的功夫實在可怕，如果自己再沒有精進，只此一人便足以要他的小命。

繼自創「九星連珠」後，在陳公公的壓力下，他又創新招，姑名之爲「天地一刀」，以拙爲巧，最適合用於單打獨鬥的情況。那種感覺，到現在他仍然回味著。

當雙手握刀的一刻，他有種天地盡在掌握中的奇妙感覺，舉刀過頭更令他有不可一世的霸氣，無人無我，只有手上的刀。以陳公公之能，亦被他這簡樸無華的一刀破掉其千變萬化的掌法，致沒法使出後著。正因如此，他的「九星連珠」方有用武之地。

這兩招都各有獨特的心法，箇中妙況，實難對人說。

劉裕沉醉在創新的情緒裡，所以雖然整夜未闔過眼，精神仍處於巓峰的狀態。

如何才可以再多創幾招具有同樣威力的刀式呢？如果自己有十來招這樣子的刀法，就算再遇上陳公公，仍有把握應付。

不過任他如何苦想，腦海仍是一片空白。

「是劉大哥！」

劉裕一聽醒覺過來，原來已抵城門。

守門的兵衛蜂擁而前，把他團團圍著，人人歡呼怪叫，神情興奮激動。你一句他一句，弄得劉裕不知該答哪一個。

「劉裕！眞的是你回來了。」

彭中從城門奔出來，後面還跟著十多個北府兵兄弟。

見到軍中好友彭中，劉裕不由心中一酸，想起當日與王淡眞赴廣陵途上，正是遇上由彭中帶領的巡兵部隊，因而見彭中而聯想起王淡眞，怎不令他生出魂斷神傷的痛楚。

彭中推開其他人，直抵劉裕身前，眼睛發亮的看著他，然後喝道：「安靜一點，你們想煩死小劉爺嗎？」

眾兵立即安靜下來。

劉裕愕然道：「小劉爺？」

彭中掩不住喜色的欣然道：「大小只是年紀上的分別，在我們眼中，沒有人比你更棒了。」接著挽起他左臂，扯著他進入城門，其他人全追在他們兩人身後。

彭中忽然止步，別頭喝道：「是兄弟的便回到崗位處，裝作若無其事，我是怎樣教導你們的？」

眾兵齊聲應諾，各回本位。

劉裕道：「你曉得我這幾天會回來嗎？」

彭中道：「自光復邊荒集的消息傳到廣陵，我們一眾兄弟都在盼你回來，但又怕你臨時變卦，選擇留在山高皇帝遠的邊荒集劃地爲王，不知等得多麼心焦。」

劉裕笑道：「我是怎樣的一個人，你還不清楚嗎？劉爺對我有甚麼指示？」

彭中道：「他吩咐下來，一見到你小劉爺，須把你留在這裡，然後立即飛報他，他會派人接你到統領府去。」

劉裕聽得頭皮發麻，心忖難道劉牢之如此膽大包天，就這麼幹掉自己，再慢慢收拾殘局？

彭中見他臉色變得難看，笑道：「放心吧！孫爺和孔老大昨天碰過頭談你的事，均認爲劉爺定會做足門面工夫，好說歹說表面上也要容忍你，最多是讓你尸位素餐。如果他敢對你下毒手，他將威信盡失，北府兵也肯定立即四分五裂。」

劉裕問道：「孫爺和孔老大還有甚麼話說？」

彭中道：「他們都是老江湖，吩咐一眾關心你的兄弟千萬勿要張揚，只能在心裡默默支持你，尤其絕不可提及你老哥『一箭沉隱龍，正是火石天降時』這兩句街知巷聞的歌謠。以後我們是否有好日子過，全看你哩！我對你有情有義，記得將來安排個肥缺給我。」

劉裕爲之啼笑皆非。道：「劉爺現在情況如何？」

彭中冷哼道：「他現在是大統領，當然大權在握，連何謙派系的將領都要向他俯首聽命，他更是不可一世。高素、竺謙之、竺郎之、劉襲、劉秀武等一眾大將都向他靠攏。這方面的事，你問孫爺會更清楚。」

劉裕心中奇怪，劉牢之明知孫無終和自己關係密切，怎會不設法調走他，好令自己更孤立無援？從這點看，劉牢之確如孫無終和孔老大所推測，至少在表面上擺出容忍自己的姿態。道：「明白了！派人去知會劉爺吧！」

「高小子！這裡來！」

高彥剛踏足回回樓的二樓，聞聲望去，屠奉三和慕容戰坐在靠街一角的桌子，揮手招他過去。二十多張大圓桌，座無虛席，熱鬧喧譁，似乎昨天才剛贏了勝仗。部分客人是外地人，可見邊荒外的商旅正陸續到邊荒集來做買賣。

高彥頭重重的到兩人身旁坐下，昨晚和辦客棧旅店的諸位大哥大姊商量大計，人人搶著向他這位掌握邊荒集旅業大權的新當家紅人敬酒，最後喝得他得給人抬到榻子上去。

對屠奉三和慕容戰，高彥是不敢妄自尊大的，原因在兩人均是江湖上響噹噹的人物，更是出名心狠手辣，殺人不眨眼。雖說現在大家做了兄弟，一團和氣，可是對他們又敬又畏的習性，一時很難徹底改變過來。

高彥老老實實的坐下來，道：「兩位大哥招我來，有何指教呢？」

慕容戰笑道：「看你這小子走路腳步不穩，昨夜定是到了青樓鬼混，小心掏空了身子，將來應付不了小雁兒。」

屠奉三訝道：「青樓重新開業了嗎？」

慕容戰道：「只有老紅的洛陽樓和東大街的荒月樓開張了，不過青樓業與其他行業不同，成本是姑娘們的動人肉體，只要修妥門面，便可以開門迎客。這幾天所有青樓會陸續營業。沒有青樓的夜窩子，怎成夜窩子呢？」

高彥喊冤道：「不要冤枉我。我昨晚是去和人商量邊荒的旅遊大計。」

慕容戰哂道：「你小子的德性，邊荒集誰不清楚呢？小白雁又遠在兩湖，怎管得著你。就算你今天不去，明天不去，後天還按捺得住嗎？冤枉你？我去你的娘！」

高彥不滿道：「你沒聽過覺今是而昨非這句話嗎？我為了小白雁，決定洗心革面，從此不踏入青樓半步，以顯示我對她的眞愛和誠意，明白嗎？」

慕容戰和屠奉三齊聲哄笑。

高彥道：「少說廢話，老子很忙，有甚麼好東西？快說出來。」

屠奉三微笑道：「勿要動氣，因為事關你的終身幸福。你先答我一個問題，你對老卓的激將之計，有了決定嗎？」

高彥捧頭道：「我正為此頭痛，風險太高了！」

慕容戰道：「有甚麼難決定的？就像進賭場賭博，一注押下去，再等揭曉的一刻，不知多麼痛快。」

又湊前少許壓低聲音道：「如果你不下注，將永遠失去贏錢的機會。」

高彥痛苦地道：「但也可能輸個傾家蕩產，永不翻身。」

屠奉三有感而發道：「夫妻是宿世姻緣，是你的便是你的，不是你的強求也是白費工夫。」

慕容戰不耐煩的道：「不要再婆婆媽媽哩！像個男子漢般果斷點行嗎？」

屠奉三道：「我最明白聶天還這個人，以他的性格，必會想盡辦法破壞你和小白雁的好事。若你還猶豫不決，坐失良機，日後勿要怪我們沒有幫忙。」

慕容戰接著道：「你和小白雁的事，已變成我們荒人的榮辱，大家都為你想盡辦法，不想『一箭沉隱龍』的結局是慘淡收場。」

高彥抬頭茫然道：「我是該到兩湖去的，只要見到我的小雁兒，老子便有辦法。」

慕容戰罵道：「你這冥頑不靈的傢伙，我們早研究過你這個蠢辦法，肯定勞而無功，乘興而去，敗興而返。一個不好，還要賠上你和館主兩條人命。」

屠奉三點頭道：「老卓雖然是邊荒集一等一的高手，但比起燕飛始終有段距離，能否保你安全回來，仍是未知之數。」

高彥一呆道：「原來你們兩個是大小姐的同謀，硬要把我拴在邊荒集，令我沒法分身去找我的小白雁。」

慕容戰坦然道：「是又如何呢？你敢怪我們嗎？大家都是為你好。」

屠奉三道：「不要多想哩！老卓想出來的主意，定可為你贏得美人歸。」

慕容戰催道：「快下決定。老子的耐性是有限的。」

高彥愕然道：「你們這麼一大早的找我來，就是為了要我點個頭嗎？」

屠奉三喝一口羊奶茶，欣然道：「現在你的娶妻大計，已融入我們邊荒的整個戰略行動裡。」

慕容戰道：「試想想看，當整個南方都為你和小白雁的戀情牽記著，會造成怎樣的情況呢？我們已決定要把事情有多大鬧多大。你和小白雁的熱戀，在這人心惶惶的戰亂時代，便像烈火裡一道長流不止的清泉，使人在無助的黑暗裡看到希望。」

高彥道：「你的語氣為何這麼像老卓那瘋子呢？」

屠奉三解釋道：「因為他在轉述卓瘋子的高論。昨晚老卓找我們到他的館子去，出席的還有大小姐、老紅和姬大少，我們成立了『小白雁之戀』的工作小組，專門爲你籌謀計算，你都不知自己多麼幸福。」

高彥抓頭道：「我和小白雁的事，値得各位大哥大姊如此爲我操心嗎？」

慕容戰道：「這關係到邊荒集形象的問題，以前的邊荒集在外人眼中，只是個強徒聚集、唯利是圖、沒有王法的地方，這個形象對我們非常不利，所以必須重塑新的形象，如此亦大利我們的旅遊觀光業。」

屠奉三道：「用你的腦袋給我想想看，邊荒集的一個流氓小子，戀上了南方最大黑幫霸主的愛徒，此事本身已非常引人追逑。」

慕容戰接下去道：「何況傳得天下沸沸揚揚的劉裕一箭沉隱龍那一箭，正是爲你而發，兩件事扯在一起，更添戀情的傳奇色彩。這樣對我們劉爺的形象也有莫大的好處，令人曉得劉爺並非只好殺戮，而是……而是……嘿……我不知該如何形容了。」

高彥色變道：「如此小白雁豈非曉得我和你們合謀來算計她？」

屠奉三道：「謠言就是這樣子，眞眞假假，誰能分辨清楚？他奶奶的！我們想出來的計策，你這般沒有信心嗎？假如小白雁肯委身下嫁你這癡情種，肯定會衝擊桓玄和聶天還的聯盟。我明白桓玄，他除了自己外從不信任別人，如果讓你和小白雁的戀情傳入他耳中，我敢保證他和聶天還難以合作下去，更沒可能組織另一次攻打邊荒集的行動。」

高彥以哀求的語氣道：「讓我再想兩天行嗎？」

屠奉三斷然道：「不是要逼你，而是再沒有時間。我現在須立即動身往江陵去，你的事是我其中一個任務。現在我只想聽你一句爽快點的話。」

高彥捧頭道：「好吧！就依你們所說去做好了。」

第六章　重歸北府

巴陵城。

郝長亨坐在當地最著名的酒家，洞庭樓樓上臨街的桌子，目光投往街上往來的人車，卻是視而不見，正爲尹清雅的事煩惱苦思。

他開始有點明白爲何尹清雅會對高彥生出興趣了。

昨天他辦了個郊野遊獵會，邀請十多個當地的年輕俊彥參加，這些兒郎來自附近郡縣，不是出身於本土的世家大族，便是富商巨賈的兒子，其中不乏文武全才者，經他精心挑選，各種人物都有，幾敢肯定尹清雅能看得上眼，只要她對任何一個生出好感，他便可以推波助瀾，撮合他們，好完成聶天還吩咐下來的重任。

他的預測只對了一半，俊彥們見到尹清雅如蜜蜂見到糖，個個爭相對她大獻殷勤，豈知她完全不爲所動，不到半天便意興索然，喊悶離開。弄得他非常尷尬，難以交代。

問題可能出在尹清雅心裡，就是比起高彥，這些人都變成悶蛋，了無樂趣。

不論邊荒集或其所處的邊荒，都是世上獨一無二的地方，無法無天，危機四伏。眞正吸引她的該不是高彥，而是邊荒的刺激和危險，使她有新鮮的感受。高彥何德何能？怎可令心高氣傲的尹清雅對他傾心？高彥只因來自邊荒集，佔上「地利誘人」的便宜。

但如何令她移情別戀，忘記這可厭的小混賬呢？

胡叫天來到他身旁坐下，臉布陰霾，神色沉重。

郝長亨為他斟酒，訝道：「天叔為何心事重重的樣子，有甚麼難解的事，長亨可否為你分憂？」又向他敬酒。

胡叫天默默乾了杯中酒，沉聲道：「荒人收復了邊荒集。」

郝長亨很想說幾句安慰他的話，可是想起自己也是荒人的手下敗將，且輸得不明不白，窩囊至極點，豪言壯語立即卡在咽喉處吐不出來，只好為他斟滿另一杯酒。

胡叫天看著他注酒，有點意興闌珊的道：「恐怕接著來的一段長時間裡，沒有人能奈何得了荒人。」

郝長亨明白他說的是實情，卻知絕不可以附和他，更添他心中的恐懼。自成功擊殺江海流後，胡叫天一直悒鬱寡歡，可知做臥底叛徒的滋味絕不好過。

正容道：「幫主已有周詳計畫對付大江幫，只要殺死江文清，大江幫將會潰滅。」

胡叫天嘆道：「現在的邊荒集再非以前的邊荒集，荒人已團結一致，我們要對付大江幫，等若與整個邊荒集為敵，再不像以前般容易。」

郝長亨冷哼道：「幫主昨天起程往江陵，應桓玄之約商量大事，邊荒集肯定是其中一個議題。天叔放心吧！我們必會找出破邊荒集之法，何況在兩湖天叔絕對不用擔心自身的安全，荒人敢來犯我們，正是我們求之不得的事。」

胡叫天淡淡道：「聽說燕飛曾來過巴陵，是否確有其事呢？」

郝長亨心中苦笑，暗忖自己正為此事心煩。點頭道：「他確曾來過，且差點不能脫身。」

胡叫天朝他瞧來，沉聲道：「我想退隱！」

郝長亨一呆道：「退隱？」

又道：「天叔勿要胡思亂想。我可以代幫主保證天叔的安全，只要天叔小心點，不讓敵人掌握行蹤，我保證大江幫派來的刺客連你的影子也看不到，動輒還會全軍覆沒。在我們兩湖幫的地頭，誰來逞強我們都要他吃不完兜著走。」

胡叫天頹然道：「我正是不想過這種每天都要心驚膽跳、提防敵人襲擊的生活。」

郝長亨道：「請天叔三思，看清楚情況再下決定。」

胡叫天目光投往杯內的美酒，一字一句的緩緩道：「我今年四十三歲，過往幾年都在江海流的手下辦事，對那種生活已非常厭倦，現在只希望能找個山明水秀的小鎮，寧靜地度過餘生，甚麼事都不想去管，把一切忘掉。」

郝長亨苦笑道：「天下間還有安樂的處所嗎？」

胡叫天道：「那就要看我的福分，我有點難以向幫主啓齒，希望長亨爲我在幫主面前說幾句好話，達成我的心願。」

郝長亨還有甚麼好說的，只好答應。

劉裕來到統領府大堂門外，大感愕然，問道：「劉爺竟要在大堂見我嗎？」

由城門接他到這裡來的親兵低聲答道：「我們是依令辦事，其他的事便不清楚。」

劉裕心忖，劉牢之這招高明得出乎他意料之外。他本猜劉牢之會在較保密的地方，例如書齋又或內堂見他，而絕不會是在大堂般公開的場所。劉牢之又在玩手段了，他要顯示給所有人看，自己是他一手捧出來的，甚麼立軍令狀收復邊荒集是他的用人之術，好令自己能創造奇蹟，事實上他並非針對自己，反對自己愛護有加，諸如此類。

劉裕暗叫不妙時，門官唱道：「副將劉裕到。」

劉裕欲再想清楚點也沒時間，硬著頭皮步入統領府的議事大堂。入目的場面，看得他倒抽一口氣，同時曉得自己低估了劉牢之，已落到絕對的下風去，主動權完全握在劉牢之手中。

大堂的一邊坐著手握北府兵大權的劉牢之，左右兩旁各擺了十張太師椅，大半坐著北府兵的高級將領，包括孫無終、劉毅和何無忌三人在內。

一眼看去，論軍階，最低級的正是劉裕。

劉裕記起卓狂生所說聽書聽全套的道理，硬按下心底裡對劉牢之的仇恨，不敢造次直抵大堂正中處，依北府兵見大統領的軍禮，屈膝半跪行軍禮道：「卑職劉裕參見統領大人，卑職託大人鴻福，幸不辱命，已依照大人吩咐逐走佔領邊荒集的胡人。」

這番話給足劉牢之面子，又不亢不卑，甚爲得體，即使劉牢之恨不得將他立即處斬，一時仍難降罪於他。

在座諸將尚未來得及點頭嘉許，一身統領軍服的劉牢之早從大統領的寶座跳出來，一把扶起劉裕，呵呵笑道：「劉裕你果然沒有令我失望，玄帥更沒有看錯人，只有你才可把一盤散沙的荒人團結在一起，創造出收復邊荒集的奇蹟。由今天開始，劉裕你便是帶兵正將，俸祿加倍。」

劉裕被劉牢之的熱情弄個措手不及，糊裡糊塗的站直虎軀，一時不知該要如何反應。

眾將齊聲喝采。

劉裕由副將高升至帶兵正將，連跳兩級。正將也有高低之分，在北府兵裡，正將級的人馬達三十多人，只有高級的正將才可領兵出征。

劉裕終於躋身於高級將領的行列。

劉裕聽到自己答道：「多謝統領大人提攜。」

他當然曉得劉牢之只是在做門面工夫，以釋去北府兵諸將對他欲除去自己這眼中釘的疑心，將來他縱然被劉牢之害死，眾人也不會懷疑到他身上去。

劉牢之喝道：「賜座！」

劉裕識趣的退到末席坐下，旁邊便是何無忌，對面是劉毅，三人都不敢在目光眼神方面稍有踰越，怕被人發現端倪。

劉牢之回歸主座，意氣飛揚的道：「小裕立下大功，令我北府兵威名更盛，除了晉職外，我還要好好獎賞他，各位有何高見？」

此著更出乎劉裕意料之外，劉牢之愈對他擺出禮賢下士的姿態，愈代表他暗地裡有對付他的厲害手段。昨夜差點被陳公公幹掉的驚險情況記憶猶新。

坐在劉牢之左右下首的分別是吳興太守高素和輔國將軍竺謙之，在此堂內是劉牢之以下軍階最高的人，亦是劉牢之的心腹將領。其餘他認識的還有劉襲、高雅之和劉秀武，都是北府兵的著名將領。

劉裕的目光往孫無終投去，後者微一頷首，似在表示明白他的疑慮，不過他也看不通劉牢之的把戲。

何無忌側靠過來，低聲道：「逆來順受。」

劉裕心中感激，何無忌是劉的外甥，關係密切，該比其他將領更清楚劉牢之的心意，在這等情況下仍來提醒自己，非常夠朋友。

孫無終開腔道：「現在朝廷正值用人之時，末將認為該多給小裕歷練的機會。剛巧琰少爺正向我們要人，小裕又是琰少爺熟悉的人，故是最適合的人選。請劉爺考慮。」

這番話說出來，屬劉牢之派系的將領，人人面露不自然的神色。因為孫無終的話等於暗示他仍不信任劉牢之對劉裕的誠意，所以希望能讓劉裕到謝琰底下辦事。

反是劉牢之絲毫不介意，微笑道：「這是個好主意。」

劉裕對孫無終甘冒開罪劉牢之之險，提出這個建議，心中一陣感動，同時也知道劉牢之絕不會放自己到謝琰那處去，事情不會如斯簡單。

果然劉牢之的心腹高素道：「劉大人經過連場大戰，長途奔波，已是非常疲倦。我認為該讓劉大人好好休息一段日子，乘機衣錦還鄉，與親人歡聚。這該是最好的獎賞，我也巴不得有這機會哩！」

眾將同聲哄笑紛紛稱善。

表面看來，他比孫無終更體恤劉裕的情況。

劉牢之含笑點頭道：「確實是更好的主意，小裕你有甚麼意見？」此話等於否定了孫無終的提議。

劉裕心忖敵人贊成的，當然要反對。自己孤身回京口，目標明顯，頓成高手如陳公公等的刺殺目標，還是留在廣陵穩妥點。

忙道：「卑職只是適逢其事，根本算不上甚麼成就，豈敢厚顏回鄉炫耀。請統領大人另派任務。」

他心知劉牢之怎麼都不會讓他得到謝琰的庇蔭，索性抱著天掉下來當被蓋的態度，看他有甚麼對付自己的手段。

劉毅和何無忌都不敢說話，怕被劉牢之看穿他們和劉裕的關係。在這樣的情況下，孫無終起不到任何作用。

劉牢之的另一心腹大將竺謙之欣然道：「朝廷不是向我們要人嗎？我認為劉將軍是最適合不過的人選了。」

孫無終、劉毅和何無忌三人登時色變，朝廷由司馬道子所控，如把劉裕交給司馬道子，與送羊入虎口有何分別？劉裕肯定不能活命。

劉裕則心中大罵，如此豈非硬逼自己脫離北府軍，逃往邊荒集當逃兵嗎？實在太卑鄙了。

孫無終忍不住道：「現在南方謠言滿天飛，把小裕和邊荒的天降神石硬扯到一起，已大招朝廷之忌，琅琊王怎肯重用小裕呢？」

劉牢之神色自若的朝劉裕瞧去，道：「小裕在這裡最好不過，就由小裕親自解說這件事，我上報皇上，以釋他的疑慮。」

大堂內靜至落針可聞。

劉裕頗有任人宰割的無奈感覺，更清楚只要說錯一句話，讓劉牢之抓到把柄，即可治自己造反的死罪。這時誰也不敢為自己說半句好話。正容道：「我敢對天立誓，甚麼一箭沉隱龍，正是火石天降時這兩句話，完全是信口雌黃。隱龍確實被火箭燒燬沉沒，但卻是在被圍攻的情況下。兩件事確實是在同一晚發生，但是否在同一時間則只有老天爺曉得。兩句歌謠出自荒人卓狂生之口，目的是令荒人團結在一起，是一種激勵人心的策略。豈知傳到邊荒外卻變成另一回事。」

他能說的就是這麼多，劉牢之不接受的話，只好打出廣陵去，看看燕飛的免死金牌是否仍然有效。

劉牢之出乎眾人意料之外的微笑道：「我完全信任小裕，這件事我會親自向皇上解釋，擔保沒有問題。」

眾人紛紛稱善，均對劉牢之肯把如此犯司馬氏王朝大忌的事攬上身，是對下屬的愛護。孫無終、劉毅和何無忌三人則心中納悶，摸不著頭腦。

難道劉牢之眞的改變了對劉裕的看法。

只有劉裕明白劉牢之是另有對付他的手段，故大賣人情，使北府兵諸將領誤以爲他對劉裕愛護有加，將來縱使劉裕出了岔子，也沒人會懷疑與他有關。

劉牢之欣然道：「在這樣的情況下，更應由小裕去負責這項朝廷派下來的重任，以示小裕對朝廷確實忠心耿耿。」

劉裕心叫「來了」，這肯定不是甚麼好差使，只恨自己沒有拒絕的資格。忙道：「請統領大人賜示。」

劉牢之道：「近兩年沿海出現了一批凶殘的海盜，到處殺人放火、姦淫婦女，幹盡令人髮指的壞事。但因這批海盜來去如風，神出鬼沒，官兵一直沒法奈他們的何，還吃了幾次大虧，折損嚴重。上個月朝廷派去負責剿匪的大將王式，更被海盜割掉首級，只餘無頭屍運返建康，震動朝野。所以皇上頒下聖旨，要我在北府軍內挑選能人，代替王式。」

孫無終一震道：「劉爺指的是否『惡龍王』焦烈武和他那群海賊？」

竺謙之道：「正是這個畜生，此人殘忍好殺，但武功高強，據傳其善使鐵棍，從未遇過敵手。我本來亦不太相信他如此厲害，可是王式名列『九品高手』榜上，排名僅次於王國寶之後，據目擊者言，只是幾個照面便被焦烈武收拾了。由此可見此人的武技，已到了出神入化的境界。」

劉裕心叫厲害。從聽到的資料，沿海的官兵已被這批可怕的海盜打得七零八落，潰不成軍，要自己率領這樣一班不足言勇的敗軍，去應付縱橫無敵的海盜，任自己三頭六臂，也難幹出甚麼成績來。此計既可把自己調離北府兵的權力核心，又可陷害他於劣境與海盜相鬥，幹不出成績則可治自己辦事不力之罪，且直接由朝廷出手，而劉牢之則可推個一乾二淨，還有甚麼比這更划算的。

劉裕心中暗嘆，自己確實低估了劉牢之的手段。旋又心中一動，想到劉牢之或許只是依司馬道子的指令行事。劉牢之該想不出這麼完美的毒計。

終有一天，他會和劉牢之、司馬道子算清楚這筆賬。這些念頭以電光石火的高速閃過劉裕的腦海，然後起立施軍禮，大聲應道：「劉裕接令！」

孫無終皺眉道：「劉爺可否從北府兵撥一批人手給小裕，以增強對付這群凶殘海盜的實力呢？」

劉牢之嘆道：「我也有想過這個問題，可是天師軍已全面發動攻勢，實難再抽調人手。」

劉裕朗聲道：「孫爺放心，劉裕必可完成任務，把焦烈武的人頭獻上朝廷。」

劉牢之終現出奸險的笑意，道：「謙之會詳細告訴小裕有關賊寇的情況。事不宜遲，小裕你明早必須起程。」

劉裕強壓下心中怒火，大聲答應。

第七章　天師毒手

徐道覆在周胄、許允之、謝鍼等將簇擁下，率兵由東門馳入會稽城。

這是他第二次攻陷會稽城，心情卻完全不一樣。

第一次入城是在起義之初，孫恩振臂一呼，會稽和周遭各郡立即響應，讓天師軍勢如破竹的連取會稽、吳郡、吳興、義興、臨海、永嘉、東陽和新安等八郡，震動南方，聲勢一時無兩，亦使天師軍正式成形，變成能威脅建康司馬氏存亡的一股力量。

不過徐道覆乃深諳兵法的統帥，明白在這種情況下成立的軍隊，仍只是烏合之眾，力不足以應付連場硬仗。所以當在邊荒集失利退兵，劉牢之的水師從長江出海，沿南岸來討伐的時候，他斷然向孫恩提出暫時放棄八郡，退守翁州，以避北府兵的鋒銳。

現在他又再次攻陷會稽城，南方亦出現有利於他們起義的形勢變化，讓天師道廣被南方的夢想，再不是遙不可及。

可是他心中興奮之情，卻遠不及上一趟入城。

那次入城他是追隨在孫恩左右，現在卻連他也不知道孫恩到了哪裡去，到底在幹甚麼？他有個奇怪的感覺，自與燕飛決戰回來後，孫恩似乎對爭霸天下失去了興趣，極少過問軍中的事，也減少了對天師道信徒的說法傳道。

究竟他和燕飛之間發生了甚麼事呢？爲何他會說對付燕飛屬他個人的事，與任何其他人都沒有關係。

對此他沒法理解。

他同時想起紀千千，生出無奈和失落的頹喪感覺。

在這一刻，他清楚知道天師軍正起步欲飛，再沒有任何力量可以壓制他的擴展，可是失去紀千千的缺陷將永遠沒法彌補。他唯一能做的，就是把精神集中到爭霸的大業去，揮軍攻入建康，直至南方完全臣服在他腳下。

謝道韞策馬馳出西門，由於官道擠滿逃難的軍民，只好在李從仁帶領下，選擇朝西南的丘陵林野逃竄。此時追在她身後除謝方明外，只餘十多個親兵。

她不敢去想丈夫和兒子的事，怕忍不住掉轉頭回城去，只希望他們吉人天相，先她一步逃出會稽城。

一切發生得太快了，令她深切體會到兵敗如山倒的情況。如果夫君王凝之曾努力抗賊，還可說是非戰之罪，可是她卻明白降臨到會稽的可怕災難，是她冥頑的夫君一手造成的，爲此使她更是內疚難堪。

如果謝玄仍然在世，是絕不會出現眼前情況的。

「呀！」

謝道韞、謝方明和李從仁駭然往後瞧去，正巧見到跑在最後的親兵七孔流血的倒墜下馬，一個相貌奇特的男子，大鳥般凌空從上方趕過墜馬的戰士，來到另兩名戰士的上方，兩手伸出，抓向他們的頭蓋。

謝道韞心神劇顫，心中叫出「孫恩」之名時，李從仁已祭出佩劍，離馬倒翻，橫空向孫恩迎去。其他戰士紛紛拔刀取劍，爲保命而戰。

李從仁狂喝道：「夫人和公子快走。」

謝道韞始終是欠缺實戰經驗，正不知該與李從仁共抗大敵，又或聽李從仁之言的時候，她和謝方明已奔出十多丈。

李從仁的空馬仍在往前狂奔，像不知主人已離開了牠。

慘叫聲在後方接連響起。謝道韞終於回過神來，拔出佩劍，猛刺在謝方明坐騎馬股上，嬌叱道：「不要停留，回到建康去。」

謝方明的坐騎吃痛下發足狂奔，載著淚流滿面的謝方明轉瞬遠去。

謝道韞再奔出百多步，勒停馬兒，昂然躍往地上。

孫恩正悠然掠至，後方李從仁和眾親兵全遭毒手，伏屍荒郊，只餘亂奔的空騎。

謝道韞臨危不懼，劍鋒遙指孫恩，平靜的道：「要殺便殺我吧！」

孫恩像未曾下毒手殺過任何人般，沒有絲毫的情緒波動，冷冷瞧著謝道韞，好半晌後，忽然眼睛生出變化，射出使謝道韞感到意外的豐富感情，嘆息道：「如有選擇，本人絕不會冒犯夫人，至於其中因由，請恕本人難以奉告。」

謝道韞雖然聰慧過人，仍沒法明白孫恩這番話的含意。沉聲道：「我的丈夫和兒子呢？」

孫恩淡淡道：「他們沒有資格勞煩我出手。」

謝道韞心中湧起希望，尖叱一聲，手中長劍挽起六朵劍花，如鮮花盛放般往這位被譽爲南方第一人的絕代宗師刺去，功架十足。

她卻自己清楚，在年輕時代習武的巔峰期，她可以化出九朵劍花，虛實相生，令敵手無法掌握她要攻擊的位置，連謝玄也非常讚賞。

比起當時的自己，她已大幅退步了。

孫恩一袖揮出，疾打在其中一朵劍花處。

劍光立告冰消瓦解，謝道韞踉蹌跌退，唇角流出鮮血。

只一個照面，她便負傷。

孫恩柔聲道：「生死只是一場噩夢，遲點醒來或早點夢消，根本沒有相干。現在怎麼說夫人都不會了解，可是很快夫人會明白我說的話。我會給夫人一個痛快的了斷，夫人要怨便怨燕飛和令弟的密切關係吧！」

謝道韞終於立定，厲叱一聲，劍化長虹，不顧生死往孫恩直擊而去。

孫恩雙目回復先前般完全沒有任何情緒的波動，右手從寬袖內探出，一拳往劍鋒轟去，拳勁高度集中，不揚起半片落葉、一粒塵土，只有首當其衝的謝道韞感受到其充滿死亡氣息的可怕威力。

驀地劍光一閃，殺氣橫衝而來，一道劍芒從左方樹頂筆直射至，突襲孫恩。

孫恩像早曉得似的，左手從另一袖探出，撮指成刀，猛劈在偷襲者攻來的劍芒鋒銳處，動作如行雲流水，神態從容。

拳劍交擊，一股火熱的勁氣透劍而來，謝道韞全身經脈像被燃燒著了似的，五臟六腑更像翻轉了一般，難受得要命時，長劍早脫手落地，人卻被震得離地倒飛，直跌往七、八丈外。

劍勁眞氣交擊之聲不絕於耳。

謝道韞身軀著地時，第一個念頭並不是關乎自己的生死，而是天下間竟有能擋著可怕如孫恩者的人物。

隨即昏迷了過去。

「小姐！小姐！」

紀千千睜開眼睛，入目是小湖在日落前的醉人美景，然後回首朝營地的方向看去，小詩正朝她急步走來。

雖然沒有人告訴她，紀千千卻曉得眼前所處的位置，就是位於長子和台壁間官道旁的隱蔽林野。密林內這片嵌著一個小湖、寬廣達兩里的小草原，更是罕見的美景。

慕容垂的目的是突襲慕容永馳援台壁的大軍，削弱敵人的實力，令慕容永守不住長子。長子若破，慕容永的勢力將會冰消瓦解。

「看你哩！走得這麼急，一不小心摔倒怎麼辦？」

小詩喘著氣來到她身旁，道：「皇上回來了！他想小姐陪他吃晚飯、喝點酒。」

紀千千眼神回到湖面上，有點沒好氣的道：「這個人的臉皮很厚，他不怕碰釘子嗎？」

小詩道：「傳話的是風娘，她還說皇上會在席上告訴小姐，有關邊荒集的最新消息。」

紀千千心中一沉，暗忖難道是燕郎和荒人輸了，所以慕容垂要喝酒祝捷。嘆道：「告訴風娘我不會爽約。」

「咯！咯！咯！」

房內立即傳來尹清雅不悅的聲音道：「誰敢再來敲我的房門，我就斬斷誰的手。」

郝長亨心中苦笑，硬著頭皮道：「是我郝大哥！」

「咿呀！」

房門打開，一身夜行衣裝的尹清雅出現眼前，笑意盈盈的盯著他道：「大前天是那甚麼半人半鬼的『俊郎君』，昨天則找批悶蛋來陪我去打獵，今天又是甚麼鬼主意？」

在她澄澈明亮的秀眸注視下，郝長亨有一種無所遁形的感覺，差點便要落荒而逃。對甚麼人他都可弄虛作假，可是對著這位自小親如兄妹的嬌嬌女，他卻有技窮的難堪尷尬，因爲他從未想過要算計她，更不習慣向她使詐。

苦笑道：「今天我是特來帶清雅去大鬧青樓解悶賠罪。想想看，如清雅扮作俊俏的男兒漢，到巴陵最著名的青樓，找最紅的名妓陪你喝酒唱曲，令青樓的姑娘對你傾心，是多麼好玩有趣呢？」

尹清雅「噗哧」嬌笑道：「郝大哥是怎麼了？這是你想出來的嗎？去年中秋我便有過這樣的提議，且被你一口拒絕，現在卻當作是你自己的主意來哄我。你當我是三歲的無知小女孩嗎？」

郝長亨頭都大了，陪笑道：「有這麼一回事嗎？怎麼我忘記了。誰想出來都好，最重要是好的玩意，我給你一個時辰改裝，然後我們扮作世家子弟勇闖青樓，何用把自己關在房內呢？」

尹清雅忍著笑在他身旁走過，往內廳的出口走去，櫻唇輕吐道：「我現在沒有興趣了，不去。」

郝長亨追在她身後，道：「你要到哪裡去？」

尹清雅在門前立定，笑吟吟道：「我要到洞庭泛舟遊湖，想點事情，不用任何人陪我。」

郝長亨嘆道：「清雅有心事嗎？」

尹清雅輕俏扭轉嬌軀，面向著他，道：「自我從邊荒集回來後，你和師父都是古古怪怪的，說話總是欲言又止，是否有事瞞著我呢？」

郝長亨大感難以招架。頹然道：「清雅不要多心，我們有甚麼事會瞞你呢？」

尹清雅沒好氣的道：「我就是要你說實話。換過是別人，我還可以拿劍指著他咽喉，喊打喊殺的逼供，但你是郝大哥嘛！你不肯說，清雅有甚麼法子呢？誰想得到郝大哥這麼不夠意思，幫著師父來欺負人家。」

郝長亨感到在聶天還派下來的任務上已是一敗塗地，再難有任何作爲。把心一橫道：「因爲我們怕你被高彥那花心小子欺騙了感情。」

尹清雅愕然道：「你們怎曉得我和那混賬小子的事？我沒有告訴你們啊！」

郝長亨失聲道：「你眞的看上那吃喝嫖賭樣樣皆會的臭小子？」

尹清雅不知想起甚麼，現出神馳意動的神色。接著嫣然淺笑，點頭道：「這小子確是好的事不見他會做，壞的事卻樣樣精通。說起謊來口若懸河，沒有半句是眞的。」

郝長亨難以置信的瞧著她道：「原來你眞的看上他。」

尹清雅做了個像在喚「我的天啊」的頑皮表情，兩眼一翻，然後嬌笑道：「你是從哪裡聽來的？」

郝長亨當然不會告訴她，高彥偕燕飛曾到兩湖來找她的事。道：「你不是要人留意一個叫做高彥的小子，吩咐若在兩湖見著的話，須立即通知你嗎？」

尹清雅咬牙切齒的狠狠道：「有人不想要命了，我吩咐過不准告訴你們的。」本已白裡透紅的臉蛋倏地飛起兩朵紅雲，令她更是嬌艷動人。

郝長亨道：「清雅勿要錯怪好人，你吩咐下來的誰敢違命，只因執行你命令的人太過盡責，囑咐了守城的兵衛留意這麼一個人，消息才會傳入我耳中。」

尹清雅瞪他一眼，又避開他詢問的目光，跺腳嗔道：「不准那麼看著清雅！根本沒有甚麼。我只是怕那不知死活的小子，纏人纏到這裡來，會吃苦頭罷了！」

郝長亨嘆道：「清雅關心他的生死嗎？」

尹清雅大嗔道：「不准你和師父胡思亂想！他死了最好，以後我都不用心煩了，誰有空理他的生死。」

最後連她自己都感到說話前後矛盾，口不對心。拉長俏臉氣鼓鼓的道：「告訴你吧！我不是看上他，而是……而是他為我背叛了荒人，把我從荒人的手上救走。唉！荒人這麼心狠手辣，肯定不會放過他，他既不能回邊荒集去，不知怎樣過日子呢？」

郝長亨對她和高彥在邊荒發生過的事，終於有點眉目。沉吟片刻，皺眉道：「高小子在荒人裡算不上甚麼人物，有甚麼資格救你呢？其中是否有詐？」

尹清雅一雙精靈的大眼睛亮了起來，眉飛色舞道：「我起初也以為他是個只會花天酒地的小混蛋，認識他一點後，才知道他有自己的一套，否則怎當得起邊荒集的首席風媒。唔！他救我的情況確實有點古怪，不過他真的助我避過楚妖女的追殺，那是千真萬確的事，假不來的。」

郝長亨駭然道：「你們遇上楚無暇？」

對楚無暇的厲害，他仍是猶有餘悸。

尹清雅似沒有聽到郝長亨說的話般，逕自馳想神往道：「第一次我被那個可恨的死燕飛生擒活捉，氣得清雅差點想死時，也賴高小子脫身。眞的哩！這小子癡纏得令人心煩。你或許不會相信，我告訴他在巫女河背後偷襲他的人是我，他偏不肯相信。」

又像想起甚麼似的「噗哧」笑起來，兩眼上翻做出被氣死了的動人神態。續道：「眞是個糊塗小子，敵友不分，說起謊話來表情十足，扮神像神，扮鬼像鬼。有時眞想狠揍他一頓。」

郝長亨聽到她提起燕飛，想起當夜如非她不顧生死攔截，自己恐怕早命赴黃泉，不能在此聽她似如決堤般，滔滔不絕地暢言一直不肯透露半句的心事，心中一軟道：「你是否喜歡那小子呢？」

尹清雅沒有直接答他，伸出玉指輕戳他胸口三記，正容道：「快說！你是不是站在我這一邊？」

郝長亨無奈道：「你該清楚答案！當日幫主是不許你到邊荒集去的，全賴我拍胸口保證你的安全。所以你和高小子弄至這般田地，我須負上責任。」

尹清雅不悅道：「你想到哪裡去了？誰說我喜歡那個蠢混蛋。我只是恩怨分明，不想他傻呼呼的到兩湖來，卻被你們不分青黃皂白的宰掉，死得冤枉。」

郝長亨精神大振，道：「你沒有愛上他嗎？」

尹清雅大嗔道：「見他的大頭鬼！」旋又想起某事似的掩嘴失笑。再白郝長亨一眼，道：「我說過嫁豬嫁狗也絕不嫁給他，你放心好哩。噢！你還未答應我。」

郝長亨心忖高小子早來過又走了，卻不敢如實透露。點頭道：「你放心吧！如果高小子大搖大擺的到兩湖來，我可以保證沒有人會傷他半根寒毛。」

尹清雅欣然道：「這就好了。我要到湖上吹風，你自己到青樓胡混吧！」

伸手往郝長亨脊背一拍，一蹦一跳的去了。

第八章　風流盡散

劉裕坐在統領府後院的小亭裡，心中百感交集。當日謝玄便是在這裡截著自己，使他無法與王淡眞私奔。假設謝玄預知王淡眞的悲慘下場，仍會阻止他嗎？

忽然間他感到無比的孤獨，謝玄已作古人，王淡眞亦捨他而去，一切成爲沒法挽留的過去，伴著他的只有切齒之痛，和傾盡江河之水也洗刷不去的恨火。

劉牢之換了一個更可厭的臉孔，充作好人，卻是千方百計要置他於死地。更明示他劉裕有軍任在身，在起程前不准離開統領府，擺明是不想予他任何機會串連軍中支持他的人。

觸景生情下，他的心中湧起一股無法名狀的哀傷，不單是爲了王淡眞，更是一個在大亂時代裡的人，深切體會到民族與民族間的仇恨，每個人都因爲要生存而進行無盡無休的戰爭而生出的感慨。

當初剛加入北府兵的時候，他做甚麼都有一股狠勁兒，甚麼都要做得比別人好，爲的只是得到上級的讚賞，完成每個派下來的任務，心中都有滿足的感覺，認爲自己爲軍隊出了力，思想單純。

可是現在他已成爲北府兵一眾兄弟的希望，甚或南人翹首以待的救世主，他對成敗反有完全不同的思慮。更因他清楚火石降世的眞相，深感受之有愧，所有這些念頭合起來，形成他複雜的心境，那種滋味確實難以形容。

事實上他再沒有退路，只有繼續堅持下去，在劉牢之的魔爪下掙扎求存，等待時機。假如時機永遠不降臨到他身上，他亦只好認命。

黑壓壓的濃雲低垂在夜空上，彷如他沉重的心情。他現在雖然是孑然一身，可是扛在肩上的重擔，卻令他有不勝負荷的痛苦。他情願明刀明槍與敵人決一死戰，可惜事與願違，面對的是荊棘滿途的不明朗將來，眼前的任務肯定是個要他永不超生的陷阱。

明天會是怎樣的一天呢？

他再沒有絲毫把握。

野火宴在湖邊舉行。

慕容垂和紀千千坐在厚軟舒服的地氈上，吃著侍從獻上來新鮮火熱的烤羊肉片，喝著鮮卑人愛喝的粗米酒。

慕容垂神色自若，東拉西扯的和紀千千閒聊著，說起當年被族人排擠，投靠苻堅的舊事。他用詞生動，話中充滿深刻的感情，儘管紀千千無心裝載，也不得不承認聽他說話確實是一種樂趣。

忽然慕容垂沉默起來，連盡兩杯酒，然後目不轉睛的看著紀千千。

紀千千移開目光，投往湖水去，小湖反映著新月和伴隨它的幾朵浮雲，彷彿是在這冷酷戰場上和紛亂的戰爭年代裡，唯一可令人看到希望的美景。

慕容垂的聲音傳入她耳中道：「荒人贏了！」

紀千千心中所有疑慮一掃而空，差點高聲歡呼，卻不得不抑制住心中的狂喜。

荒人贏了！那代表甚麼呢？勝利是要付出代價的，如果荒人折損太重，在強敵環伺下，仍是沒有好日子過的。

慕容垂嘆道：「荒人再次創造奇蹟，贏了非常漂亮的一仗。」

紀千千嬌軀掩飾不住的輕顫一下，俏臉現出難以置信的神色，朝慕容垂瞧去。

慕容垂仍在凝視她，注意她每一個表情的變化。

紀千千道：「以少勝多，已非常不容易。他們是如何辦到的？」

慕容垂淡淡道：「成敗的關鍵，在一場暴風雨和接踵而來的濃霧。如果我沒有猜錯，荒人裡有精於看天候的高手，加上對邊荒集季候轉變的認識，把天氣的突變和整個反攻的戰略配合得天衣無縫，令守軍著著失誤，最終全面崩潰。雖然我是承受失敗苦果的一方，也不得不承認荒人的反攻戰非常精采，肯定會名留青史，成爲後人景仰的著名戰役。」

紀千千暗忖慕容垂平靜地說出這番話來，還表現出過人的胸襟，沒有故意貶低對手，似乎失去邊荒集，對他來說不算甚麼。可是實情是否如此呢？她敢肯定確切的情況剛好相反，失去邊荒集對慕容垂是嚴重的打擊，不但令他丟了面子，更打亂他統一北方的策略和部署。

他之所以表現得如此從容淡定，是因爲震撼已過，他亦擬定好應變的策略。說不定擊垮慕容永後，他會親征邊荒集。正因胸有定計，他方可以笑談自己這次嚴重的挫敗。

她感到愈來愈能掌握慕容垂的心理。

慕容垂是否太樂觀呢？他能否第三度對邊荒集用兵，將決定於征討拓跋珪之戰的成功與失敗。

如果拓跋珪輸了，邊荒集也完了。

慕容垂續道：「謝玄的確沒有找錯繼承人，劉裕肯定是南方繼謝玄後最出色的統帥，把天時、地利、人和三個決定成敗因素，發揮得淋漓盡致，可爲後世的兵法家留下典範。」

劉裕得到慕容垂的高度評價，這讚語出自胡族最出色的兵法大家之口，紀千千也感與有榮焉。

慕容垂忽又皺起眉頭，道：「劉裕究竟會留在邊荒集長做荒人，還是會歸隊返回北府兵呢？千千可以告訴我嗎？」

他少有用這種帶些懇求意味的語調和她說話，頓令紀千千生出奇異的感覺。

慕容垂是否失去了自信呢？失去邊荒集，對他的自負和信心肯定多少有影響。假設北伐之戰以拓跋珪的大勝作結，對眼前這位縱橫不敗的無敵統帥，又會造成如何沉重的另一打擊呢？慕容垂會否因連番重挫而失去戰略水準？這些想法令紀千千似在沒有光明的黑暗裡，看到第一線的曙光。又感到這個想法對慕容垂非常殘忍，那種矛盾的滋味眞不好受。

紀千千柔聲道：「劉裕必須返回北府兵效力，否則他會有負玄帥對他的期望。」

慕容垂訝道：「劉牢之和司馬道子肯放過他嗎？他回去與送死有何分別？」

紀千千輕輕道：「或許他確實是眞命天子呢！誰可下定論呢？」

慕容垂露出凝重的神色，點頭道：「千千這句話切中整件事的要害。若只動腦筋，不動感情的去分析，變成眾矢之的的劉裕肯定難逃敵人毒手。可是如他眞能挺過去且保住小命，那麼最不相信他是眞命天子的人也會信心動搖。如此他會成爲南方最有號召力的人，至乎能吸引敵人的手下向他投誠。」

紀千千明白爲何慕容垂特別關注劉裕。事實上現在南北諸雄，正進行一場不宣而行的競賽，暗中較量角力，看誰能先統一北方或南方。先統一的一方，將會趁另一方分裂交戰的時機，趁勢征伐，好統一天下。

慕容垂是爲自身的情況著急，不希望在蕩平北方諸雄前，南方早他一步歸於一統。故此劉裕的迅速崛起，對他的偉業構成威脅。

紀千千心想，如果慕容垂能看穿自己對他的想法，會有甚麼感受？會否對自己生出警戒之心呢？道：「皇上還未告訴我，這場仗是如何打敗的？」

慕容垂仰望夜空，長長吁一口氣，道：「是否除邊荒集的事，千千對其他事都沒有興趣呢？」

紀千千聳肩道：「我自小便是個好奇心重的人，興趣可多哩！不過現在我最關心的是邊荒集，這是皇上一手造成的，皇上不是想我把箇中因由一語道破吧！」

慕容垂一時說不出話來，更不知如何答她，百般滋味，湧上心頭。

謝道韞回復神志，張開眼來，看到的是宋悲風飽歷憂患，留下了歲月痕跡的臉孔，卻再感覺不到自己身體有任何的痛楚。

從宋悲風雙目閃動的淚光，她曉得自己內傷嚴重，不過她沒有絲毫恐懼，生命再沒有值得留戀的地方。

輕柔的道：「我還以爲是夢境，不過我確實夢到秦淮河上的朱鵲橋，和朱鵲橋邊的烏衣巷，那活像前世輪迴裡的舊事，發生在很久很久前的過去。我們王、謝二家共同在巷內度過漫長的世代，倜儻風流、鐘鳴鼎食，也同時面對前所未有的可怕劫難。這就是我們注定的命運，沒有人能改變。」

宋悲風淒然道：「我眞不明白，孫恩怎會對你下毒手？這樣做，對他是有害無益的。」

謝道韞平靜的道：「宋叔早離開謝家了，這是你最後一次插手謝家的事。去助劉裕打天下吧！安公是絕不會看錯人的。」

宋悲風悲痛欲絕，當年謝安病逝，他也沒有這般失控。

謝家的風流確實已走至末路窮途，謝道韞如若辭世，將帶走這烏衣巷最顯赫世家最後一抹霞彩。謝安的時代終告結束。

謝道韞道：「我看到王郎和榮兒哩！我眞的撐不住了。宋叔好好保重，我曾擁有過最輝煌的歲月，亦好該知足。一切都再沒有關係。」

宋悲風雙目現出堅決的神色，指如雨下，連點她胸前數處要穴，正是當年燕飛救治他的功法手段。

紀千千回到帳內，正等得心焦如焚的小詩連忙伺候她，道：「我眞怕他按捺不住，不肯讓小姐回來，又或設法灌醉小姐。」

紀千千微笑道：「慕容垂並不是這種卑鄙小人。乾爹說過凡能成爲第一流高手者，均有駕馭本身七情六慾的能力，故可不受情緒影響，在武技上出人頭地。玄帥便是這樣的一個人，與在建康的世家子弟有所不同。他不但在男女關係上從不踰越，且對那些所謂建康名士趨之若鶩的甚麼五石散、寒食散沒有絲毫興趣。在這方面乾爹也自愧不如。」

小詩仍在擔心，道：「但慕容垂是胡人嘛！」

紀千千牽著小詩的手坐到地氈上，欣然道：「現在北方的胡人與我們漢人再沒有明顯的分別，特別是胡人的領袖階層，在苻堅漢化北方胡族的努力下，胡人都說漢語，有些更讀聖賢之書。像慕容垂除了在戰場上，仍保持胡人好勇鬥狠的強悍作風，平時怎麼看也不覺得他是異族的人。」

小詩垂首道：「他的樣子很嚇人呢！好像沒有人是他對手的樣子。」

紀千千笑道：「勿要被氣勢懾服，鹿死誰手，還要在戰場上見真章。天下間並沒有能不被擊倒的人。告訴你一個天大的好消息，我們荒人在二度反攻邊荒集的戰役上，取得全面徹底的勝利，將兵力達三倍以上的鮮卑和羌族聯軍逐離邊荒，贏了非常漂亮的一仗。燕郎更大展神威，在暴風雨裡勇取古鐘樓，從邊荒集的核心處動搖了敵人的防守力。這場仗令荒人名震天下，看以後還有沒有人敢小覷我們荒人。」

小詩大喜道：「荒人眞有本領。」

紀千千壓低聲音道：「失去邊荒集，已大幅削弱慕容垂本是堅定不移的信心，我從未見過他今晚顯露出來的神態，縱然和我說話，卻不時心不在焉，可見他心事重重。所以只要他多輸一場仗，他將面對生平最大的信心危機，再不是以前的慕容垂。」

小詩道：「可是胡人終是胡人，我怕他狠起來時會傷害小姐。」

紀千千道：「所以我們須小心處理和他的關係，讓他保持君子的作風。現時的趨勢對我們是有利的。誰低估我們荒人，肯定會吃大虧。」

宋悲風幾近虛脫的勉力策騎緩行，牽著另一匹背馱謝道韞的馬兒，從山野轉入官道往北走。將她送返建康謝家，是他現在唯一可以做的事。

在謝家他最尊敬的三個人，就是謝安、謝玄和謝道韞。對後者他除了敬意外，還因她不幸的婚姻而充滿憐惜之意。老天爺對她太不公平了，既賦予她美貌、才智和一顆善良的心，偏不予她快樂和幸福。她不但是世家大族所謂門當戶對的婚姻受害者，更是政治的犧牲品。

到此刻他仍然想不通，為何孫恩定要對她下毒手，究竟是基於對謝安的仇恨，還是有其他原因。

如是為了報復謝家，為何孫恩又放過他宋悲風？

當時他拚死攔截孫恩，三十多招後他銳氣已洩、眞氣難繼，被孫恩逼在下風。

孫恩只要堅持下去，定可取他之命，可是孫恩只是一掌把他擊得踉蹌跌倒，便罷手不戰，還留下一段令人難解的話。

他說道：「如果換作另一個情況，我絕不會對她下殺手，這是命中注定的。罷了！帶她回建康好好安葬吧！在離世前她是沒有任何痛苦的。」

他眞的不明白，為何孫恩會認為這是命運的安排？

孫恩的武功比傳說中的更可怕，確實是環顧天下，何人是他的對手？

宋悲風雖然自負，也知自己沒有能力為謝道韞報此深仇。

燕飛可以嗎？

想到這裡，心中一動，終於豁然悟通孫恩令人難解的行為。

他是要引燕飛來決一死戰。

燕飛和謝家關係密切，而謝安、謝玄去後，謝道韞成為了謝家的代表人物。假設孫恩殺的是他宋悲風或謝琰，那只是武林或戰場上互相仇殺的結果，不會造成太大的震撼，可是孫恩施毒手的對象是與世無爭的謝道韞，即擺明是衝著燕飛而來，只要燕飛尚有一口氣在，絕不會放過孫恩。

這是沒法解開的仇恨。

孫恩對除掉燕飛是志在必得，這關係到孫恩的聲名和天師軍的威勢。

幸好他回天有術，勉強保住她的性命，憑的是燕飛當年爲他療傷曾調教他的眞氣。只是謝道韞可以再撐多久，連他也不知道。

孫恩太狠心和卑鄙了，因一己之私，禍及沒有關係的人。

更可恨的是司馬道子，硬把王凝之一家大小拖進這戰爭的泥淖去，只爲了玩弄手段。

老天爺究竟是怎麼搞的，處處讓惡人當道，令這世界只有強權沒有公義？

忽然間，他明白自己所有希望都寄託在一個人的身上，那人就是謝玄親自挑選的繼承者。

劉裕！

宋悲風暗下決心，不計生死也要助劉裕成器，只有透過劉裕，他才可以爲謝家洗刷恥辱，向司馬王朝報復，向孫恩報復。

生榮死辱再不重要，只有這樣他才可以報答謝安，表達他對這位天下第一名士的感念。

第九章　明主擇士

燕飛和崔宏抵達拓跋珪的營地，已是接近凌晨時分，拓跋珪聞報飛騎來迎，親兵們沒有一個趕得上他的速度，只能狼狽地在後面追來。

燕飛勒馬停下，看著拓跋珪像看不見他人般，直奔至他前方七、八丈處，始放緩馬速，神采飛揚、雙目放光的直瞪著燕飛，唇角本微僅可察的笑意擴展爲一個燦爛的笑容，策騎來到燕飛馬前，搖頭嘆道：「小飛你們是怎麼辦到的？」

燕飛亦目不轉睛地回敬他銳利的目光，從容道：「天時、地利、人和三者兼得，這理由是否足夠呢？」

拓跋珪道：「你們損失多少人？」

燕飛頗有感觸地道：「眞希望是零傷亡，可惜那是不可能的，我們失去了百多個兄弟。」

拓跋珪的眼睛更明亮了，讚嘆道：「肯定是非常精采的一戰，你須告訴我整個過程，不可以漏掉任何細節。我的兄弟啊！我們又再次並肩作戰，老天爺待我們算很不錯呢！」

接著目光移離燕飛，箭矢般往崔宏射去，直望入崔宏眼內。

崔宏抱拳行漢人江湖之禮，朗聲道：「見過代主。」神情不亢不卑地與拓跋珪目光交擊，氣度令人心折。

拓跋珪上下打量他好半晌，又瞥燕飛一眼，見他毫無介紹之意，竟啞然失笑起來，道：「原來是十里三堡的崔宏崔兄，我拓跋珪早有拜訪之意，只因感到時機尙未成熟，所以不敢造次。」

燕飛和崔宏兩人大感意外，均想不到拓跋珪一口把崔宏的名字喊出來。

崔宏感動地道：「代主如何能一眼把崔某認出來呢？」

拓跋珪欣然道：「像崔兄這種人品武功，萬中無一，令我可將猜測的範圍大幅縮小。尤其是崔兄舉手投足中顯現出那種世家大族的神采，更是冒充不來。更關鍵是不但小飛一副等我去猜的神態，崔兄也故意不說出大名，顯然崔兄不是一般尋常之輩，而是大大有名的人物，是我該可以猜到的，兼之十里三堡又是小飛可能路經之處，如仍猜不到是崔兄，我拓跋珪還用出來混嗎？」

又欣然道：「崔兄是否看中我呢？」

今次輪到崔宏雙目發亮，顯然是心中激動，因拓跋珪的高明而感到振奮。道：「良禽擇木而棲，代主果然名不虛傳，今次崔宏來是要獻上必勝慕容寶之策，看代主是否接納。」

拓跋珪雙目神光電閃，一字一句緩緩道：「如崔兄能助我勝此一役，我拓跋珪不但會奉崔兄爲國師，且永遠視崔兄爲兄弟，讓崔氏繼續坐穩中原第一大族的崇高地位。」

接著向左右喝道：「你們留在這裡。」

又向燕飛和崔宏道：「小飛和崔兄請隨我來！」

鞭馬馳出營地去。

劉裕回到宿處，正推門入房，尙未跨過門檻，鄰房鑽了個人出來道：「劉大人！可以說兩句話嗎？」

劉裕見鄰房沒有燈光，而此人顯然尚未寬衣就寢，該是一直在等候他回來，不是想閒聊兩句那麼簡單。

皺眉道：「兄台高姓？」

那人年紀在二十五、六間，中等身材，頗爲健壯，是孔武有力之輩，樣子本來不錯，可惜一雙眼睛在他的國字形臉上嫌小了一點，使劉裕感到他有點心術不正。

對方答道：「我叫陳義功，是統領大人親兵團十個小隊的頭領之一，對劉大哥非常仰慕。」

劉裕更肯定自己的看法，這個人是劉牢之派來試探他的奸細，因爲如果他本身是有野心的人，當然樂意招攬能親近劉牢之的人。劉裕不由心中暗笑，心忖就看看你有甚麼把戲要耍。

亦暗自心驚，劉牢之比他猜測的更要高明，竟懂得玩弄此等手段。

跨檻入房，同時若無其事的道：「陳兄有甚麼話要說呢？」

陳義功隨他入房，道：「我是冒死來見劉大哥的，因爲我實在看不過眼。以前我一直在玄帥手下辦事，明白劉大哥是玄帥最看得起的人。」

劉裕心叫來了，他是要取信於自己，以套取自己的眞正心意。

悠然在床沿坐下，定睛打量他道：「劉爺待我也算不錯吧！馬上便有任務派下來。如果讓我無所事事，我才會悶出鳥來。」

陳義功蹲下來低聲道：「劉大哥有所不知，今次統領大人是不安好心，分明是要劉大哥去送死。近兩年來，凡當上鹽城太守的沒有一個可以善終，包括王式在內，前前後後死了七個太守。有人說焦烈武是海上的聶天還，最糟糕是負責剿賊的建康軍士無鬥志，遇上大海盟的海賊便一哄而散，王式便是這麼死的。」

劉裕心想如果這人說的有一半是眞的，便應了燕飛說的話，敵人是明刀明槍的來殺自己，即使有燕飛當貼身保鏢，對著數以百計的凶悍海盜，他也絕難倖免。

陳義功又道：「焦烈武本身武功高強不在話下，他的手下更聚集了沿海郡縣最勇悍的盜賊，手段毒辣、殺人不眨眼。所以沿海的官府民眾，怕惹禍上身，沒有人敢與討賊軍合作，很多還被逼向賊子通消息，因此焦烈武對討賊軍的進退動靜瞭如指掌，使歷任討賊的指揮陷於完全被動和挨打的劣勢。建康如派出大軍支援，賊子便逃回海上去，朝廷又不能在沿海處長期派駐重軍，所以今次統領大人派給劉大哥的任務，是沒有人願接的燙手山芋，注定是失敗的，一不小心還會沒命。」

劉裕聽得倒抽一口氣，又即時頓悟，劉牢之是想借此人之口，來嚇得自己開溜做逃兵，那他一樣可達致除掉他這眼中釘的目的，而自己則聲譽掃地，失去在北府兵裡的影響力。

苦笑道：「我劉裕從來不是臨陣退縮的人，不論任務如何艱苦和沒有可能，我也會盡力而爲，以報答玄帥對我的知遇之恩。大丈夫能爲國捐軀，戰死沙場，也算死得其所，對嗎？」

心中也感好笑，情況像是掉轉了過來，自己變成佔領邊荒集的人，而賊子則是荒人，不同的是自己手上根本沒有可用之兵。

陳義功雙目射出尊敬的熱烈神色，沉聲道：「劉大哥不愧是北府兵的第一好漢子。我陳義功豁出去了，決意追隨劉大哥，劉大哥有甚麼吩咐，儘管說出來，我拚死也會爲劉大哥辦妥，並誓死不會洩露秘密。」

劉裕仍未可以完全肯定他是劉牢之派來試探自己的人，遂反試探道：「千萬不要說這種話，我現在是自身難保。唉！我還可以做甚麼呢？」

陳義功盡量壓低聲音湊近道：「統領大人是不會容劉大哥在起程前見任何人的，劉大哥有甚麼話說，我可代劉大哥傳達。」

劉裕心中好笑，你這小子終於露出狐狸尾巴，想套出老子在北府兵裡的同黨，然後來個一網打盡？

故作頹然道：「不用勞煩了，現在我已變成北府兵裡的瘟神，誰敢支持我呢？你最好當從未和我說過話，待我有命回來再說吧。他奶奶的！眞不明白我是否前世種下冤孽，弄至今天的田地。去吧！讓人發覺你在我房裡，跳到長江你都洗不清嫌疑。」

陳義功終現出失望神色，依言離開。

燕飛、拓跋珪和崔宏馳上附近一處高地，滾滾黃河水在前方五里許外流過。

拓跋珪以馬鞭遙指大河，道：「三天前燕軍的第一支先鋒船隊經過這裡，在五原登岸，立即設立渡頭和木寨，忙個不休。眞想把他們的木寨和戰船一把火燒掉，向慕容寶來個下馬威。」

崔宏興致盎然地問道：「代主爲何沒有這麼做呢？」

拓跋珪微笑道：「因爲我清楚黃河河況，現在正是雨季來臨，有得慕容寶好受的。何況燕軍不善水戰，手上的所謂戰船，只是劫奪回來後倉卒改裝過的貨船，性能和戰力均不足懼，我讓慕容寶繼續擁有船隊，既可讓他多運點人來送死，且須耗費人力物力以保護和維修，對我們是有利無害。」

接著向燕飛道：「小飛怎會遇上崔兄的？以小飛的性格，一向獨來獨往，爲何今趟會爲我招攬賢士呢？」

燕飛把經過道出，最後笑道：「坦白說，愈認識崔兄，愈教我心驚膽跳，曉得如讓崔兄投往敵人陣營，你和我都要吃不完兜著走，只好把他押來見你老哥。」

崔宏啞然笑道：「燕兄勿要抬舉我，事實上燕兄肯讓我跟來，得見代主，是我崔宏的福分。只聽代主剛才的一番話，便知代主智計在握，早擬定好整個作戰策略。」

拓跋珪欣然道：「現在北方大亂，群雄割據，論實力，我拓跋族雖不致敬陪末席，但亦只是中庸之輩，崔兄因何獨是看上我呢？」

崔宏道：「早在苻秦雄霸北方之際，我已留意代主，當代主在牛川大會諸部，又遷都盛樂，更認定代主不單胸懷大志，且有得天下的胸懷和魄力。不過要到代主輕取平城、雁門兩城，又毅然放棄，引得慕容寶直撲盛樂，我才眞的心動。就在這時候，竟給我遇上最景仰崇慕的燕兄，心忖這還不是老天爺的意思嗎？所以立下決心，拋開個人生死、家族興亡等一切顧慮，誓要追隨在代主左右，此心永遠不變。」

燕飛靜看眼前發生的另一種高手過招，他們互相摸索對方的心意，同時也在秤對方的斤兩，只要一語不合，好事立即會變壞事，有高度的危險性。因爲兩人還招、出招、拆招全牽涉到軍事秘密，不容外洩。

崔宏是智士，所以單刀直入的向拓跋珪表示投誠之意，而非拐彎抹角，徒使拓跋珪看不起他。

燕飛有個感覺，崔宏雖然是第一次見拓跋珪，但早對拓跋珪的作風有一定的認識。崔宏在尋找他的「苻堅」，拓跋珪亦在尋覓他的「王猛」。兩人會否相見恨晚，接著發生另一段苻堅與王猛般的關係呢？

拓跋珪正容道：「確是天意。不知崔卿有何破敵之計呢？」一句「崔卿」，從此建立兩人的主從關係。

崔宏微笑道：「主公的策略在於『居如處子，出如狡兔』八字，看準慕容寶驕橫跋扈，總以爲可以吃定我們，遂採取暫避鋒芒，以假裝羸師之策，使其驕盈無備，然後發兵突襲。我要獻上之計，只是錦上添花，令這場仗贏得更漂亮，更十拿九穩，對燕人造成最大的傷害，改變我軍和燕軍兵力上的對比，大利我們將來和燕人的鬥爭。」他的「主公」，回應了拓跋珪的「崔卿」，也確認了兩人間君臣的關係。

拓跋珪動容道：「願聞其詳！」

燕飛心中暗讚崔宏了得，先露一手，表明看破拓跋珪的手段，可是言語間分寸拿捏得很好，不會令拓跋珪難堪，深明「伴君如伴虎」之道，且表現出遠大的目光，不限於一場戰役的爭雄鬥勝。最精采是他說中拓跋珪的心事，如何把這場仗變成慕容垂失敗的開端，這方是拓跋珪最關切的事。

崔宏道：「現在形勢分明，慕容寶的大軍於五原登陸，背靠大河設立營壘，以大河作糧線，在防守上是無懈可擊的。只要一天不缺糧，我們仍難奈他何。」

稍頓續道：「不過人心並不是鐵鑄的，當燕人發覺盛樂只餘下一座空城，更尋不著敵軍的影蹤，會陷入進退兩難之局。這時只要我們在最適當的時候，做一件最正確的事，大勝可期。」

拓跋珪和燕飛交換個眼色，均感崔宏思路清晰，用詞生動，有強大的說服力，令人對他即將說出來的妙計，不敢掉以輕心。

拓跋珪點頭道：「說得好！我現在開始明白小飛初遇崔卿時的心情。換了是我，如果你不是站在我這邊的人，我會毫不猶豫幹掉你。哈！何時才是適當的時機呢？」

崔宏欣然道：「這方面主公該比我更清楚，就是河水暴漲、舟楫難行的當兒。我還可以從十里三堡調來八艘戰船，雖未能截斷燕人的水路交通，但足以造成滋擾，務教燕人不敢從水路撤軍。」

拓跋珪一雙眼睛亮起來，嘆道：「崔卿眞明白我的心意。」

又向燕飛笑道：「小飛給我帶來這份可終生受用不盡的大禮，待會給你罵也是活該的。」

燕飛知道他指的是教人殺劉裕的事，失笑道：「你是在先發制人，讓我難以對你發作。」

拓跋珪舉手投降道：「甚麼都好！是我的錯！是我不夠英雄！是我太不擇手段！是我蠢！你想罵我的話，我全代你說出來，氣可以消了嗎？對不起行嗎？」

以崔宏的智慧，亦聽得一頭霧水。

燕飛苦笑道：「我能拿你怎麼樣呢？以後再不要提起此事如何？」

拓跋珪轉向崔宏道：「甚麼才是最正確的事呢？」

崔宏道：「我們須向慕容寶傳遞一個消息，當消息傳入慕容寶耳內，縱然他明知極有可能是假的，仍要抱著寧可信其有，不可信其無的態度立即撤軍。由於水路難行，更兼沒有足夠的船隻，可同時把八萬人運走，加上害怕水路遇上伏擊的風險，所以只好取陸路撤返長城內。而最精采的地方，也是慕容寶必須捨水路而取陸路的主因，因爲他須盡速趕回燕都中山去。」

拓跋珪恍然道：「我明白了。」

燕飛皺眉想了片刻，也點頭道：「果然精采！」

崔宏道：「散播謠言由我十里三堡的人負責，只要我們截斷慕容寶與慕容垂的聯繫，謠言將變得更眞實，更難被識破。由於謠言來自漢人的商旅，可令人深信不疑。」

拓跋珪仰天笑道：「有崔卿助我，還有我拓跋珪做不到的事嗎？我拓跋珪說過的話，亦從不會收回來。由今天開始，崔兄就是我的國師，在我有生之年，會善待崔卿和你的族人。」

崔宏道：「在主公正式登上帝位前，我還是以客卿身分爲主公辦事比較好一點，請主公明察。」

拓跋珪欣然道：「如崔卿所求。」

崔宏道：「在整個策略裡，還有非常重要的一著誤敵之計，就是要教慕容寶誤以爲撤退是絕對安全的，如此我們方可以攻其不備，造成敵人最大的傷害。」

連燕飛也深深感到崔宏奇謀妙計層出不窮，有他助拓跋珪，將來會是怎樣的一番景況呢？

拓跋珪微笑道：「我們回營地暢談一夜如何呢？我想讓其他人也聽到你的意見。」

兩人當然叫好，策騎回營地去。

第十章　得道多助

盧循來到會稽太守府大堂門外，與一名天師軍的將領擦身而過，後者認出是他，忙立正敬禮，然後匆匆去了。

盧循步入大堂，徐道覆正吩咐手下有關佔領會稽後的諸般事宜。盧循不敢打擾他，負手在一角靜候。

徐道覆把手下打發離開後，來到盧循旁，道：「我倒希望打幾場硬仗才取得會稽，太容易了便沒有趣味。建康的世家大族如不是腐敗透頂，怎會出了個王凝之？」

盧循淡淡道：「我來時出門的那個人是誰？」

徐道覆笑道：「師兄注意到他哩！可見師兄大有精進，給你一眼看破他，此人叫張猛，來自嶺南世族，有當地第一人之譽，武功不在我之下，最近屢立大功，我已論功行賞，提拔他作我的副帥。有此人助我們，不愁大事不成。」

盧循點頭道：「此人確實是難得的人才，不但一派高手風範，且氣魄懾人，是大將之才。」

徐道覆像怕人聽見似的壓低聲音道：「天師回翁州了嗎？」

盧循道：「是我親自送他上船的。唉！天師變了很多，偏我又沒法具體說出他究竟在甚麼地方變了。」

徐道覆嘆道：「我也在擔心，自決戰燕飛歸來，天師似乎除了燕飛外，對其他一切都失去興趣，包括我們天師道的千秋大業。唉！希望這只是短暫的情況。」

盧循苦笑道：「燕飛究竟有甚麼魔力呢？第一次與燕飛對決後，天師便把天師道交給我們師兄弟。第二次決戰後，天師連多說句話的興趣都失去了。剛才我送他登船，他竟沒有半句指示。到我忍不住問他，天師才說我們必須鞏固戰果，耐心靜候謝琰的反應，以最佳的狀態一舉擊垮北府兵，如此建康將唾手可得。」

徐道覆點頭道：「天師仍是智慧超凡，算無遺策，此實爲最佳的戰略。」

盧循拍拍徐道覆的肩頭，道：「我們兩師兄弟必須團結一致，道覆負責政治和軍事，我負責聖道的宣揚，直至有一天我們天師道德被天下，完成我們的夢想。」

劉裕在天亮前，登上由劉牢之安排送他往鹽城的戰船，他呆坐船尾處，瞧著廣陵被拋在後方。

風帆順流往大江駛去，劉裕心中一片茫然，對於能否重返廣陵，他沒有絲毫的把握。劉牢之這招非常高明，一句話把他置於絕地，不但令他陷於沿海巨盜的死亡威脅下，更令他成爲各方要殺他的人的明顯目標。

足音傳來。

劉裕抬頭望去，愕然道：「你不是老手嗎？」

老手來到他面前，欣然道：「難得劉爺還記得我，當日我駕舟送劉爺、燕爺和千千小姐到邊荒集去，想不到今天又送劉爺到鹽城赴任。嘿！我本身姓張，老手是兄弟抬舉我的綽號。」

邊說邊在他身旁坐下來。

劉裕拋開心事，笑道：「我還是喜歡喚你作老手，那代表著一段動人的回憶。剛才我爲何見不著你呢？」

老手道：「我是故意不讓劉爺見到我，以免招人懷疑。船開了便沒有顧忌，船上這班兄弟都是追隨我多年的人，可以信任。唉！千千小姐和小詩姊……」

劉裕道：「終有一天，荒人會把她們接回邊荒集。」

老手頽然道：「只有這麼去想，心裡可以舒服些兒。」

接著壓低聲音道：「今次我可以接到這個差事，是爭取來的。孔老大、孫爺和一眾兄弟也在暗中出力。」

劉裕生出溫暖的感覺，自己並不是孤軍作戰，而是得到北府兵內外廣泛的支持。

老手憤然道：「際此用人之時，統領卻硬把你調去鹽城當太守，作無兵之帥，大家都替你不値。」

劉裕愕然道：「無兵之帥？」

老手道：「我本身是鹽城附近良田鄉的人，對沿海郡縣的情況瞭如指掌，只今年我便曾三次到鹽城和其附近的郡縣去。所以今次孔老大特來找我送劉爺去，好向劉爺講解當地的情況。」

劉裕忍不住問道：「孔老大怎曉得我認識你？」

老手道：「我一直有爲孔老大暗中辦事，我們北府兵的戰船到哪裡去都方便點，等閒沒人敢來惹我們。早在我送你們到邊荒集去後，孔老大便找我問清楚情況，還大讚劉爺和燕爺夠英雄，天不怕地不怕。」

又湊近低聲道：「現在孔老大和各位兄弟已認定你是未來的眞命天子，所以把籌碼押在你身上，大家豁出去了。」

劉裕大感慚愧，卻曉得就算否認，仍不能改變牟丁點兒這種深植人心的定見，只好照單全收，默認了事。回到正題道：「鹽城方面現況如何？」

老手道：「建康派出王式討賊，可說是最後一擊，若不是焦烈武把劫掠的對象由貧農和商旅轉向海外來做貿易的商船，影響舶來貨的供應和朝廷的稅收，朝廷亦沒閒心理會。我們這個朝廷從不理沿海民眾的死活。最重要只是保著建康和附近的城池，讓皇族高門能繼續夜夜笙歌的生活。」

劉裕皺眉道：「沿海的民眾不會組織起來自保抗賊嗎？」

老手道：「安公在世時，根本不會出現這種情況。可是司馬道子掌權後，便徵沿海郡縣的壯丁組成樂屬軍，以加強建康兵力，弄得生產荒廢，無力抗賊。原來焦烈武手下只有幾個嘍囉，這兩年間卻擴展至近二千人，全是司馬道子這狗賊一手造成。」

劉裕大感義憤塡膺，激起了對沿海民眾的同情心。他本身出身貧農，明白普通百姓在官賊相逼下的苦難。與老手的對話，令他對此原視之爲陷阱苦差的任務，產生了不同的看法，感到必須盡力而爲，令受賊災的郡縣回復和平和安定。

問道：「焦烈武究竟是何方神聖，竟連王式也死於他手上？」

老手道：「焦烈武本屬東吳望族，被北方遷來的世族排擠，弄得家破人亡，憤而入海爲寇。自少年時代開始他便有武名，善使長棍，生性嗜殺，所到處雞犬不留。他的戰略是模仿聶天還，官兵勢大，他避往海上荒島，然後覷機突襲，弄得官軍畏之如虎，只要聽到他進攻的號角聲，便聞聲四散。

現在沿海的防禦力形同虛設，誰到那裡去與送羊入虎口全無分別。」

劉裕聽得倒抽一口氣，心忖形勢比自己想像的更要惡劣。老手「無兵之帥」的戲語，亦非誇大之言。

苦笑道：「王式是怎樣死的？」

老手嗤之以鼻道：「王式像大多數世家子弟般，自視過高，若他學懂躲在高牆之內，也不會這麼容易被人宰掉。可是他卻當自己是另一個玄帥，恃著從建康隨他來一支三千人的部隊，主動出擊，卻被焦烈武以假消息誘他進剿，步入陷阱後慘遭伏擊，弄至全軍覆沒，自身也不保。現在各郡的官府只敢躲在城內，對城外的事不聞不問。唉！劉牢之派劉爺你去討賊，又不派人助你，擺明是要你去送死。」

劉裕暗呼老天爺，王式好歹也是建康軍內有頭有臉的將領，有一定的軍事經驗，否則司馬道子不會委他以討賊重任，而此人本身更是武功高強，又有一支正規軍，然而儘管有如此優勢，配合地方官府的人力物力，卻一個照面便全軍覆沒，由此可見焦烈武絕非尋常海盜，而是有智有勇，長於組織軍事行動的野心家。老手是低估了他。

問道：「鹽城的情況如何？」

老手道：「鹽城本是討賊軍駐紮的城池，不過現在的討賊軍，只剩下百人，加上守城軍的四百人，總數不夠六百人。且糧餉短缺，士無鬥志，要他們去討賊只是笑話。」

劉裕沉吟片刻，道：「其他城池又如何？」

老手道：「更不堪提，如果焦烈武率眾來攻，肯定望風而遁。唉！我的確沒有誇大，現在沿海諸城，不論官府百姓，都活在惶恐裡，唯一可做的事就是求神拜佛，希望賊子放過他們。」

劉裕道：「有出現逃亡潮嗎？」

老手道：「幸好近幾個月來，焦烈武只是截劫入大河的外國商貿船，所以沿海郡民可以暫時喘一口氣。」

劉裕想了半晌，現出一絲笑容。道：「現在我的肚子餓得咕咕亂叫。到統領府後我不敢吃任何東西，只從後院的井打了兩杓水來喝。有甚麼可以醫肚子的？」

老手讚道：「劉爺小心是應該的，因爲防人之心不可無，特別是對統領，更要加倍提防。哈！不過因我們是臨急受命，船上的米糧都是由統領府供給的。待我派人弄點東西讓劉爺果腹。」

劉裕心中一動，叫著他道：「我還有幾句話問你。」

老手再坐下去，樂意的道：「只要我曉得的，都會告訴劉爺。」

劉裕道：「劉牢之知不知道你爲孔靖奔走辦事？」

老手道：「當然知道，因爲我們是玄帥欽點爲孔老大辦事的。劉牢之上場後，孔老大親自向劉牢之提出要求，希望可繼續留用我們，因爲孔老大只信任我。」

劉裕嘆道：「劉牢之極可能找你們來做我的陪死鬼。」

老手色變道：「劉爺認爲米糧有問題嗎？我立即去查看。」

劉裕道：「你認識劉牢之的親兵裡一個叫陳義功的人嗎？」

老手茫然搖頭，道：「從沒聽過這麼一個人。」

劉裕道：「他自稱是劉牢之親兵團十個小隊長之一。」

老手愕然道：「劉牢之親兵團的十個隊長我全都認識，卻沒有一個是姓陳的。」

劉裕道：「這批米糧不用查也知道被人做了手腳，用的且是慢性毒藥，要連續吃上兩、三天後才生效，令人難以覺察。你去倒一碗出來給我看吧！」

老手去後，劉裕心中思潮起伏。

今早當他曉得劉牢之派專船送他到鹽城，已心中起疑。因爲如讓他孤騎單身上路，憑他探敵測敵的本領，只要捨下馬兒，專找山路林區走，再來多些敵人也無法截著他，只有走水路，才會成爲明確的攻擊目標。

劉牢之該與陳公公碰過頭，清楚在山林野嶺追殺他只是徒勞無功，所以想出這條在水路上截殺他的毒計。

劉牢之的心計非常厲害，知道老手和他的關係，所以故意放消息給孫無終，再由孫無終通知孔老大。當孔老大自以爲巧妙安排老手接過這項任務，事實上卻是落入劉牢之的奸計裡，讓劉牢之可順便鏟除孔老大在北府兵內傾向他劉裕的勢力。

此計最絕的地方，是自己信任老手，不但相信老手不會害自己，更信任老手在北府兵水師裡稱冠的操舟本領。正常的情況下，在茫茫大江上，根本沒有人能攔截老手。

劉牢之更看通自己的性格，知道一旦遇襲時，他劉裕不會捨棄老手和他的兄弟，無恥的自行逃生，最後只有力戰而死。

這條近乎天衣無縫的毒計，大有可能是劉牢之和陳公公兩人想出來的。因爲這種事必須由外人去辦，還可以裝作是焦烈武下手，誰都難以追究。

劉裕心叫好險，暗抹一把冷汗時，老手捧著一碗麥米來了。

老手的臉色非常難看，道：「果然多了點古怪的香氣，如不是得劉爺點醒，肯定嗅不出來。」

劉裕接過他遞來的碗，捧到鼻端下。

古怪的事發生了，體內的眞氣竟氣隨意轉，聚集到鼻子的經脈去，麥米的氣味似是立即轉濃，撲鼻而至。最奇妙是香氣不但豐富起來，還似可以區分層次，其中一種帶點澀味的香氣，並不是來自麥米本身，只是附在麥米上。

他從沒想過自己的鼻子可以變得如此靈敏，不由想起狗兒的嗅覺，大概就是這樣子。又想起方鴻生。

道：「這米給人浸過毒物，然後烘乾，蒸發了水分，毒藥便附在麥米上，所以麥米因烘過而脆了點。」

放下了碗，望向雙目射出敬服之色的老手。

老手回過神來，狠狠道：「劉牢之眞不是人，竟連我們都要害死。」

劉裕微笑道：「權力鬥爭從來是這個樣子，不會和你講仁義道德，且爲求目的不擇手段。」

稍頓續道：「現在你還有個選擇，就是靠岸讓我登陸，然後返廣陵覆命，把一切全推在我身上，指是我堅持離船，你沒法阻止，如此沒有人可以怪責你。」

老手堅決的搖頭道：「我老手早在答應此行時，已和眾兄弟商量過，決定把性命交託在劉爺手上。我現在更下決心，不但要把劉爺送往鹽城去，還要留下來與劉爺並肩作戰，爲民除害。」

劉裕聽得大爲心動。所謂巧婦難爲無米之炊，任他三頭六臂、智比天高，要隻身單刀，與縱橫海上的巨盜對敵，只是個笑話。可是如有像老手般熟悉該區域情況的操船高手相助，勢必是完全不同的兩回事。

老手又道：「我們可推說是焦烈武封鎖大江出海的水口，令我們沒法回航，劉牢之也難降罪於我。」

劉裕點頭道：「好主意！」

得劉裕首肯，老手大感興奮，道：「在大江上，即使聶天還親來，都攔不住我。不要小看我這艘小戰船，孔老大曾眞金白銀拿了十多兩黃金來改裝，船身特厚，船頭、船尾都是鐵鑄的。我出身於造船的世家，對戰船最熟悉。」

劉裕想的卻是劉牢之硬把自己留在統領府一天一夜，就是要讓陳公公有足夠的時間部署對付自己。

道：「劉牢之當然清楚你的本領，所以不會做大江攔截諸如此類的蠢事，而會用計上船來！像那次王國寶殺何大將軍的方法。想想看吧！在我們沒有防備下忽然遇上數艘建康的水師船，來查問我們到哪裡去，要我們出示通行的文件，我們肯定會中計。」

老手心悅誠服的道：「還是劉爺想得周到，難怪劉爺戰無不勝，劉牢之又如此害怕劉爺了。」

劉裕拍拍老手肩頭，心神卻飛到鹽城去。

老手低聲道：「還有一件事未曾告訴劉爺，孔老大在船上放下一個鐵箱子，請劉爺親自扭斷鎖頭看個究竟，照我看肯定是孔老大送給劉爺花用的軍費。」

劉裕心中再一陣感動，孔老大現在是義無反顧地站在自己的一邊。同時也看出火石效應的驚人影響，像孔老大、老手和他的兄弟，都深信他劉裕是眞命天子而不疑，所以在不用深思、不須等待、不用理會現實的情況下，輕易作出抉擇。

只有他清楚自己絕非甚麼眞命天子。

第十一章　好自為之

黑夜裡，兩道黑影在林野裡鬼魅般移動，像深夜出動的幽靈，與黑夜結合爲一體。

燕飛和拓跋珪回復了少年時代的情懷，不同處在現時並非嬉鬧玩耍，而是爲拓跋族的存亡奮戰。

最後兩人抵達密林邊緣區，登上最高的一株古樹。

敵人營地的燈火，映入眼簾。

拓跋珪與燕飛腳踏同一橫幹，前者笑道：「你這小子愈來愈厲害哩！眞跑不過你。」

燕飛淡淡道：「坦白說！我是故意讓你，否則你仍在後面數里外，上氣接不到下氣的辛苦追來。」

拓跋珪失笑道：「太誇大了，我會差你那麼遠嗎？」

兩人對望一眼，開懷笑起來，感覺著友情眞摯流露的滋味。

拓跋珪探手摟著燕飛肩頭，道：「看！我肯定慕容垂指點過我們的小小寶，否則這小子不會如此高明懂得採取穩紮穩打的戰術。如果我們沒有妙計，只好乾瞪眼等敵人失去耐性撤兵，然後垂頭喪氣的重建盛樂，不過我的復國大計也完蛋了。」

燕飛點頭同意。

慕容寶築起十多座壘寨，佔據了五原近河區十多里內所有具戰略優勢的高地，另一邊靠著大河，以這樣的陣勢，就算拓跋珪傾盡軍力，也是以卵擊石，難動搖對方分毫。一俟慕容寶與重奪平城和雁門的慕容詳取得聯繫，確立運糧線，慕容寶將立於不敗之地。長期作戰又或退兵，全看慕容寶的決定。

拓跋珪欣然道：「今次全賴你帶崔宏來，由漢人散播謠言，方沒有破綻。」

燕飛笑道：「崔宏只是錦上添花，縱然沒有他，你老哥也有全盤的作戰計畫，慕容寶怎是你的對手呢？」

拓跋珪正容道：「崔宏正是我夢寐以求的開國軍師和大將，此人思考縝密，能補我的不足處。」

燕飛提醒道：「在人事上你要小心點，崔宏怎都是新來者，如果你偏用他，會令你原本的下屬生出妒忌心，破壞了將領間的團結。」

拓跋珪點頭道：「這方面我會很小心，幸好崔宏亦明白自己的位置，這兩天表現得很謙虛，沒有惹人反感。」

又嘆道：「有件事我一直瞞著你，怕說出來遭你痛罵。」

燕飛訝道：「竟有這麼一回事？不過你大可以放心，你這小子有一股古怪的魔力，就是不論我如何想揍你一頓，可是當我面對著你時，怒火總會不翼而飛。我更要順便在這裡提醒你一句，小儀並沒有出賣你，你如敢怪罪於他，我會是第一個不放過你的人。」

拓跋珪苦笑道：「我正想用此作交換條件，豈知竟被你先一步說出來。唉！」

燕飛在黑暗裡的目光閃動著奇異的光芒，不眨眼地細看拓跋珪好半晌，沉聲道：「你似乎真的有點心事，究竟與甚麼有關呢？」

拓跋珪頹然道：「我遇上生平第一個真正令我心動的女人。」

燕飛失笑道：「少年時代，每次你看中美麗的女孩，說的都是這句話。」

拓跋珪苦笑道：「今次是不同的，因爲我曉得沒有女人比她更危險，而你比任何人都清楚我最愛冒險和刺激，這方面我雖然在爭雄鬥勝的戰場上得到很大的滿足，卻從未在男女間的戰場上嘗試過，所以這個極度危險的女人，本身對我有超乎尋常的吸引力。更令我動心的是她正是那種女人中的女人，媚在骨子裡，令人感到錯過她會是生命中最大的損失。」

燕飛動容道：「你今趟竟是來眞的？」

拓跋珪嘆道：「問題是我清楚絕不該碰此女，因爲我希望每一件事都在我的掌握和計算內，而她對我卻肯定是不利的因素，至乎會影響我和你的兄弟情誼。」

燕飛平靜的道：「如此她當是我認識的人，究竟是何方美女呢？」

拓跋珪道：「就是楚無暇。」

燕飛仍是不眨眼的瞧著他。

拓跋珪移開目光，避免與他對視，投往敵人的營地，道：「我們必須於慕容詳取得平城和雁門前，擊垮慕容寶的八萬燕兵。」

燕飛道：「在有關娘兒的事情上，你從來聽不進我說的話，今次也不會例外。對嗎？」

拓跋珪苦笑道：「你眞了解我。」

燕飛聳肩道：「那我還可以說甚麼呢？」

拓跋珪大訝道：「就這麼一句話嗎？」

燕飛道：「你怎會和她纏上的？」

拓跋珪把經過老老實實的道出來，然後道：「這個女人很會玩男女之間的手段。自她離開我去尋寶後，我有點沒法控制的時常想起她，才曉得自己今次情況不妙，非常糟糕。」

燕飛道：「或許你眞正得到她後，她對你的吸引力會逐漸減退。」

拓跋珪道：「這正是最危險的想法，令我更想擁有她，看看是否如此。嘿！你似乎並沒有怪責我不夠兄弟，因爲她極可能是衝著你而來的。」

燕飛記起尼惠暉的警告，仰望星空，吁出一口氣緩緩的道：「只要你能永遠不讓她插手到你的政事上，誰也管不了你私人的事。」

拓跋珪朝他瞧來，低聲道：「你是否因她而心中不快？」

燕飛迎上他的目光，搖頭道：「我眞的不知道。她雖然在建康行刺過我，而我更清楚她會是那種憑一己好惡，隨時下手殺人者，卻仍感到很難管你這方面的事。事實上你爲了復國大業，一直在壓抑著心中的感情，這不單指男女之愛，更包括人與人間的正常情緒，令人感到你是鐵石心腸、冷酷無情之輩。然而眞正的你是有著豐富的感情，楚無暇正是能點燃你心中感情火焰的引信。」

拓跋珪笑道：「說得眞好！知我者莫若燕飛。」

燕飛道：「對她的討論到此爲止，我最後只有一句話，就是好自爲之。我們回去吧！」

小風帆轉入淮水，逆流而上。

屠奉三立在船首，衣衫迎風拂揚。

他會先與侯亮生秘密地碰頭，了解情況，然後決定該不該見楊佺期。

他一向的作風是謀定後動，絕不好大喜功，冒險求成，亦正是憑他穩打穩紮的策略，才能勉強壓制兩湖幫的擴張。當然，現在的形勢已變成另一回事，聶天還和桓玄朋比爲奸，他屠奉三則退往邊荒集。

如果沒遇上劉裕，他只能在邊荒集苟且偷生，隨邊荒集的盛衰起落過下輩子。現在他的雄心壯志更勝從前，不但要向聶天還算舊恨，還要向桓玄討新仇的血債。而要達到這兩個目標，他必須全力助劉裕成爲南方最有權力的人。

他不得不承認侯亮生對他有無可估量的影響力，大幅開展了他視野的水平，令他對扶持劉裕更有把握。

南方的政治是高門大族的政治，單靠北府兵並不能使劉裕登上皇帝的寶座，想當年桓溫權傾南方，荊州軍是當時晉室最強大的軍事力量，在死前欲求得「九錫」的最高封號，仍因高門之首謝安和王坦之的阻撓，難以成事。於此可見高門大族在政治上的影響力。

所以爭取高門大族的支持，是屠奉三「造皇大計」裡重要的一環。否則將來劉裕縱能坐上北府兵大統領之位，大有可能功虧一簣。

現在他去見楊佺期，正是在這仍處於空白的計畫上踏出第一步。

侯亮生是博通古今的智士賢人，他屠奉三則爲深謀遠慮的軍事謀略家，兩個人衷誠合作，將會爲劉裕締造不朽的王侯霸業。

屠奉三是劉裕、燕飛和孫恩外，唯一清楚並沒有天降火石這回事的人，可是卻絲毫沒有動搖他對劉裕是眞命天子的看法。他安慰劉裕的話只代表他部分想法，更重要的是淝水之戰後，南方出現影響社會所有不同階層的新形勢。

當謝玄以八萬軍擊垮苻堅的百萬大軍，贏得淝水大捷震古鑠金的驕人成果，南方即使「五尺童子」，都「振袂臨江，思所以掛旗天山，封泥函谷」，充滿克復中原的希望。可是司馬氏立即排擠謝安、謝玄，使江左政權坐失克復中原的最佳時機。不過這股廣被南方所有階層和軍民的渴求，只是被壓抑下去，令南人對司馬氏王朝生出徹底失望的情緒，卻從沒有消散，也不可能消散。只要時機如春風拂至，會像燒不盡的野草般破土而出，茁壯成長。

桓玄和孫恩都想借此勢崛起，取代司馬氏王朝，可是屠奉三獨看好劉裕。他身爲謝玄繼承人的優勢是前兩者沒有的。

天師軍的最大阻力來自南方佛門，建康的高門大族不乏崇佛之輩，他們絕不容視之爲邪教的天師道獨尊天下。

桓玄則可歸於司馬道子的腐化一族，代表著反對謝安行之有效「鎭之以靜」、以此作施政方針的高門反動勢力。

只要劉裕成爲改革派的代表，不但可以得到飽受剝削壓榨的群眾支持，還可以爭取到高門大族有識之士的認同。如此不可能的事將會變成可能。

河風迎面拂來。

屠奉三深吸一口氣，從沒有一刻，他比現在更有信心可圓劉裕的帝王夢。

劉裕從深重的坐息醒轉過來，感到精神前所未有的清澈和飽足。

艙窗外夜幕低垂，自己這次運氣調息，至少坐了六個時辰。這兩天在船上，他除了吃東西外便是坐息，務求以最佳的狀態，去應付焦烈武的汪洋大盜賊兵團，又或其他敵人派來的刺客殺手，真個是少點本領也不行。

睜開眼來，看到是緊閉的艙門，自己則盤膝坐在榻子上。

假設有人破門而入，先發暗器後施殺著，自己肯定會手忙腳亂，一個錯失便被突襲者奪去小命。在這種環境和情況下，甚麼「九星連珠」又或「天地一刀」都派不上用場，只適宜細膩精微的刀法。

忽然心中一動。

「錚！」

劉裕左手拿起放在身旁的厚背刀，右手拔刀出鞘。

幾乎是不經思索，妙手偶得般，厚背刀往前直刺，「嗤嗤」聲中，身前幻出大朵刀花，最精采是刀花消散，刀氣仍存，朝前方劃去。木門震動起來，當劉裕還刀入鞘，木門出現七條深淺不一的刀痕。

劉裕心中大喜如狂，活到這把年紀，尚是首次能發出如此凌厲的刀氣，如果不是力道不夠平均，每道刀痕該是深淺如一。

有意無意間，他又多領悟一記自創的刀招。這招該喚作甚麼好呢？

足音響起，接著是敲門聲。

劉裕道：「進來吧！」

老手推門而入，一臉疑惑神色，道：「剛才是甚麼聲音，似乎是飛刀擲上木門的聲響，我還以爲劉爺出了事，趕快下來看個究竟。」

劉裕心忖老手的形容相當貼切，不過卻是無形的飛刀，此招便叫做「無形空刀」吧！也算不錯。笑道：「船顛得很厲害，是否快到海口？」

老手道：「早出海了，現在沿岸北上，天亮時可抵鹽城。」

劉裕失聲道：「甚麼？我坐了多久？」

老手一臉崇敬的神色，道：「劉爺這一坐足有兩天半夜。高手確是高手，在北府兵的所謂高手裡，我從未聽人可以打坐入靜這麼久的，能坐上幾個時辰已算了不起。」

劉裕登時感到兩腳痠麻，連忙把兩腳伸直，改爲坐在榻子邊緣，讓雙足安全著地，始安心了點兒。

燕飛的免死金牌確了不起，使他成爲連自己都不敢相信的高手，眞他娘的爽至極點。隨口問道：「沒有人攔截我們嗎？」

老手道：「在離大江海口七、八里處果如劉爺所料，有兩艘官船打旗號要我們停船。我懶理他的娘，幾下拿手本事便把他們撇在後方。哼！想在大江逮著我老手，多投幾次胎也休想辦到。」

劉裕欣然道：「劉牢之今次是弄巧反拙，反令你們成爲我的好夥伴和戰友。不過在抵達鹽城後，我想你們詐作離開，設法躲藏起來，可是當我想找你們時，你們便適時出現，變成我的一著沒有人想得到的水上奇兵，可以辦得到嗎？」

老手沉吟片刻，道：「躲起來是輕而易舉的事，但通信卻是一道難題，必須找當地養有信鴿的幫會幫忙，這個並不容易，即使有人答應你，你也不敢信他，誰曉得他是不是焦烈武的同黨？」

劉裕道：「當地最有勢力的幫會是哪一個呢？」

老手道：「當然是東海幫，幫主何鋒是何謙的堂弟。何謙在世時，他等若沿海郡縣的土皇帝，現在收斂了很多，因爲他害怕劉牢之會殺他。」

劉裕道：「何鋒由我負責說服他幫忙，如果能令他站到我們這一邊來，會大添勝算。」

老手道：「恐怕非常困難，地方幫會對焦烈武畏之如虎，怕開罪焦烈武，遲早會被拿來祭旗，給焦烈武來個棒打出頭鳥。」

劉裕道：「這是因爲地方的幫會對官府沒有信心，希望他們對我會有不同的看法。」

老手苦笑道：「劉爺仍不明白官府在沿海郡縣的形勢是多麼惡劣，不但再沒有可用之兵，更沒有能作戰的水師船。」

劉裕微笑道：「至少有一艘嘛！且由北府兵最超卓的操舟班底負責駕駛。」

老手點頭道：「我們是捨命陪君子。不過坦白說，換了不是劉爺，我們肯定會在把人送到鹽城後，立即溜返廣陵，不願意多留半刻。」

劉裕冷笑道：「焦烈武並非聶天還，只會用殺人放火的手段，令人害怕他。只要我們能幹出一、兩件漂漂亮亮的事，讓人曉得我對付焦烈武的決心，更發覺焦烈武並非不能擊倒的海上霸主，沿海的軍民會聚集到我的旗下來。」

老手道：「我和各兄弟對劉爺有十足的信心。」

劉裕心忖如非老手和他的二十多個兄弟認定自己是眞龍轉世，恐怕半絲信心也沒有，由此可見火石效應的影響力。

火石效應能在如此惡劣的形勢下再次發揮威力嗎？

船身忽然顫抖起來，速度驟減。

兩人四目交投。

劉裕首先跳起來，撲往艙門外，老手隨之，均曉得出了狀況。

難道焦烈武如此神通廣大，竟先發制人，在黑夜的海上攔途截擊，教他們永遠到不了鹽城？

第十二章　高門子弟

老手皺眉道：「會不會是個陷阱呢？」

在風燈照耀下，一個大漢正死命抱著一截似是船桅斷折的木幹，在洶湧的海面上載浮載沉，隨波浪漂盪。

老手的「雉朝飛」正緩緩往落難者駛去，由於在大海中停船是非常不智的蠢事，所以只有一個救他的機會，錯過了除非掉頭駛回來，可是在黑夜的大海裡，能否尋得他亦是疑問。

劉裕想也不想道：「如果敵人神通廣大至此，我劉裕只好認命，怎都不能見死不救。來！給我在腰間綁繩子。」邊說邊解下佩刀。

眾人見他毫不猶豫親自下船救人，均肅然起敬，連忙取來長索，綁著他的腰。另一端由老手等人扯著。

當船首離那人不到兩丈時，劉裕叱喝一聲，投進海水裡，冒出海面時，剛好在那人身旁。

劉裕探手抓著對方手臂，大叫道：「朋友！我來救你哩！」

那人全無反應，卻被他扯得鬆開雙手，原來早昏迷過去，全賴求生的意志，抱緊浮木。

劉裕在沒有提防下，隨對方沉進海水裡去，連忙猛一提氣，本意只是要升上海面，豈知不知哪裡來的力量，竟扯著那人雙雙騰升而起，離開海面達三、四尺。

老手等人忍不住的齊聲歡呼喝采，讚他了得。

劉裕喝道：「拉索！」

眾人放聲喊叫，大力扯索。

就借扯索的力道，劉裕摟著那人的腰，斜掠而上，抵達甲板，完成救人的任務。

雲龍艦上。

艙廳裡，聶天還神態優閒的吃著早點，郝長亨在一旁向他報告過去數天他不在兩湖時的情況。

當說到胡叫天意欲退出的請求，聶天還漫不經意的道：「叫天只是情緒低落，過一陣子便沒事。讓他暫時放下幫務，交給左右的人，找個喜歡的地方好好散心，待心情平復再回來吧！」

郝長亨低聲道：「他已決定洗手不幹，希望從此隱姓埋名，平靜安度下半輩子。照我看他是認眞的。」

聶天還沉默片刻，點頭道：「這是做臥底的後遺症，出賣人是絕不好受的，我諒解他。唉！叫天是個人才，更是我們幫內最熟悉大江幫的人。設法勸服他，我可以讓他休息一段長時間，待他自己看清楚形勢再決定是否復出。」

郝長亨點頭道：「這不失爲折衷之法，如幫主肯讓他在任何時間歸隊，他會非常感激幫主。」

聶天還嘆道：「劉裕現在已成了令我和桓玄最頭痛的人，叫天之所以打退堂鼓，正是被荒人的甚麼『劉裕一箭沉隱龍，正是火石天降時』的騙人謊話唬著了。」

說到這裡，心中不由想起任青媞，她說要殺死劉裕，以證明他不是眞命天子。究竟成敗如何？他眞的很想知道。

郝長亨以手勢做出斬首之狀。

聶天還道：「對劉裕，桓玄比我更緊張，已把殺劉裕的事攬上身。如果怎麼都幹不掉劉裕，天才曉得將來會發展至怎樣的一番景況？」

郝長亨微笑道：「幫主不用擔心，因爲劉裕已變成眾矢之的，難逃一死。他的功夫雖然不錯，但比之燕飛卻有一段很大的距離，即使換是燕飛，在他那樣的處境裡，亦難活命。」

聶天還道：「不要再談劉裕，希望有人能解決他，不須我們出手。我的小清雅還在發脾氣嗎？」

今次輪到郝長亨頭痛起來，苦笑道：「她變得孤獨了，只愛一個人去遊湖，眞怕她患了相思症。」

聶天還出奇的輕鬆道：「她最愛熱鬧，所謂本性難移，只要你安排些刺激有趣的玩意兒，哄得她開開心心的，肯定她會忘掉那臭小子。」

郝長亨沮喪的道：「我十八般武藝，全使將出來，卻沒法博她一笑。」

聶天還笑道：「我們的小清雅是情竇初開，你不懂投其所好，斷錯症下錯藥，當然是徒勞無功。」

郝長亨嘆道：「這附近長得稍有看頭的年輕俊彥，都給我召來讓她大小姐過目，她卻沒有一個看得上眼。這批小夥子隨便叫一個出去，無不是女兒家的夢中情人，在她小姐眼中，則只是悶蛋甲、悶蛋乙。幫主你說這不是氣死人嗎？」

聶天還從容的瞧著他道：「你似乎已完全沒有辦法了。」

郝長亨暗吃一驚，忙道：「我仍在想法子。」

又嘆道：「我知道毛病出在甚麼地方。被我挑選來見她的小子們，都與高彥這種愛花天酒地、口甜舌滑的小流氓有很大的分別，他們全是那種我們可接受作清雅夫婿的堂堂正正男兒漢，然則在哄女孩子這事上，他們怎麼樣都不是在花叢打滾慣了的高小子的對手。」

聶天還啞然笑道：「對！對！我們也可以找個善於偷心的花花公子，來與高小子比手段，但一個不好，便成前門拒虎，後門進狼。」

郝長亨道：「或許過一段時間，清雅便會回復正常，說到底她仍是最聽幫主的話，不會讓幫主難堪。」

聶天還舒一口氣，悠然道：「解鈴還須繫鈴人，這種男女間的事必須像對付山火般，撲滅於剛開始的時候，如任由火勢蔓延，只會成災。」

郝長亨終察覺聶天還似是胸有成竹的神態，愕然道：「幫主竟想出了辦法來？」

聶天還從懷內掏出一個卷軸，遞給郝長亨道：「荒人定是窮得發慌，竟想出如此荒謬的發財大計，要與各地幫會合辦往邊荒集的觀光團。由各地幫會招客，只要把客送到壽陽，邊荒集會派船來接載，由荒人保證觀光團的安全。這卷東西裡詳列觀光的項目，甚麼天穴、鳳凰湖、古鐘樓；還有說書館、青樓、賭場等諸如此類，眞虧荒人想得出來。」

郝長亨接過卷軸，拿在手上，問道：「這卷東西是怎麼來的？」

聶天還道：「是桓玄給我的，本只是讓我過目，我一看下立即如釋重負，整個人輕鬆起來，硬向桓玄要了。哈！桓玄只好找人謄寫另一卷作存案。」

郝長亨不解道：「壽陽是北府兵的地方，司馬道子和劉牢之怎肯容荒人這麼放肆？」

聶天還道：「現時的形勢非常古怪，劉牢之和司馬道子都不敢開罪荒人，怕他們投到我們這邊來，且要和他們做貿易，所以這種無傷大雅的事，只有睜隻眼閉隻眼。」

郝長亨道：「桓玄又持甚麼態度？」

聶天還道：「他會裝作毫不知情。」

郝長亨失聲道：「毫不知情？」

聶天還微笑道：「這些觀光團歡迎任何人參加，只要付得起錢便成。假設我們要殺死高小子，是否很方便呢？」

郝長亨恍然道：「難怪幫主有如釋重負的感覺。不過邊荒集一向自由開放，來者不拒，沒有觀光團也是同樣方便。」

聶天還欣然道：「你何不展卷一看，只須看說書館那一項，自會明白我因何心花怒放。」

郝長亨好奇心大起，展卷細讀，一震道：「好小子，竟敢拿清雅去說書賣錢。」

聶天還仰天笑道：「這就是不懂帶眼識人的後果，幸好高小子財迷心竅，轉眼露出狐狸尾巴，省去我們不少工夫。」

郝長亨跳將起來道：「我立即去找清雅來，讓她看清楚高小子醜惡的眞面目。」

聶天還喝道：「且慢！」

郝長亨道：「不是愈快讓她清楚高小子是怎樣的一個人愈好嗎？」

聶天還沉聲道：「假如清雅要親自到邊荒集找高小子算賬，我們該任她去鬧事還是阻止她呢？如果她一意孤行，我們可以把她關起來嗎？」

郝長亨頽然坐下，點頭道：「確實令人左右爲難，不過所謂好事不出門，壞事傳千里，這種事遲早會傳入清雅耳中去。」

「砰！」

聶天還一掌拍在木桌上，立現出一個清晰的掌印，這位威震南方的黑道霸主雙目閃著懾人的異芒，狠狠道：「在『小白雁之戀』的書題下，其中一個章節是甚麼『共度春宵』，這究竟是怎麼一回事？清雅的清白是否已毀在高小子手上？我操他高彥的十八代祖宗，只是這個章節，我便要把高小子車裂分屍。」

郝長亨道：「肯定是這小子自吹自擂，清雅絕不是這樣隨便的人。」

聶天還狠狠道：「我也相信清雅不會如此不懂愛惜自己。眞的豈有此理！竟敢壞清雅的名節。」

郝長亨道：「高彥算是老幾，此事交給我辦，保證他來日無多。」

聶天還嘆道：「只恨我輸了賭約，否則我會親手扭斷高彥的脖子。此事我已請桓玄出手，他會爲我們辦得妥妥當當的。」

又道：「至於清雅方面，由我負責，我會令她在一段時間內，收不到江湖傳聞，待高小子魂歸地府後，她知道與否就再沒有關係了。」

郝長亨點頭道：「還是幫主想得周到。」

聶天還嘆道：「至於清雅和高彥間發生過甚麼事，我不想知道。你知道了也不用告訴我。現在我最渴望的是聽到高彥的死訊。」

郝長亨連聲應是。

同時深切地感受到聶天還對尹清雅的溺愛和縱容。

「雉朝飛」在晨光下破浪前進，左方是春意盎然的陸岸，大海風平浪靜，表面上絕看不到沿海郡民飽受囚殘海盜蹂躪的慘況。

劉裕迎風立在船首，心神卻馳騁於北方的戰場上。

最具決定性的兩場戰爭正如火如荼的進行著，均與目前北方最強大的燕國有直接關係。一邊是慕容垂引慕容永出長安之戰，以決定慕容鮮卑族內誰有資格當家作主；另一邊是慕容寶討伐拓跋珪之戰，其戰果不但影響拓跋族的生死存亡，也影響到邊荒集的榮枯。

老手來到劉裕身旁，道：「他醒來了！」

劉裕瞥老手一眼，見他一臉不快的神色，訝道：「他開罪你了。」

老手冷哼道：「他要見你。」

劉裕道：「他究竟是何方神聖，他不知我們是他的救命恩人嗎？」

老手忿然道：「他雖然不肯說出名字，但我聽他說了幾句話，看他自以爲高高在上的樣子，便知道他是高門大族的小子。他奶奶的，早知道就任他淹死算了。」

劉裕啞然笑道：「待我弄清楚他的身分，再把他丟回大海如何？」

老手忍不住笑著點頭道：「我眞想看他給拋進水裡的可憐模樣。哈！這種來自世族的子弟眞令人難以理解，聽到我不是主事的人，立即失去和我談話的興趣，像怕我玷污了他高貴的血統。」

劉裕拍拍老手肩頭，朝船艙走去，心中有點感觸。

事實上自東漢末世族冒起，社會已分化爲高門、寒門兩個階層，中間有道不可踰越的鴻溝，雙方嫌隙日深，沒有溝通和說話。世族形成一個利益集團，佔據了國家所有最重要的資源，視寒門爲可任意踐踏的奴僕。而寒門則備受壓迫和剝削，怨氣日深。只有在戰場上，寒士才有藉軍功冒起的機會，劉牢之是個好例子，不過如非謝玄刻意栽培，劉牢之也不會有今天。自己也是如此，否則恐怕沒有資格和高門的人說半句話。

不由又想起王淡眞。

唉！他已盡量不去想她，可是思想卻像不受控制的脫韁野馬，不時闖入他不願踏足的區域。

推門入房。

那人擁被坐著，臉上回復了點血色，神情落寞，剛撿回小命，理該是這個模樣。看年紀該在二十五、六間，有一頭濃密的黑髮，一副高門大族倨傲而顯貴的長相，眼神仍是充滿自信，並沒有因受到打擊而露出心中的不安，這是個很好看的世家子弟。

他上半身赤裸著，肩脅處的傷口敷上草藥，傳出濃重的草藥氣味。

劉裕在看他，他也在打量劉裕，還皺起眉頭，似在怪劉裕沒有叩門，未經請准便闖進來。

劉裕直抵床前，俯首看他，微笑道：「朋友剛見我進來時，面露不快神色，忽然又出現驚訝神情，究竟是怎麼一回事呢？我們該未見過面吧？」

那人的驚訝之色轉濃，顯然是想不到劉裕說話如此直接，微一點頭道：「兄台有很強的觀察力，當非平凡之輩，敢問高姓？」

劉裕把放在一旁的椅子拉到床邊來，悠然坐下道：「你知不知道已冒犯了我的兄弟，如果不是他發現你在海面上浮沉，你早成了水底裡的冤魂。」

那人露出尷尬的神色，乾咳一聲道：「我只是小心點吧！因爲在未弄清楚你們是誰前，我眞的不敢說實話。唉！在這沿海的區域，很難分出誰是惡賊，誰是良民。」

劉裕心中一動，不再耍他，道：「本人劉裕，朋友尊姓大名？」

那人現出震動的神色，脫口道：「原來是你，難怪向我走過來時大有龍行虎步的姿態，看來傳言並沒有誇大。」

劉裕還是首次被人誇讚步行的姿態，不好意思起來，道：「朋友……」

那人道：「家父是王珣，小弟王弘，見過劉兄。大恩不言謝，今次劉兄和你的兄弟出手相救，我王弘會銘記不忘。」

劉裕心中大震，作夢也沒想過可以在這樣的情況下遇上王珣之子。

在建康的高門世族裡，論名望謝安之外便要數他，而他亦是謝安的支持者，與謝玄輩分相同，擁有崇高的地位。即使司馬道子不滿意他，但因王珣不但本身得建康高門的推崇，又是開國大功臣王導之孫，所以表面上司馬道子也要對他客客氣氣的。

劉裕重新打量王弘，心忖如非在這種特殊的情況下，想和王導的曾孫坐著說話根本是不可能的。

王弘對他的震驚相當滿意，欣然道：「劉兄是現在建康被談論得最多的人。究竟『一箭沉隱龍』是否確有其事？」

劉裕心想這可是我最不想談的事，岔開道：「很快便會抵達鹽城，到鹽城後我們可以把酒暢談。現在我必須弄清楚王兄怎會受傷墜海？」

王弘臉上立即罩上陰霾，苦笑道：「劉兄到這裡來，是否奉命討賊呢？讓我告訴你吧！不論誰派你來，都是想害死你。」

劉裕已想出個大概，淡淡道：「如果我劉裕這麼容易被人害死，早死了十多遍，哪還能在這裡和王兄說話？」

王弘動容道：「對！司馬道子和劉牢之都千方百計欲置你於死地，可是你仍然活得比任何人都好。」

劉裕見振起了他的鬥志，微笑道：「可以聽故事了嗎？」

第十三章　觀光首炮

高彥來到「老王饅頭」店，龐義正沒精打采地默默吃早點。這饅頭店到今天仍因欠缺材料未重新開業，只招待交情深的熟客，反成為高彥臨時的治事所。

高彥在龐義身旁坐下，笑道：「大個子又有甚麼心事？人生是要積極面對的，不要大清早便像在懷念以前的風光，一副不勝唏噓的模樣。」

龐義沒好氣道：「我昨晚睡得不好成嗎？我臉上該擺甚麼表情，須問過你，得你同意才行嗎？你奶奶的，先管好你自己的事吧！」

高彥哂道：「不要說謊了，昨晚你偷偷去廣場光顧擺地攤為人占卜的外來神棍，你當我不知道嗎？當時我排在前頭，你排在隊尾。他娘的！這神棍分明是騙飯吃的，千萬不要信他，如果他今晚敢出來開檔，我會去拆他的招牌。他娘的！我占婚姻竟占得句甚麼『鴛鴦歡合驚風雨』，這算甚麼？我和小白雁的姻緣乃天作之合，何來風雨？嗯！你占得句甚麼呢？說來大家參詳一下。」

龐義冷笑道：「你不是說是騙人的嗎？有甚麼好提的。」

高彥陪笑道：「我只是不喜歡『驚風雨』三個字，『鴛鴦歡合』仍是不錯的。我之所以說他不準，是因為老子尚未和小白雁歡合過。」

又道：「來吧！給我看看你那是甚麼卦。小飛不在，邊荒集唯一關心你終身幸福的人就是我。」

龐義道：「去你的娘！你關心我？我的事不用你管，更不用你理。」

高彥奇道：「爲甚麼發這麼大的脾氣？我甚麼地方開罪你了？」

龐義緊繃著臉沉默片刻，然後不悅道：「你做過甚麼事你自己最清楚，和小白雁的事怎可以拿到說書館去娛樂大眾，你一點也不尊重小白雁，更不尊重自己。」

高彥打個寒噤，顫聲道：「今次糟糕哩！連你這局外人都感憤憤不平，小白雁肯定來宰掉我，今次給老卓害死哩！」

龐義訝道：「關卓瘋子甚麼事呢？」

高彥連忙道出詳情，頹然道：「今次的確是箭已離弦，覆水難收。帖子已發了出去，想反悔也不成。」

龐義露出原來如此的表情，釋然道：「算你吧！只要你不再受卓瘋子的引誘，死也不肯到說書館說半句話，該不會闖出禍來。」

高彥稍覺安心，道：「好哩！你究竟占得甚麼卦呢？」

龐義嘆道：「『月照深林月宿裡，鴛鴦分散幾多時；滿塘鷗鷺紛紛立，一朵紅蓮長碧池』，你道這是甚麼卦呢？」

高彥抓頭道：「確實令人難解，最後那句如改爲『兩朵紅蓮長碧池』，便是大吉大利了。」

姚猛這時來找高彥，神情興奮，隔著門已大喝進來道：「成團哩！成團哩！」

龐義起立拍拍高彥肩頭，道：「你說得了這支卦後，我還怎睡得著，我要去趕工了！」與進來的姚猛擦身而過的去了。

姚猛像沒見到龐義似的，逕自在高彥對面坐下，道：「第一個觀光團鐵定在十天後從壽陽登船，這是我們觀光發財大計的第一炮，必須做得頌聲遍野的，以建立良好的口碑。」

高彥對著姚猛這位副手，立即神氣起來，道：「為甚麼你比我先知道這件事呢？究竟誰才是老大？」

姚猛呆了一呆，啞然失笑道：「老大當然是你，我頂多是老二。唉！你這小子的臉比建康當狗官的嘴臉更難看。老大是用來坐著聽報告的，通風報信做跑腿的，當然由老二負責。他奶奶的！還要發官威嗎？」

高彥開懷笑道：「這就叫逞威風，哈！他奶奶的！你這小子自恃成了鐘樓議會的成員，眼只向天看，我不殺殺你的銳氣怎成。嘿！這個第一炮觀光團有多少人，來的是何方財主？」

姚猛道：「這團至少有四十多人，屆時人數只會更多不會減少，主要來自建康和壽陽兩處地方，以建康的來客佔大多數。」

高彥道：「我要你構思行程，想出來了嗎？」

姚猛道：「首先說我們的觀光船，用的是司馬道子送的其中一艘，經改裝後堂皇富麗、設備豪華，又充滿邊荒的色彩。最好你能說服老龐到船上當這一團的伙頭主廚，如此便完美無瑕哩！」

高彥伸個懶腰道：「算你幹得不錯吧！老龐包在我身上，由不得他不聽我的話。」

又問道：「行程呢？」

姚猛道：「整個行程共十八天，團員如樂而忘返，想多留十天半月，我們可另作安排，當然也要另外收費。參加此團的人肯定有耳福，因為是由我們的天下說書第一高手卓名士親自領團，沿途解說。船在壽陽開出後，先到鳳凰湖參觀我們荒人第二次聚義的反攻基地，然後再駛往邊荒集。住宿的安排更精采，留在邊荒集的十二天，每三天轉一間旅館，住遍東南西北四條大街。」

高彥動容道：「果然有點看頭。」

姚猛道：「卓瘋子想出來的，會差到哪裡去呢？」

高彥道：「安全方面又如何？」

姚猛道：「安全方面更不成問題，來回兩程都有雙頭戰船護送，至於觀光船的保安則由戰爺率領高手負責，保證不會出岔子。我們昨天在議會，特別討論過這方面的問題，均認為須加強對你的保護。」

高彥色變道：「爲何特別提及老子？」

姚猛忍著笑道：「因爲我們怕小白雁易容改裝的來謀殺未來夫婿。」

高彥大罵道：「去你的娘！竟敢來耍我，是否不想在邊荒集混啦！」

姚猛笑道：「確實有討論到你，不過與你的安危沒有關係，而是要你少想點小白雁，多想點如何重建我們廣布南北的情報網。更怕撥錢給你，你高小子會中飽私囊，拿去花天酒地。」

高彥不悅道：「我是這樣的人嗎？」

姚猛道：「好哩！好哩！我只是說笑罷了！這觀光團第一炮你老哥必須全程參與，好看看有甚麼要改善的地方。此爲議會的決定，你不可以推託，或想偷懶而硬派我去負責，頂多我陪在你左右。明白嗎？」

高彥曉得無法推搪，只好答應。

姚猛道：「要說的我都說完了，大小姐有事找你，要你立刻去見她。」

高彥頹然站起來，嘆道：「還是以前的日子好，自由自在，現在卻身不由己，想多坐會兒都不成。」

唉聲嘆氣的去了。

鹽城在望。

劉裕和老手並肩站在看台上，心情都有點緊張。

他們已弄清楚王弘負傷墜海的經過，心情更難平靜。

王弘是隨堂兄王式一起到來討賊，作王式的副將。派他們來的司馬道子似是重用他們，實際上卻是要打擊以王珣爲首，支持延續謝安「鎮之以靜」政策的派系。

事實上王恭被劉牢之所殺，已大幅削弱了這派系的實力，而王式和王弘都是這派系所餘無幾懂兵法武功的有爲之士，只要借焦烈武之手除去兩人，這個派系將更乏反抗他的力量。

初抵鹽城時，王式還雄心勃勃，豈知誤信假情報，盡起全軍到海上名爲「五星聚」的小島群，企圖偷襲焦烈武，落入了敵人陷阱。

王式被焦烈武親手搏殺，王弘則孤船逃遁，返回鹽城。

王弘自知鬥不過焦烈武，萌生退意，雖明知返回建康，司馬道子亦會降罪於他，但總好過橫死異鄉，加上士無鬥志，留下來沒有意思，遂趁黑夜駕船開溜。哪知焦烈武完全掌握到他的行蹤，在半途攔截。王弘遇上焦烈武，幾個照面被他打落大海，如不是遇上劉裕，早一命嗚呼。

焦烈武強橫得令人害怕。

劉裕身經百戰，見盡大小場面，當然不會輕易被他唬倒，但仍不得不對他重新估量。此人並非一般有勇無謀之輩，他的海賊集團近似組織嚴密的軍事集團，而焦烈武則肯定是懂兵法的人，精於用詐，情報的掌握更是非常準確。

劉裕現在最害怕的事，是陣腳未穩便被他擊垮，而他不但要顧住自己的小命，也要爲老手等兄弟著想。

老手一震道：「燒著了甚麼呢？」

十多股濃煙，在鹽城的方向冒起。

劉裕的眼力比他強多了，頭皮發麻的道：「我的娘！著火焚燒的是泊在鹽城碼頭處的船，焦烈武來了。」

第十四章　預作警告

劉裕神色凝重的遠眺鹽城碼頭區的情況，忽然打出手勢，著老手改變航線，往大海的方向駛去。

老手立即傳令，然後問道：「我們到哪裡去？」

劉裕道：「我們繞遠路到鹽城北面找個隱秘處登岸，順道看看有沒有離岸不太遠，適合你們落腳的無人荒島。」

老手目光投往鹽城，道：「城內沒有起火，理該沒事。」

劉裕冷哼道：「鹽城城內仍平靜無事，焦烈武只是襲擊靠岸的船隻，現在已遠颺而去。不過看鹽城城門緊閉，沒有人敢出來救人救火，可知城內官民被嚇破了膽。他娘的！這般凶悍蠻橫的賊子，我還是初次得睹。」

老手沉著氣道：「焦烈武爲何要攻擊碼頭區的船？」

劉裕狠狠道：「看來示威的可能性較大，好顯示他才是這一區當家作主的人。想想看吧！海上的貿易是沿海郡縣的命脈，如果被焦烈武截斷海上的交通，鹽城的民眾如何生活下去？焦烈武是藉此來警告沿岸郡縣，誰敢與他作對誰便大禍臨頭。他娘的！今次惹火了我劉裕，我會教焦烈武血債血償。」

再打手勢，老手連忙傳令，改向繼續沿岸北上，把鹽城拋在後方。

老手道：「我們可以幹甚麼呢？」

劉裕雙目電芒閃動，顯然對焦烈武的暴行動了眞火，沉聲道：「知己知彼，百戰不殆。首先我們要摸清楚形勢。如果我們剛才就那麼登岸入城，恐怕活不過幾天。船靠岸後，我會獨自入城探清楚情況，設法與東海幫的人碰頭說話，看能否說服何鋒站到我們這邊來。只要讓何鋒明白這是關係到他東海幫成敗存亡的最後一個機會，不怕他不乖乖的與我們合作。」

老手興奮的道：「還是劉爺有辦法。哈！只要劉爺再顯神威，一箭射沉焦烈武的帥艦『海霸』，保證沿岸官民歸心，清楚是救星來了。」

劉裕心中苦笑。

事實擺在眼前，誰都看出賊勢強大，可是老手卻沒有半絲懼意，原因正是以爲劉裕是眞龍轉世，小小一個焦烈武怎奈何得了他？可恨劉裕心知自己這個所謂眞命天子，只是因緣際會下硬給捧出來的，一個不小心不單自己小命不保，還會牽累對他深信不疑的人。

劉裕拍拍老手肩頭，道：「照我的話辦吧！我要去和王弘談話。」

老手欣然領命。

來到王弘養傷的艙房，這位世家大族的公子擁被坐在床上發呆，見劉裕進來，勉強擠出點笑容。

劉裕輕鬆的在椅子上坐下，道：「剛才的情況，王兄看到哩！」

王弘微一點頭，又嘆了一口氣，一副飽受摧殘挫折的神情。誰都看出他對自己失去了信心。忽然又瞥劉裕一眼，似在驚異劉裕出奇輕鬆的神態。

劉裕則心中暗嘆一口氣，在某一個程度上他正在欺騙對方，至乎欺騙每一個相信他是未來天子的人。「欺騙」這名詞或許用重了一點，但不可否認自己正在「使詐」。事實上每一個當上主帥的人，都免不了或多或少用上了詐術，不單須欺騙敵人，也要欺騙追隨的人。

像現在，他根本完全看不到能擊敗焦烈武的可能性，可是他必須裝出智珠在握的神情模樣，以激勵手下的士氣，否則如他劉裕亦是一籌莫展的姿態，這場仗還用打嗎？大家落荒而逃保住小命算了。

對王弘他更有另一番期望。

王弘在建康世族年輕一輩中的影響力是不容忽視的，如果可以把他爭取到自己的陣營，當時機成熟時，便可透過他而得到建康世族新一代中有遠見者的支持。王弘的親爹王珣正是謝安一系改革派現存的頭號人物，如果王珣支持自己，聲勢將會截然不同。南方的政治是高門大族的政治，王珣代表的是政治的力量，單憑武力並不足以成事，否則桓溫早當上皇帝，還須高門大族的認同和支持嗎？

在聞得王淡眞死訊之時，他已狠下決心拋開一切，要用盡手段登上北府兵大統領之位，以向桓玄和劉牢之報復。現在更在形勢所逼下，向南方之主的寶座攀爬。只有成爲南方最有權勢的人，他才可以保住自己和追隨他的人的性命，捨此再沒有其他選擇。

劉裕淡淡道：「焦烈武因何要攻擊泊在鹽城碼頭的民船呢？」

王弘朝他瞧來，好一會兒後苦澀地道：「正常人怎會明白瘋子的心？焦烈武一向憑心中喜惡行事，以殺人爲樂，根本不講理性。」

劉裕搖頭道：「如果我像王兄那般看他，此仗必敗無疑。焦烈武不單不是瘋子，還是個有謀略的人。他是在向我下馬威，因爲他曉得我來了。」

王弘一呆道：「他怎曉得你來了呢？」

劉裕若無其事的道：「因爲他得到我的敵人通風報信。」

王弘不以爲然地看他片刻，卻沒有出言反駁他。

劉裕微笑道：「我的猜測是否屬實，很快便揭曉。我如想成功破賊，首先是要知己，焦烈武對我並非全無顧忌，因爲我有往績讓他參考，令他難以視我爲另一個朝廷派來的太守官兒。王兄勿怪我直言，我更不是高估自己，而是像焦烈武這種在江湖上長時期打滾的人，會明白我是怎樣的一個對手，明白我是不會依官府的方式行事，反較接近荒人的作風。所以他先來個下馬威，燒掉泊在鹽城外的民船，一方面是警告鹽城的軍民勿要投向我這一方，另一方面則是截斷鹽城的海路交通、孤立鹽城。」

王弘頹然道：「劉兄當然不是平凡之輩，不過不論劉兄如何神通廣大，仍應付不了焦烈武打、逃、躲的靈活戰略。何況當焦烈武摸清劉兄的底子後，劉兄想逃都逃不了。」

劉裕並沒有因他唱反調而不悅，從容道：「任何一件事，換個不同的角度去看，會得出截然有異的結論。我想請教王兄，你認爲我人強馬壯的率北府水師大舉東來討賊，比起像現在般只得一艘戰船及二十多名兄弟迎戰，哪一種情況較有可能斬下焦烈武的首級？」

王弘發起呆來，現出深思的神情。

劉裕斷然道：「焦烈武用的正是荒人最擅長的游擊戰術，不管你有多少人，他只要逃往大海，便可以逍遙羅網之外。所以只有一個方法可引他上鉤，就是以我劉裕作誘餌，製造出一種形勢，讓他踏進陷阱去，方有可能取他狗命。」

王弘一震朝他瞧來，像首次認識他般重新打量，點頭道：「劉兄的膽子很大，不過假設你的刀鬥不過他的『霸王棍』，一切休提。」

劉裕道：「單是贏得他手中棍並不足夠，我先要擊垮他的大海盟，然後把他逼進絕地，方可斬下他的首級。」

王弘皺眉道：「劉兄自問比之玄帥的九韶定音劍，高下如何呢？」

劉裕苦笑道：「教我如何回答你的問題呢？幸好我曾和王國寶交過手，我有信心在二十招內斬殺他於刀下。」

劉裕確曾和王國寶交過手，那時兩人相差不遠，當時劉裕自問在武功上尚遜王國寶一籌，卻以智謀戰術把王國寶逼在下風，得以脫身。現在得到燕飛的免死金牌，近日又屢屢在刀法上有新的領悟和突破，故敢作此豪言，絕不是為安慰王弘吹牛皮。

他費了這麼多唇舌，目的是要王弘振起鬥志，好多個有實力的幫手。在現在的惡劣形勢下，多一個人自然比少一個人好，何況是王弘這般文武兼備的人才。

王弘目不轉睛地看他，閃動著不敢輕信的神色。

劉裕深有感觸地道：「在邊荒集的反攻戰裡，我曾有過放棄的念頭，甚至想一死了之。我當然沒有這樣做，更因此從中學懂一個道理，就是對未來是沒有人可以肯定的，擺在眼前只是不同的選擇，該走哪一條路完全由我們決定。現在惡賊當前，我們一是立即開溜，要不就面對。假設你選擇的是後者，便要拋開生死成敗，竭盡全力去達致目標，令不可能的事成為可能，否則不如立即做逃兵算了。」

王弘急促地喘了幾口氣，垂下頭去。忽然又抬起頭來，沉聲道：「你清楚情況有多麼惡劣嗎？」

劉裕微笑道：「自從玄帥辭世後，我未曾有過半天安樂的日子。由劉牢之到司馬道子，由桓玄到孫恩，誰不千方百計想取本人的小命。我劉裕正是從這種環境裡成長的。面對險境，我和你一樣會害怕，這是人之常情。如果王兄選擇返回建康，我絕不會多說半句話。」

王弘的眼神開始發亮，道：「劉兄可多透露點心中對付焦烈武的計畫嗎？」

劉裕從容道：「我要先設法見到何鋒，才可以知道是要孤軍作戰，還是能得到地方上的龐大助力。」

王弘斷然道：「東海幫早給大海盟打怕了，何鋒絕不會站在我們這一邊。」

劉裕心中苦笑，說了這麼多話仍不能打動他，建康的世家子弟真禁不起風浪。淡淡道：「何鋒尊意如何，很快便有答案。」

王弘胸口急促起伏著，道：「假設劉兄沒法說服何鋒，又有甚麼打算？」

劉裕雙目精芒暴閃，射出無畏的異芒，緩緩道：「縱然只剩下我一個人，我也勢要將焦烈武斬殺於刀下。」

王弘迎上他的目光，一字一句的道：「到今天我才明白甚麼人當得起真好漢三個字。好吧！我王弘決定拋開生死，追隨劉兄。我這條命橫豎是撿回來的，交給劉兄又如何呢？」

船身輕顫，開始減速，往左岸靠過去。

江陵城。

桓府內廳，桓玄默默吃早點，侯亮生和乾歸兩人恭立一旁，先後向他彙報最新的消息。

桓玄聽罷皺眉道：「司馬道子是怎麼了？怎可以縱虎歸山，竟放劉裕到鹽城去打海盜？」

乾歸淡淡道：「劉裕既具保命返回廣陵的本領，劉牢之只好另耍手段，借海盜之手除掉他，又或可以由司馬道子的人下手，事後亦可推在海盜身上。如此劉裕若死了，他可以推得乾乾淨淨。」

侯亮生聽得心中響起警號，乾歸此人平日沉默寡言，可是一開口說話總能一語中的，教人咀嚼，可見其城府極深，不可小覷。

像他說的第一句話，便點出劉牢之和司馬道子，必曾於劉裕返回廣陵途中派人截擊，只是勞而無功罷了！

桓玄頷首表示同意，但深鎖的眉頭仍沒有解開，沉聲道：「海盜是否指焦烈武的甚麼大海盟？哼！他們憑甚麼收拾劉裕？」

侯亮生忙道：「亮生正要向南郡公稟報，建康傳來消息，奉朝廷之命率水師往鹽城討伐焦烈武的王式，已告全軍覆沒。」

桓玄立即雙目放光，點頭笑道：「如此有趣多了。」

乾歸道：「焦烈武不但武功高強，且精通兵法，近兩年來建康軍遇上他，沒有一次不吃虧的。現時沿海駐軍只能勉強保住城池，海上便是焦烈武的地盤。劉牢之今次派劉裕去更是擺明要害他，不派一兵一卒。所謂巧婦難爲無米炊，這一著令劉裕陷入進退兩難之境，與焦烈武交手等於以卵擊石，討賊無功則會被治以失職之罪。」

桓玄朝乾歸望去，淡淡道：「乾將軍認識焦烈武嗎？」

乾歸答道：「卑職曾和他碰過一次頭，還以武切磋比試了幾招。此人的霸王棍已達出神入化的境界，堪稱南方第一棍法大家，我敢肯定他的武功在劉裕之上，否則王式也不會飲恨於他棍下。」

桓玄笑道：「聽得我的手都癢起來。哈！如此將可省去我們很多工夫。」

乾歸道：「為策萬全，卑職想趁此良機，率人趕往鹽城去，請南郡公賜准。」

侯亮生聽得暗吃一驚，一個焦烈武已令劉裕窮於應付，現在乾歸又親率高手去行刺他，任劉裕三頭六臂，也應付不來。最令他擔心的是劉裕再不像以前般有荒人保護，當上鹽城太守後更是目標明顯。只好祈禱劉裕確是眞命天子，怎麼打都死不了。

桓玄愕然道：「這是否多此一舉呢？我還另有要事須你去辦。」

乾歸恭敬的道：「卑職的愚見仍認為殺劉裕是首要之務，請南郡公賜准。」

侯亮生心中慨嘆，乾歸的確不簡單，看事看得很準，且有膽色在慣於獨斷獨行的桓玄面前堅持己見。

桓玄凝望垂首等候他賜覆的乾歸好半晌，然後目光投往侯亮生，平靜的道：「亮生先退下，我有幾句話和乾將軍說。」

侯亮生施禮告退。

跨檻出廳時，他心裡一陣不舒服。

一直以來，桓玄都視他為心腹智囊，事無大小均徵求他的意見，也讓他參與機密的事。可是自乾歸來後，桓玄明顯地逐漸傾向倚重此人，像現在將他遣開，好和乾歸私下商議，便是從未發生過的事。

桓玄是否在懷疑自己呢？又或自己是不是心中另有圖謀，所以在一些節骨眼的地方沒有獻上針對性的良策，如剛才便應由自己指出殺劉裕的重要性，而非由乾歸代勞，正因此而令桓玄收回倚重自己的信心。

侯亮生比任何人更清楚，桓玄疑心極重，一個不小心，他將會死得很慘。

他是不得不提高警覺，因爲他曉得屠奉三這幾天會來找他，這是約好的。光復邊荒集後，他們反桓玄的大計會全面展開。

事情的變化往往出人意表，誰想得到劉牢之竟想出這麼一條對付劉裕的毒計，若照表面的情況預測，劉裕該是難逃死劫，除非他的確是老天爺挑選有天命在身的人。

唉！

究竟劉裕是否眞命天子呢？

想到這裡，侯亮生心中一動。

假設劉裕在這樣劣無可劣的情況下仍能大難不死，即使最懷疑他不是眞命天子的人也會信心動搖。

所以劉裕正面對他一生中最關鍵的時刻，要是他能手提焦烈武的首級榮歸廣陵，南方再沒有任何力量可以壓制他的崛起。

侯亮生登上等候他的馬車，駛出桓府。

第十五章　免致後患

桓玄道：「坐！」

乾歸跪坐一側，神態謙卑恭敬。

桓玄淡淡道：「我想聽你對劉裕的看法。」

乾歸沉吟片刻，鏗鏘有力的道：「劉裕可以安返廣陵，令卑職對他頓然改觀，對此人絕不可以掉以輕心。」

桓玄道：「可否解釋清楚點呢？」

乾歸道：「借海盜之手對付劉裕，只是下計。上策該是在他從邊荒集趕回廣陵途中，把他殺死，如此一了百了，乾淨俐落。」

桓玄點頭道：「我明白了，以司馬道子的老謀深算，定不肯錯過這個殺劉裕的最佳時機，且必動用足夠的人手，然而仍不能置劉裕於死地，可見劉裕有一定的本領，故乾將軍對劉裕作出新的評估。不過如乾將軍說的，劉裕已陷兩難之局，為何我們仍要勞師動眾，遠赴鹽城對付他？」

乾歸道：「這要從劉裕過往的表現說起。此人從藉藉無名，到今天聲名鵲起，從來沒有借助過北府兵的力量，偏他能翻手為雲、覆手為雨，屢次締造出奇蹟，由此可見他是個懂得在最惡劣環境裡掙扎求存的人。最可怕是他已成為謠傳中改朝換代的人物，自有盲目相信他的愚民支持，一旦讓他發揮天命的效應，加上他過人的謀略，誰敢說他不能突破危機，擊垮焦烈武的海盜集團？卑職堅持要繼續刺殺劉裕的行動，正是不希望有這種情況出現。」

桓玄動容道：「乾將軍所言甚是，一切依你所稟。我們就把劉裕一事列作首要之務，你要甚麼人，我給你甚麼人，定要把此事辦得妥妥當當。」

乾歸應命道：「卑職不會令南郡公失望。」

又道：「南郡公如另有任務須卑職去執行，請吩咐下來，卑職或可一併處理，看如何分配人手。」

桓玄道：「我本想要你替我殺一個人，現在當然以殺劉裕爲先。」

乾歸道：「南郡公心中想殺的是否叛徒屠奉三？」

桓玄聽到屠奉三之名，立即臉色一沉，「叛徒」兩字更令他感到刺耳，因爲沒有人比他更清楚屠奉三並沒有背叛他，而是他出賣了屠奉三。現在屠奉三已變成了他心中的一根刺。

搖頭道：「是高彥！」

乾歸不解道：「高彥？」

桓玄仰望屋樑，重重吐出一口氣。道：「高彥這小子癩蝦蟆想吃天鵝肉，對聶天還的美麗女徒糾纏不清，還與燕飛鬧到巴陵去，開罪了聶天還，其中的情況你也清楚。我真的不明白，以聶天還的實力，殺區區一個高小子，何須我桓玄代勞呢？」

乾歸微笑道：「如此看來，小白雁對高彥當非不屑一顧了。」

桓玄恍然道：「定是這樣，所以聶天還不想由他的人下手。」

乾歸道：「高彥本身並不足畏，問題出在邊荒集現在的情況上。」

桓玄訝道：「邊荒集有甚麼問題？」

乾歸道：「邊荒集重入荒人之手後，我派了幾個精明幹練的兄弟，扮作不同身分的人物到邊荒集探聽情況，爲殺劉裕做準備工夫，假使劉裕決定留在邊荒集，便在邊荒集刺殺他。」

桓玄滿意的道：「乾將軍爲我辦事既盡心盡力，還非常有效率。我最欣賞是你謀定後動的處事方式。」

乾歸表示感激，然後道：「豈知我派出的兄弟，均受到荒人起疑監視，最後只好慌忙離開。」

桓玄大奇道：「邊荒集不是天下間最開放的地方嗎？怎會出現這種情況？」

乾歸嘆道：「邊荒集再不是以前的邊荒集，荒人已團結一致。不論你入住任何一間旅館，又或找個荒棄的廢宅棲身，都逃不過荒人的注目。荒人來自五湖四海，全是在江湖三山五嶽打滾之輩，個個老江湖，縱使武功不行，眼力也都高人一等。除非你眞的是到邊荒集做生意講買賣，否則很難避過邊荒集無所不在的眼線。要在那裡殺一個像高小子那樣的名人，絕不容易，一個不好還脫身不得。」

桓玄道：「邊荒集竟會變成這樣子？教人難以相信。」

乾歸道：「何況高小子別的本領不行，但輕身功夫卻相當不錯，本身又狡猾多智，想誘他到僻靜處下手近乎不可能。如在大街明巷進行刺殺，周圍的荒人凡懂兩下子的，都會奮不顧身出手護他。」

桓玄倒抽一口涼氣道：「我還一口答應了聶天還，以爲這是手到擒來的事。事實上殺死高小子對我們也有好處，至少可重挫荒人的氣燄。」

乾歸欣然道：「南郡公放心，我有一個殺死高彥的萬全之策。」

桓玄大喜道：「快說出來！」

乾歸道：「十天後，第一艘觀光船將由壽陽開往邊荒集去。由於這是邊荒遊的第一炮，荒人必然隆重其事，務求辦得有聲有色，不容有失。高彥是邊荒遊的統籌者，必會親身隨船，這便是最佳下手的機會。如果船尚未抵邊荒集，負責的高小子便一命嗚呼，邊荒遊還可以辦下去嗎？這將是對荒人最嚴重的打擊。」

桓玄聽得兩道眉毛蹙聚在鼻樑上端，不解道：「既是不容有失，荒人當然高手盡出，以保證不會在這邊荒遊第一炮出岔子，怎可能在這種情況下對高小子下手呢？」

乾歸胸有成竹的笑道：「那就要看出手的是甚麼人，用的是何種方式。」

接著壓低聲音，說出計畫。

桓玄聽罷大笑道：「今次高彥死定了。」

茫茫細雨裡，劉裕和王弘登上一個山丘，鹽城在前方南面里許處，依然是城門緊閉，城外不見行人。

兩人在山坡坐下，好等待天黑後攀牆入城。

王弘道：「何鋒既可能已離城而去，我們恐怕要白走一趟。」

劉裕凝望黃昏裡被雨霧濃罩的城池，微笑道：「如果何鋒曉得我來，是不會離開的，因爲這是他最後一個可以回復昔日風光的機會。」

王弘道：「你到廣陵後立即受命乘船出發，他怎知道你會來鹽城呢？」

劉裕道：「別忘了我出發前在廣陵逗留了一天一夜，足夠讓劉牢之安排水師船在出海前攔截我，同時向焦烈武通風報信。」

王弘不解道：「劉牢之和焦烈武肯定不會有聯繫，在如此匆促的情況下，如何讓焦烈武知悉你正趕赴鹽城？」

劉裕耐心地解釋道：「不論是北府兵又或地方幫會，都有一套利用信鴿迅速傳遞消息的完善系統。劉牢之不須與焦烈武有直接的聯繫，只要著人把消息在鹽城傳開去，焦烈武在鹽城的眼線便會立即飛報焦烈武，何鋒也因而曉得我的來臨。」

王弘恍然道：「明白了！」

旋又皺眉道：「劉牢之如要蓄意害劉兄，當然該把劉兄離開廣陵的時間洩露，以焦烈武的凶悍，何不到海口截擊劉兄的船，卻要到鹽城去燒民船？」

劉裕定神想了半晌，叫道：「好險！」

迎上王弘充滿疑惑的目光，道：「事實上我是有點粗心大意，沒想過劉牢之會把我到鹽城當太守的消息先一步散播，好讓焦烈武在我們到鹽城的海途上襲擊我們。碰巧我們在黑夜出海，那時焦烈武爲了攔截王兄的水師船，誤以爲錯過了機會，讓我們溜到鹽城去，所以慌忙趕往鹽城，希望可以在中途追上我們。」

王弘點頭道：「照時間計算，理該如此。焦賊大有可能以爲劉兄的船是停在碼頭上其中的一艘船，所以毫不猶豫發動攻擊，事情便是這樣子。」

劉裕現出思索的神情，道：「焦烈武的賊巢究竟在哪裡？」

王弘苦笑道：「他們是以大海爲家的海盜群，怎會有固定的巢穴？我和堂兄到鹽城後，用盡一切人力物力，仍是一無所得。更因此中了焦烈武的奸計，誤信錯誤情報，以為他的巢穴在海口東北面四十多里處，名為『五星聚』的海島群，就這樣中伏弄得全軍覆沒。」

劉裕搖頭道：「焦烈武肯定有巢穴，只是沒有人曉得吧！海盜人數達二千人，不是個小數目。糧食須找地方儲存，方便補給；劫來的財寶女子，更要有收藏之處。他或許有數處巢穴，但必有一處是主巢，而且這主巢該是在鹽城北面海域的荒島，否則我們該可遇上他們。」

王弘動容道：「劉兄之言有理。難怪我們沒法尋到海盜落腳的地方，因為一直都以為他們的巢穴該在海口附近的荒島上，以方便截劫進出海口的商貿船。」

稍頓續道：「他先後襲擊我的船和鹽城碼頭上的民船，所以須返賊巢補給維修。正因賊巢在鹽城北面的海域，而我們則從南面駛來，所以沒有遇上我們。」

接著現出苦苦思索的神情，顯然在猜想賊巢所在的位置。

劉裕道：「不用費神猜想，只要何鋒肯幫忙，我有辦法把焦烈武找出來。」

王弘搖頭道：「我們見過何鋒多次，他都表示不知道焦烈武賊巢所在，看來他是眞的不知道，否則他定會告訴我們，因為他該比任何人更想除去焦烈武。」

劉裕微笑道：「我有辦法的！來吧！入城的時間到了！」

拓跋珪和燕飛牽馬走到密林邊緣區處，朝外望去。

營寨的燈火映入眼簾。

拓跋珪道：「你猜慕容寶的腦袋正在想甚麼呢？」

燕飛啞然笑道：「假設你連他腦袋中想的東西都猜得到，那便是眞正的知敵。不過有時人恐怕連自己腦袋在幹甚麼也糊裡糊塗的，遑論別人的腦袋。」

拓跋珪嘆道：「你這小子是借題發揮，乘機罵我糊塗，如非自問打不過你，現在我便要揍你一頓。好哩！我是認眞的。你道崔宏提議的這一招，會否弄巧反拙呢？」

燕飛道：「說到決勝戰場，你至少比我高上七、八籌，何須下問於我？更何況如果你不認爲崔宏的戰略可行，豈會言聽計從？難道你臨陣退縮嗎？這並非你的性格啊！」

拓跋珪苦笑道：「燕飛竟會這般誇大的。你只因厭倦戰爭，才不願費神去想。如果不是爲了紀美人，恐怕不論我如何哀求，你都不肯跟我上戰場。這並不是臨陣退縮，而是要在下決定前思考每一個可能性。」

燕飛點頭道：「好吧！讓我坦白告訴你，崔宏此人的才智，令我感到可怕，他一個腦袋可勝比千軍萬馬。假設他選擇的明主是慕容垂而不是你老哥，在現時的兵力對比下，我們肯定會吃敗仗。勝敗就是這麼一線之隔，想想也令人心寒。」

拓跋珪道：「崔宏正是我一直尋找的『王猛』。畢竟中土始終是漢人的地方，我們只是外來者，不論我們如何學習漢人的文化，終究只得其皮毛而失其神髓，所以胡漢合作，始有成事的可能。崔宏是北方龍頭世家的代表人，對漢人有龐大的影響力，我一直都在注意他。那天你帶他來見我，實令我喜出望外。」

接著笑道：「你燕飛便是胡漢合作的最佳示範，天下誰能勝過你的蝶戀花呢？」

燕飛沒好氣道：「少說廢話！上馬吧！」

笑罵聲中，兩人飛身登上馬背，策騎出密林，穿過兩座敵寨間燈火不及處的黑暗草野平原，朝慕容寶的主寨全無避忌的疾馳而去。

蹄聲紛碎了草野的寧靜，惹起敵方箭樓上哨兵的警覺，登時號角聲此起彼落，最接近他們的那數座築於高地的營寨騷動起來，像逐漸被拉緊的弓弦般抖動著。

拓跋珪大笑道：「馳騁於敵方千軍萬馬之中，進虎穴卻如入無人之境。痛快痛快！」

大河水在前方滾流不休，背靠河水的敵人帥寨的燈火愈趨耀目，河風一陣陣橫過草原，吹得兩人衣衫飄揚，戰馬鬃毛飄舞，如御風而行。

燕飛心中湧起一股濃烈的情緒。

自代國覆亡，拓跋族一直過著到處逃亡、為存亡而奮鬥掙扎的生涯，現在終於撐到了能吐氣揚眉的日子。而自己最好的兒時朋友，則成為了拓跋之主，在復國路上邁開大步，朝夢想奔馳。這究竟是一場春夢，還是確切的現實呢？

敵方主寨人聲沸騰，戰馬嘶鳴，像被驚醒的猛獸，對入侵者露出嚇人的利齒，咆哮嚎叫。

離敵寨尚有二千多步的遠處，兩人倏地勒馬，駿馬立即人立而起，更添兩人狀如天神的威勢氣度。

拓跋珪大喝過去道：「拓跋珪在此，慕容寶小兒，敢不敢出營與本人單挑獨鬥，一戰定勝負？」

他以內功把聲音逼出，聲傳里許之地，確有不可一世的氣度。

話猶未已，主寨大門打開，一隊人馬飛騎奔出，只見隊首，後面跟著是延續不休的騎士，一時哪能數得清有多少敵人。

拓跋珪問燕飛道：「看到慕容寶嗎？」

燕飛仍是態度從容，道：「我們的小寶哪敢親身犯險，不怕是陷阱嗎？」

拓跋珪聞言又大喝道：「原來慕容寶仍是我以前認識的那個無膽小兒。」

說罷掉轉馬頭，望南馳去，燕飛纘馬緊隨其後。

敵人馬隊聲勢洶洶的在後方二千步外銜尾窮追。

拓跋珪的長髮隨風拂舞，向燕飛笑道：「記得小時候我們去偷柔然族人的馬嗎？還差點給逮著，情況便像這樣子。」

燕飛追上來與他並騎狂馳，笑應道：「今次不是偷馬，而是竊國。」

說話間，已朝大河下游奔出近兩里，敵人在後方全力追來，盡顯慕容鮮卑族強悍勇猛的作風，在草野和馬背上根本不怕埋伏。

拓跋珪和燕飛忽然改向，往大河趕去，轉眼到達河邊，一個巨大木筏，從河邊的樹叢裡駛出來，划筏的是四個拓跋族壯漢。

兩人馬不停蹄，同時一扯馬韁，兩匹駿馬如行空的天馬，由岸邊騰空而起，橫過近兩丈的空間，落在木筏上。

四名戰士齊聲歡呼，當木筏一沉後再浮上水面的一刻，四櫓齊出，載著仍在馬背的兩人，往對岸駛去。

兩人回首後望，敵人追到岸邊，只能眼睜睜瞧著他們遠去。

第十六章　離間大計

侯亮生回到居所，首要做的事是到書齋去，今次終沒有令他失望，一看書櫃內某幾本書冊的位置，便曉得屠奉三來了，更清楚屠奉三想在宅內何處與他會面。

親隨在身後請示道：「小人可把狗放出籠子了嗎？」

自上次險被人行刺，侯亮生加強了宅內的防禦，又養了數頭猛犬，不過沒他批准，猛犬是不會放出來巡邏的。

侯亮生心情大佳，遣開親隨，吩咐手下遲些兒放狗巡宅，然後逕自向內宅走去，回到臥房裡。環目一掃，不見人蹤。

侯亮生大惑不解時，屠奉三從樑柱上躍下來，笑道：「侯兄別來無恙。」

侯亮生大喜道：「屠兄果然來了。」

兩人移到背角處說話。

侯亮生欣然道：「你們這一仗贏得乾脆漂亮，用盡天時地利，如有神助，一夜間把邊荒集重奪入手，轟動南北朝野。」

屠奉三微笑道：「如有神助這句話最貼切，或許是託劉裕的鴻福。哈！侯兄近況如何？」

侯亮生道：「我還算過得去，伺候桓玄這種人，眞是今日不知明日事，只能走一步算一步，屠兄是過來人，該最明白我這番話。有一件事屠兄可能尙未知道，就是劉裕已安返廣陵，卻給劉牢之使手段派往鹽城當太守，表面看似是升了官，事實上則是借爲禍沿岸的一群凶悍海盜之手來對付他。照目前的形勢看，劉裕是有死無生之局。」

屠奉三皺眉道：「海盜？」

侯亮生道出詳情，然後道：「焦烈武活動的範圍一向限於沿海一帶，從來不入大江，到近幾個月因打了幾場漂亮的勝仗，方惡名大盛。現在因王式的慘死，沿海郡縣的官兵已潰不成軍，劉裕美其名爲討賊之將，卻是無兵之帥，更得不到北府兵或建康軍任何支援。最糟糕是縱能保命，仍難逃失職之罪。而這只是他惡劣情況的一部分。」

接著又把今早桓玄和乾歸商議殺害劉裕一事說出來。嘆道：「屠兄必須在這方面想想辦法，否則劉裕將凶多吉少。」

屠奉三沉聲道：「焦烈武的霸王棍眞的如此厲害嗎？」

侯亮生道：「乾歸曾與他比試過招，對他的棍法非常推崇，許之爲南方第一棍法大家，可知焦烈武確是有眞才實學的人。幸好屠兄今晚到來，可知劉裕命不該絕。」

屠奉三輕鬆地道：「劉裕確實命不該絕，卻非因我趕往鹽城幫忙，而是憑自己本身的才智武功。侯兄不用擔心劉裕，反要爲他雀躍高興，假如劉裕在這樣的情況下仍能創造奇蹟，誰還敢懷疑他是眞命天子？」

侯亮生色變道：「屠兄是否高估了劉裕呢？」

屠奉三道：「侯兄看我屠奉三像是這樣一個魯莽之徒嗎？劉裕是該和荒人疏遠的，所以我不宜插手到他的事上。只有這樣他才可以在北府兵內建立威信，也可令建康高門對他減少疑慮，鞏固他作爲謝玄繼承人的形象。」

侯亮生道：「我們對乾歸此人絕不可掉以輕心，只看他正逐漸取代你以前在桓玄心中的位置，便可知他是如何出色。我對劉裕的認識當然遠不及屠兄，可是從我收集回來的情報，劉裕的武功只是王國寶般的級數，與王式該所差無幾。在孤身作戰的情況下，加上敵暗我明，他是不可能有任何作爲的。」

屠奉三拍拍侯亮生肩膀，信心十足地道：「相信我吧！劉裕再非侯兄印象中的劉裕，他不但變成一個可怕的高手，更習慣了在最艱苦、最惡劣的形勢裡謀取勝利，事實將會證明，劉裕千眞萬確是天命所歸之人，任何與他作對者，最後都會悽慘收場。他做好他的本分，我們做好我們的工作，這是最佳的安排。楊佺期和殷仲堪方面如何？我該不該去接觸他們？他們又會不會出賣我以討好桓玄？」

侯亮生冷哼道：「此事有關生死存亡，豈容他們有別的選擇？只要你讓他們曉得正被桓玄嚴密監視著的情況，他們必對屠兄倒屣相迎。」

屠奉三大喜道：「這方面有賴侯兄供應資料。我和楊佺期有點交情，就由他那方入手，成事的機會高一點。」

侯亮生嘆了一口氣道：「凡事有利也有弊，你們收復邊荒集，固然可喜，但亦令桓玄和聶天還生出懼意，進一步拉近了他們的關係。在此之前，他們是貌合神離，各持戒心，合作上並不全面，現在他們的夥伴關係在挫折和壓力下反突飛猛進，情況令人憂慮。」

屠奉三皺眉道：「侯兄爲何有這樣的看法？」

侯亮生道：「桓玄曾到洞庭見聶天還，邊荒重回你們的手上後，聶天還且親到江陵來見桓玄，以示對桓玄的信任。桓玄則以上賓之禮待之，對聶天還客氣尊敬得完全不像他一向視天下人如無物的行事作風。我敢說在統一南方前，他們的關係會保持良好。」

屠奉三愕然道：「確實令人料想不到。」

侯亮生道：「桓玄和聶天還攜手合作，將成爲南方最強大的力量，足與聯手後的建康軍和北府兵相抗衡。加上桓玄佔有大江上游之利，只要封鎖建康上游，便佔盡地利，掌握主動權。對比之下，司馬道子和劉牢之卻仍在互相算計。司馬道子以王凝之守會稽應付孫恩，又以謝琰代替被殺的王恭，擺明是針對劉牢之的毒計，劉牢之豈會心服？此消彼長下，更難壓制桓玄和聶天還的氣燄。我現在最擔心的，就是劉裕於未成氣候之際，建康軍和北府兵早被他們逐個擊破。而直至此刻，我仍看不到任何轉機。」

屠奉三道：「在這種情況下，能否爭取楊佺期和殷仲堪到我們這一方來，實乃勝敗的關鍵。一天桓玄未能除此二人，他就不敢揮軍建康。所以我必須清楚楊、殷兩人的動向。」

侯亮生道：「楊佺期當上雍州刺史後，多次密訪殷仲堪，照我猜測，該是楊佺期力勸殷仲堪幹掉桓玄，而一向對桓玄畏懼的殷仲堪卻是猶豫不決。所以只要屠兄讓他們清楚桓玄正密謀對付他們，甚至他們的數次會面，桓玄莫不瞭如指掌，如此他們在力求自保下，必與屠兄合作。」

屠奉三喜道：「妙極！有勞侯兄提供情報，殷、楊兩人絕不會懷疑到侯兄身上，還以爲我仍有眼線留在桓玄身邊。至於如何可秘密與楊佺期碰頭，請侯兄指點一二。」

鹽城。

王弘領著劉裕逢屋過屋，忽然停下。劉裕來到他身旁，學他般伏身屋脊處，往隔開一條街的宅院望去。

兩人利用索鉤攀牆入城，只見家家門戶緊閉，商舖停止營業，街道上幾不見行人，彷似鬼域，只間中見到有官兵巡過。

王弘指著對面的宅院道：「這是何鋒在鹽城的居所，城內最大的鹽店是他開的，亦等若東海幫的總壇。不過東海幫因大海盟的冒起而轉趨式微，聲勢已大不如前。」

劉裕往對面瞧去，高牆圍著華宅，庭院深深，主堂便分三進，還有中園後院，頗具規模，可以想像何謙在世時東海幫的威風。

何鋒不但是東海幫的龍頭老大，且是當地首富和最大的鹽商，擁有數百個鹽場。焦烈武的崛起，令他首當其衝，飽受其害。

他是不愁何鋒不與他乖乖合作，正如他對王弘說的，這是何鋒最後一個機會。他更肯定劉毅會通知他自己的來臨，告訴他自己和何謙派系的關係。

如果沒有火石效應，何鋒或會因貪生怕死寧願選擇離開鹽城，但在認定他劉裕乃真命天子的心態下，何鋒豈肯這般愚蠢，錯過這唯一翻身的機會？

他有絕對把握可以說服何鋒。

劉裕低聲道：「我進去找何鋒，王兄在這裡爲我把風如何？」

王弘皺眉道：「劉兄何不正式登門求見？我敢肯定宅內守衛森嚴，發生誤會便不好哩！」

劉裕微笑道：「我要向他展示實力，當我避過所有守衛，忽然現身在他眼前，這比任何方法更有力顯示我劉裕並非省油燈。請王兄告訴我何鋒的外貌和特徵。」

王弘啞然笑道：「劉兄的威名，天下何人不知呢？」

劉裕輕鬆地道：「我和荒人混久了，習慣於心情緊張時說笑。我要偷進去見何鋒的原因，是不希望驚動何鋒外的任何人。我幾可斷定何鋒的手下裡有見利忘義之徒，暗中投向焦烈武。」

王弘釋然道：「原來如此！劉兄小心點。」

劉裕正要滑下瓦坡，躍往後巷再設法潛往對面的大宅，忽然喊叫聲起，從何鋒的宅院傳來。

兩人互望，均大感不妙。

接著是兵器碰擊聲和連聲慘叫，兩人尚未弄清楚發生甚麼事，一道人影沖天而起，往左方外圍的高牆落去，手上還提著一團東西似的。

劉裕一顆心直沉下去，知道來遲一步，只看這刺客的身手，便知是一等一的高手，提著的大有可能是何鋒的首級。這等人物絕不會只是來鬧事那麼簡單。

劉裕當機立斷，一拍王弘肩頭，道：「回船去等我。」

接著從藏身處奔出，騰空而起，全速追去。

燕飛和拓跋珪先後登上大河南岸，崔宏和長孫道生領著三十多名戰士在岸邊接應。

兩人任由手下把馬兒牽上岸，立在岸旁遙觀對岸，崔宏和長孫道生來到他們左右。

敵人已撤返營地。

拓跋珪目光投往滾流不休的河水，道：「水勢猛了！」

崔宏點頭表示同意，卻沒有說話。

長孫道生道：「伐木工作已經完成，我們可在一夜內設立三個假木寨，由對岸看過來肯定見不到破綻，看不破是僞裝的。」

拓跋珪探手摟著愛將長孫道生的肩頭，讚賞道：「道生做得很好。」長孫道生的文秀之氣是胡人中少見的，兼之長得高挺英俊，又有勇有謀，素得拓跋珪看重，著他侍從左右，作爲智囊參謀，與長兄長孫嵩均得他重用。

拓跋珪接著向崔宏問道：「崔卿有甚麼看法？」

燕飛心中暗讚拓跋珪和崔宏，表現得恰如其分，不會令長孫道生生出妒忌之意。

崔宏道：「長孫將軍的方法非常巧妙，先暗渡大河，以三日時間準備木材，再於一夜之間豎立三座木寨，令慕容寶誤以爲我們大軍盡駐南岸，故有足夠人手建寨立營。此舉定能令慕容寶驚疑不定，到他派人過河探察，我們的木寨早已完成。」

長孫道生笑道：「崔先生太謙虛了！我只是依先生的提點，督促手下的人去辦事罷了。」

燕飛聽兩人對答，便知他們之間建立起情誼，這對崔宏打入拓跋珪的集團，非常重要。長孫道生肯接受他，其他的拓跋族將領便會跟從。

整個計畫是由崔宏構思出來，就是要令慕容寶誤以爲拓跋珪的主力大軍駐紮南岸，成其夾岸對峙之局。

此計有兩個目的。

首先是要慕容寶以爲拓跋珪在誘他渡河強攻，剛才他們故意向慕容寶搦戰，正是擺出一副要觸怒慕容寶的姿態，務要令慕容寶和旗下諸將朝這方向去想。

須知渡河進攻有極高的風險。縱使慕容寶軍力強大，由於一動一靜皆在對方的嚴密監視下，又受船隻數目限制，渡河攻擊只是讓對方練靶。所以除非慕容寶能確定拓跋珪一方只是區區二千人，否則將成對峙之局。

此正爲虛則實之，實則虛之的兵家謀略。

其次是令慕容寶一方誤以爲拓跋珪軍力盡在南岸，即使撤軍亦可從容退走，只要布置一支壓後軍在對岸嚴陣以待，便不虞拓跋軍銜尾追擊。這是非常危險的錯覺，更是勝敗的關鍵。

崔宏這一招要得非常漂亮，令慕容寶徒擁八萬精兵，氣力卻沒處可以發洩，對士氣的影響更是非常嚴重。

拓跋珪若有所思地道：「慕容寶剛才沒有親身出馬追趕我們，對嗎？」

三人中以燕飛最了解拓跋珪，他思考的方式與眾不同，腦子不斷轉動，會忽然想到與眼前話題沒有延續性卻有關連的事情上。

笑道：「我看不見他。」

拓跋珪長笑道：「寶小兒是膽怯了，怕我是誘他出寨，再以伏兵襲擊他。哼！想起以前我受盡他的氣，今次我會千百倍的向他討回來。」

長孫道生道：「慕容寶雖在人前人後表示看不起族主，事實上正表現出對族主的恐懼。現在他勞師遠征，得到的只是燒焦了的盛樂，心中的窩囊氣可以想像。當他明早起來，發覺我們枕軍南岸，一河之隔，卻令他只能空嘆奈何，驚疑不定，想想都可知他進退維谷的苦況。」

拓跋珪欣然道：「道生形容得非常貼切。我明白慕容寶這個人，最拿手是拍他爹的馬屁，他本人既好大喜功，更沒有耐性。」

轉向崔宏問道：「崔卿那方面的事辦妥了嗎？」

崔宏答道：「消息將會在三天後以太原爲中心散播，由北上的商旅帶來消息，沿大河的城縣往北傳遞蔓延，謠言該在數天內傳入慕容寶耳內。我預備了十多個內容不同的謠傳，全部合起來可變成一個完整的故事，就是慕容垂在長子的攻防戰上遇伏重傷，性命垂危，一些手下將領依他願望送他返回中山，而其他手下則攻入長子，屠城報復。」

長孫道生讚嘆道：「崔先生確是造謠的高手，愈是眾說紛紜的謠言，愈教人難辨眞僞。我敢肯定慕容寶會中計。」

崔宏續道：「慕容寶雖然是太子，可是大燕皇族和將領中不服他的大有人在，所以即使慕容寶半信半疑，也不敢冒失去皇位之險，立即趕返中山看個究竟，這種事時機最重要，錯失了便後悔莫及。照我看慕容寶是不會費時查證眞僞，只好燒掉戰船立即從陸路退兵，過長城趕往中山，如此我們大勝可期。」

拓跋珪點頭同意道：「慕容寶還有別的選擇嗎？留在這裡還有甚麼意思，難道長年累月的和我隔河罵戰。哈！最精采是他以爲我除了坐看他離開沒有絲毫辦法。小飛！你怎麼看？」

燕飛心中暗嘆一口氣，以拓跋珪的行事作風，必定會對慕容寶窮追猛打，進行一場殘酷的屠戮，盡其所能削弱大燕國的實力。戰爭的本質正是如此，不容仁愛的存在。而他燕飛爲了心愛的人，別無選擇下被捲入了戰爭的漩渦裡，縱然不情願，亦只有堅持下去。

燕飛目光投往大河茫茫的黑暗裡，道：「勝負將在十天之內見分明。」

一滴雨落在他鼻尖上，接著雨勢漸大，把大河和兩岸籠罩在突來的風雨中。

第十七章　速決之法

劉裕展開他在荒野密林的縱跳術，施盡渾身解數，純憑靈敏的嗅覺，追躡著刺客。

他當然可以緊追在對方身後，可是如此勢將大增被對方發覺的風險，不能從此人身上找到焦烈武的秘密巢穴。他終非方鴻生，沒有一個天生靈鼻，縱能憑氣味追蹤目標，由於對方輕身功夫非常高明，除非能如獵犬般追趕獵物，否則分辨到氣味時，早給對方遠遁而去。

忽然劉裕心中大喜，他發現他可以輕易辨到，皆因對方身上用了香料，所過處留下淡淡的香氣，在他大幅加強的嗅覺下無所遁形。

這是個女刺客，且是個愛美的女子。

換作是以前的劉裕，儘管有香氣可尋，亦大有可能追失目標，因爲此女的輕功非常了得，比之現在突飛猛進的他，仍所差無幾，由此可見對方的高明。

如果此女是焦烈武的座下高手，那焦烈武一方確實人才濟濟，高手如雲，難怪能肆虐沿海一帶，無人能制。

「呼」的一聲，劉裕從林地上斜竄而起，落在一株老樹的橫椏處，已身處密林邊緣，林外千多步之外，是無邊無際的大海，海浪拍打岸邊的聲音，沙沙響起。

女刺客高挑修長的曼妙身影，映入眼簾，正朝海邊奔去。

劉裕心中叫苦，能否擒殺她尚是未知之數，如追出林外，肯定再難潛蹤遁影，況且若對方有同黨駕船來接應，對付起來更不容易。

女刺客直抵岸旁，躍上灘岸的一塊巨石，回頭張望。

劉裕功聚雙目，借點月色隱見此女容顏嬌艷，頗具姿色。

女刺客張望一番，忽然手往天上一揮，火光沖天而上，在她頭頂五丈高處爆開一朵血紅的光花。

劉裕猛一咬牙，當機立斷，朝北潛去，假如他猜錯來接應女刺客的敵船的逃遁航線，今次便要白走一趟了。

劉裕的頭從水裡冒出海面，接應女刺客的船正從南面沿岸駛來。一看之下，劉裕心中大定，因爲出現的是底平篷高的沙船，二桅二篷，只適合在內河淺水處行駛，而不宜於大海風浪中航行，即使須走海路，只會沿岸而行。敵船如像他猜測般往北去，他便大有機會潛上敵船。

劉裕調節體內眞氣，俾可在最佳狀態下登船，此船不見半點燈火，對他非常有利。

女刺客一個縱身，躍上駛至岸旁的沙船。沙船不停留地直朝他的方向破浪而來。

劉裕取出可發射索鉤的筒子，嚴陣以待。

一陣歡呼吶喊聲從船上傳來，顯示因女刺客宣告完成任務，惹得船上眾賊爲她吶喊歡呼。

劉裕此時已可肯定女刺客是焦烈武的手下，而何鋒則是凶多吉少。不明白的是際此形勢緊張的時刻，何鋒怎會如此不小心，竟被敵人所乘。

沙船不住接近。

劉裕潛進水裡去。

紀千千和小詩被風娘喚醒過來，匆忙梳洗更衣，出帳上馬，跟著風娘馳出營地。

夜空滿天星斗閃爍不定，極為壯麗。

慕容垂親切地向她們問好，然後與紀千千並騎而行，風娘和小詩緊隨其後。隨行的只有數百名親兵，恍如在深夜出動的幽靈兵團。

紀千千心中有點奇怪，儘管荒野瀰漫著一片風雨欲來的緊張氣氛，可是她一見到慕容垂，竟生出安全的感覺。不知是因他胸有成竹的神態，又或是因不住認識到他鬼神莫測的手段。

可是慕容垂終究仍是她的敵人，不僅剝奪了她們主婢的自由，更令她與燕飛分隔兩地，飽嘗相思之苦。

不過在這一刻，她的確希望慕容垂是勝利的一方，此想法令她感到矛盾和難受。

人馬沿野林邊的荒原緩緩朝西推進，在沒有火把的照明下朝某一目的地進軍，把營地拋在後方。

慕容垂欣然道：「慕容永親率五萬大軍，於昨晚離開長子，途中休息了三個時辰，黃昏後繼續行程，該在天明前到達台壁。」

紀千千「嗯」的應了一聲，沒有答他。

慕容垂歉然道：「希望這場精采的戰役，可以補償千千失眠之苦。」

紀千千目光投往前方無盡的黑暗，心忖愈精采的戰爭，愈是慘烈，殺戮愈重。只恨自有歷史的記載以來，人與人間的鬥爭從未停止過。幾千年來一直不斷進行著不同規模、不同形式、不同性質各式各樣的戰爭。

可是亦只有通過戰爭，她和小詩方有回復自由的機會。她對戰爭該是厭惡還是渴望呢？

劉裕從沙船左舷近船尾處，探頭偷看甲板上的情況，女刺客已躲進小船艙裡，只有五、六名大漢在操舟。這些海盜橫行慣了，又從沒遇上過能威脅他們的對手，或根本不相信有人敢來找他們的碴兒，所以警覺性非常低，除工作外就是忙著高談闊論，話題則離不開殺人和女人兩件事。船桅高處分別掛上兩盞風燈。

劉裕心忖即使自己就這樣掛在船尾處，大有可能到達賊巢前仍不會被發覺。輕按船邊，劉裕靈活地躍上甲板，然後步履輕健地閃往一堆似是裝著酒的大罈子後，避過其中一賊掃過來的目光。

此時船身輕顫，改變航向，拐彎朝大海的東北方駛去。

劉裕設法記牢所處的方位，揣測賊巢該在離岸不太遠的島嶼，因爲坐的這艘沙船絕不宜遠航深海。同時心中大訝，既然賊巢不是在偏遠的海島，爲何卻能避過本地官府、幫會和沿海漁民的耳目呢？

腳步聲漸近。

劉裕探頭一看，兩個海盜正沿右舷朝船尾走來，連忙審視形勢，到兩盜來到酒罈所在的右方，這才從左邊俯身急行，一溜煙般進入敞開的小船艙。

船艙分上下兩層，上層是四個艙房，人聲從其中一個艙房傳出來，是兩個女子對話的聲音。

劉裕把耳朵貼上鄰房的房門，肯定房內無人後，小心翼翼推門閃入房內。此時他把呼吸調節得若有似無，踏地無聲，因爲只要稍有疏忽，像女刺客那樣的高手，縱然沒有警戒之心，也會自然生出感應。

掩上門後，劉裕靠門靜立。

房內只有簡單的設備，中間處擺放了一張榻子，靠窗處是兩椅一几，門旁的角落放置大櫃。

劉裕正要運功竊聽隔鄰的對話，體內眞氣早依意天然運轉，收聽得一字不漏。

一個粗啞刺耳的女聲道：「小姐今次送給焦爺的肯定是最好的賀禮，最妙是焦爺還以爲小姐尙須一段時間爭取何鋒的信任，哪想到小姐已爲他立了大功。」

嬌笑聲響起，道：「男人誰不好色，我『小魚仙』方玲耍幾下銷魂手段，便勾了何鋒的魂魄。噢！還未到嗎？眞想看到老大驟見何鋒首級驚喜的模樣。」

劉裕心中暗嘆，又是美人計。同時曉得此女是焦烈武的私寵，只不知焦烈武對她迷戀的程度如何。不過聽她悅耳的聲音，配合她的艷麗和動人的體態，兼之武功高強，即可肯定是令人迷戀的尤物。方玲令他想起任青媞。此女的武功當然不是任青媞的級數，但也差不了多少。想不到海盜裡竟有如此高明的女性高手，由此可推想焦烈武的厲害。

該是侍婢的女子道：「菊娘不是哄小姐你歡喜，自小姐來後，焦爺整個人不同了。我伺候焦爺這麼多年，從未見他對其他女人像對小姐般，對小姐他肯定是動了眞情。小姐眞的可以迷死男人，連我都看得心動。」

方玲笑罵道：「你敢向我嚼舌頭？小心我向老大告你一狀。」

船身忽然抖動起來，在海面左搖右擺。

劉裕移到窗旁，探頭外望，前方隱見一團黑漆漆的東西冒出海面，竟然是個孤島。

菊娘的聲音傳入耳內道：「快到哩！遇上霸王島的急流了。」

劉裕心中大喜，知道終尋得賊巢。

焦烈武的拿手兵器是霸王棍，此島以霸王命名，不用說也該是焦烈武海盜團的秘密基地。此處之能夠保密，與因霸王島而來的急流定有關係。

隔鄰的方玲道：「我們的老大是最不平凡的人，別人將急流視爲畏途，他卻以急流來做最佳的掩護。任官府水師船如何龐大，如不熟急流水性，也難免舟覆人亡。」

劉裕心中一動，再探頭外望，沙船正在不斷改變航向，似要繞往海島的另一邊。他仰望夜空，找到北斗七星的位置，緊記著沙船行走的角度方位。

菊娘道：「焦爺是有大志的人嘛！他視小姐如珠如寶，不但因小姐美麗可人，更因小姐可以作他的好幫手。」

方玲道：「現在天下大亂，正是有志之士趁勢而起的好時機。天師軍剛攻陷會稽，還殺了那糊塗蟲王凝之，朝廷自顧不暇，我們的機會終於來了。」

劉裕乍聞壞消息，心神劇震，腦裡一片空白，像失去思考的能力。對王凝之他並沒有感情，可是卻不得不擔心謝道韞母子和到了會稽去的宋悲風。

一時間他再聽不到隔鄰的對話。

孫恩失利於邊荒，曾偃旗息鼓，現在終於再次發動。

孫恩的天師軍一直是南朝的大患，也是謝安的重負，令人聯想起漢代張角之亂。比起張天師，孫恩不論才智武功均更勝一籌。而現在的形勢更對天師軍有利。

司馬道子絕不會和劉牢之衷誠合作，只會利用謝琰，把劉牢之和北府兵拖進戰爭的泥淖裡，以削弱北府兵的軍力。

北府兵若完蛋，他劉裕也告完蛋。只恨他卻被流放鹽城來送死，保命已不容易，還如何爲北府兵出力？

孫恩的上上之計是不急謀北上，他會全力鞏固攻佔的地盤，然後等待以謝琰和劉牢之爲首的北府兵遠道征伐。擊垮北府兵後，方揮軍北上，攻打建康和廣陵。

由於江南是造船業最發達的地方，孫恩可以建立龐大的戰船隊，沿東岸直達沿海和大江兩岸的任何城市，迅捷快速，只要能佔據建康周圍的重鎮，孤立建康，那攻克建康將是指日可待的事。

孫恩的天師軍容納了南方本土世家的精英人才，並非烏合之眾，像徐道覆便是第一流的軍事家，他能帶領天師軍從邊荒全身而退，已充分顯示出他的識見和本領。

天師軍的起義代表著江南本土世族豪強，對北來僑遷大族不滿情緒的大爆發，彷如肆虐大地的洪流，即使司馬道子、劉牢之和桓玄攜手合作，能否遏制這股叛亂仍是未知之數，更何況南方正處於四分五裂的時刻。

沙船劇烈搖擺，將劉裕驚醒過來，回到艙房內的現實中。

忽然間，他感到與焦烈武的生死鬥爭微不足道，完全不關痛癢。

當然他不是認爲焦烈武變得容易對付，而是失去與焦烈武周旋下去的耐性，只希望能速戰速決，解決掉焦烈武，然後全速趕返廣陵去。要死，他也要和北府兵的兄弟死在一起，而不是當逃兵開溜了事。

他再往外看，沙船尚須一段時間才可以繞往孤島的東面。

劉裕也知道不是說走便可走的。依照軍規，縱使破掉了焦烈武的大海盟，也要留在鹽城，先上報情況，再等待上頭的指示。劉牢之若仍要他留在鹽城，他也沒有辦法。

幸好還有向謝琰求助的一著。

只要派人通知孫無終，他便有辦法知會謝琰。不論謝琰如何高傲自恃，際此用人之時，該不會錯過起用他的機會。畢竟，謝琰清楚他和謝安、謝玄的關係，對他的信任遠高於劉牢之和其他北府將領。

劉牢之雖是謝玄派系的人，可是何謙因他而死，王恭更是被他所殺，謝琰不信任劉牢之是必然的事。

燕飛曾指出投靠謝琰是下策，不過現在情況有異，只要他能完成斬殺焦烈武的任務，想去討伐的又是天師軍，當然是另一回事。

想到這裡，一顆心灼熱起來。

如何才能殺掉焦烈武呢？

就這麼深入虎穴去做刺客行嗎？縱使焦烈武名實不副，被他輕易殺死，自己也沒命逃離孤島。二千個凶悍的海盜並不是鬧著玩的。

何況只看方玲的身手，便知焦烈武的霸王棍不在他的厚背刀之下。

這麼一座孤島有多大地方，他不被發現已是奇蹟，何況須潛入焦烈武的居處，以進行刺殺行動。

想到這裡，腦際靈光一閃。

劉裕走到門旁，暗自調息運功，務求達致最佳的狀態，同時整理腦中的計畫。

成功失敗，就看焦烈武對方玲的寵愛，是否如菊娘所說的那樣子。

緩緩推開艙門。

劉裕踏出無人的廊道，移到方玲和菊娘所在的艙房門外。

說話聲仍在房內繼續著，可知方玲和菊娘正處於情緒高漲、旁若無人的狀態中。

劉裕緩緩拔出厚背刀，閉上眼睛，心明如鏡，在腦海裡描繪出房內的情景。

方玲可能正半臥床頭，而菊娘則坐在床沿。房內的布置該與鄰房相若。

他是不容有失的，如錯失此次機會，他將永遠失去殺死焦烈武的良機。

意在刀鋒。

果如他所料，體內眞氣天然流轉，集中往刀鋒處，與以前不同的是輕重由心，刀氣既可裂人肺腑，也可只是制著對方穴道。

儘管他功力和刀法均大有精進，可是在公平決戰的情況下，要殺死方玲這樣的高手，也要在艱苦血戰之後或可辦到，想生擒她則是絕不可能。

現在當然是另一回事。

高手相爭，勝敗只是一線之隔。何況現在他完全掌握主動，蓄勢而爲、出奇不意、攻其不備。

「砰！」

木門四分五裂。

床上兩女駭然張望時，見到的只是漫天刀影，也不知哪一招是實，哪一招是虛。

第十八章　台壁之戰

慕容垂和紀千千並肩站在一座小山崗上，前方三千多步處就是連接長子和台壁的官道，右方半里許遠似是虛懸在黑夜裡的點點燈火，便是築於高地處的台壁戰堡，在黎明前的暗黑裡，有種說不出的慘淡和淒清。

在台壁下方尚有數排長長的燈火陣，是大燕軍駐紮在台壁北面的營地，以截斷台壁通往長子的走馬道。

在兩人身後是旗號手和鼓手等十多個傳訊兵，還有風娘和小詩。

戰士重重布防，把小山崗守得密如鐵桶，保護主帥的安全。

紀千千瞥慕容垂一眼，後者神態靜如淵海，沉默冷靜得似像一尊崗岩雕出來的石像，完全沒有人該有的貪嗔恐懼情緒。

紀千千猜不到這場仗會如何開始，因爲一切平靜得似不會有任何事發生，除台壁和其周圍的燈芒，天地盡被黑夜籠罩，只有當長風颳過原野時，樹木發出沙沙的聲音，方令人感到大自然並不是靜止的。

忽然左方兩里許外的高處亮起一點燈火，連續閃耀了五次，倏又熄滅，回復黑暗。

慕容垂淡淡道：「來哩！」

紀千千不由緊張起來，再偷看慕容垂一眼，這位在北方最有權勢的霸主，仍是那麼神態從容，似是一切盡在算中。心忖假如自己不是心有所屬，說不定會因他的丰采而傾倒。想到這裡，暗吃一驚，自己怎可以有這種想法呢？

慕容垂目不轉睛地注視著左方的官道，柔聲道：「千千在想甚麼呢？」

紀千千心道我絕不會把心中所思所想告訴你的。道：「如被對方看到報訊的燈火，豈不是曉得有埋伏嗎？」

慕容垂啞然笑道：「戰場上豈容有此錯失？在部署這場大戰前，我們早研究清楚地形，只有我們的位置和角度才可以見到燈光。傳訊的燈也是特製的，芒光只向適當角度照射，而敵軍則被林木阻隔，看不到剛才的燈號。」

北面遠方傳來振翼之聲，宿鳥驚起。

慕容垂若無其事的悠然道：「慕容永已輸了這場仗。」

紀千千愕然道：「皇上憑甚麼如此武斷，不怕犯了兵家輕敵的大忌嗎？」

慕容垂不以爲忤的欣然道：「千千當我是輕忽大意的人了。我不是故作豪言，而是就事論事。我敢誇言必勝，是因看穿了慕容永的意圖。如果他不是繼續行軍，而是選擇在台壁北面建寨立營，此仗鹿死誰手，尙爲未知之數。」

紀千千細察宿鳥驚飛處，分別在官道兩旁的密林裡，顯示慕容永的先鋒部隊正分兩路夾著官道而行，難怪道上不見人蹤馬影。

她還在建康之時，常聽到有關北方胡人的騎射本領和戰術，甚麼只要在馬背上，登山涉水、穿林過野均如履平地；甚麼視黑夜爲白晝，來去如風。當時她仍認爲傳言誇大，可是這些日子來隨大燕軍晝伏夜行，今晚又目睹慕容永的大軍於黑夜來襲，不由得她不相信。難怪自胡人入侵中土，彷如狂風掃落葉般把晉室摧殘得體無完膚，最後只能退守南方，偏安江左。

於此更可見淝水大捷的意義，把形勢完全扭轉過來。

紀千千道：「意圖？是否指對方要在台壁北面突襲皇上，截斷長子與台壁官道交通的誘餌呢？」

慕容垂微笑道：「千千看得很準確，只漏了慕容永發動的時間，他們於黎明前抵達，是要在天明的一刻全面進攻，正因有此時間上的限制，令我不用目睹便可以掌握敵人的行軍方式。」

紀千千自問沒有這樣的本領，請教道：「對方採取的是甚麼行軍方式呢？」

慕容垂語帶苦澀地嘆道：「千千沒有一句話稱慕容永一方作敵人，令我很傷心，難道在這樣的情況下，千千仍不站在我這一邊嗎？」

紀千千淡淡道：「皇上太多心了，不要和千千斤斤計較好嗎？皇上該比任何人都清楚，千千只是俘虜的身分罷了。」

慕容垂沉默下去。

紀千千催道：「皇上尚未解我的疑問。」

慕容垂雙目現出精芒，閃閃生輝，沉聲道：「兩支先鋒部隊借林木的掩護直抵前線，當他們到達指定的位置，慕容永的主力大軍便會沿馬道以雷霆萬鈞之勢，旋風般襲擊我軍於台壁北面的營地，只要我們能把他的主軍衝斷爲兩截，首尾難顧，這場仗我們大勝可期。」

說到最後一句時，蹄聲傳來，大隊人馬沿官道急馳，直撲台壁。

慕容垂揮手下令，後方號角雷鼓齊鳴，大戰終告展開。

燕飛獨坐大河南岸一塊巨石上，後方的木寨仍在施工，不過已見規模，對岸是大燕軍威勢逼人的營壘。

在晨光下河水波光閃閃，滾滾不休；驟雨來去匆匆，沿岸一帶籠上輕紗似的薄霧，格外惹人愁緒。

千千現在的情況如何呢？築基一事進行得如何？百日之期只是一個預估之數，包括他燕飛在內，誰也弄不清楚是否依法練一百天便可初步功成，完成道家的基本功法。

修煉更講求「致虛守靜」的道功，幸好千千是個堅強樂觀的人，否則如不時受情緒困擾，將是有害無益。

唉！

假如百日之後千千仍不能與自己心靈交通，他和拓跋珪的一方便將陷入險境，極可能功虧一簣，再來個國破人亡。當失去主動之勢，而對手是用兵如神的慕容垂，誰敢言勝？

更大的問題是邊荒軍難以避重就輕的配合出擊，成敗會更難預料。

想到這裡，燕飛心中一懍，醒覺自己因紀千千而求勝心切，致患得患失。

燕飛集中心神，遙察對岸的情況，由於距離太遠，以他的目力，也只能看到對方活動頻繁，卻看不清楚在幹甚麼。

眼前的情況是如斯真實，自己則是有血有肉的活著，如果不是親身感應到仙門的存在，怎想得到在眼前的現實外還另有天地。

自亙古以來，甚麼聖賢大哲，最終觸及的問題可以一句話來總結。

就是：「我爲甚麼會在這裡？」

孔子有所謂「未知生，焉知死」，可是想要明白甚麼是生命，便首先要思考死亡是甚麼一回事。

佛家千經萬義，說的不外是一個「悟」字，就是從這「如夢幻泡影」的現實醒悟過來，發覺一切皆空，立地成佛。「佛」正是「覺者」的意思。

道家追求的是「白日飛昇」的成仙之道，與佛家的超脫生死，本質上並無差異。

一直以來，他都不大把這些虛無縹緲的哲思放在心上，直至遇上三珮合一的異事。

我爲何會在這裡呢？

王弘、老手和一眾兄弟等劉裕等得心焦如焚時，劉裕回來了。

剛見沙船從大海駛進河道，眾人先大吃一驚，到見是劉裕苦苦控帆，方喜出望外，紛紛伸出竿鉤，把沙船固定在「雉朝飛」旁邊。

劉裕揚手要老手和王弘等跳過他的船去，輕鬆地道：「艙內有六個死的和兩個活的，活的是兩個娘們，其中一個是焦烈武寵愛的女人方玲。已給我制著穴道，不過我仍不放心，特別是方玲武功高強，必須來個五花大綁，能否幹掉焦烈武，就看焦烈武對她的迷戀有多深了。」

老手傲然道：「我的船上有一副從邊荒集買回來姬公子設計的精鋼手銬腳鐐，名爲『鎖仙困』，即使方玲是妖精，也要被鎖得無可遁逃。」

劉裕笑道：「還不立即給我去辦。」

王弘難以置信的道：「劉兄竟能生擒活捉小魚仙，還連人帶船的擄回來？」

劉裕道：「託福！託福！可見我劉裕仍是有點運道。」

王弘道：「眞奇怪。以前我聽到有人像劉兄般說客套話，我會心中厭惡，甚或掉頭便走。可是今天卻似在聽最動人的仙樂，還想多聽幾句。」

劉裕欣然道：「說話是需要內涵來支持的，這不是指思考方面，而是實際的成果效益。我說託福正代表敵我形勢的逆轉，我們再不是處於挨打的局面，所以王兄聽得心中舒服。」

王弘大有感觸的道：「沒有實質意義的話便是空話，我們建康世族間崇尚清談，以論辯爲樂，可是愈說便愈與現實脫節，即使是建康最出色的清談高手，來到鹽城也只會被人當作傻瓜，還要丟命。」

劉裕道：「聽你的語氣，方玲該是大大有名的人。」

王弘道：「她是大海盟的第二號人物，貌美如花，毒如蛇蠍，一雙手染滿血腥。她是否眞的殺了何鋒？」

老手此時過船來了，帶著一副沉重的鎊鐐，神情興奮的率眾入艙去，到艙門前還搖響鎊鐐示威。

劉裕道：「想是如此，船上有個首級，須東海幫的人辨認證實。」

王弘道：「據傳聞方玲確實是焦烈武的情人。如焦烈武曉得方玲落在我們手上，必不肯罷休，劉兄有甚麼打算？」

劉裕笑道：「我正怕焦烈武就此罷休，他反應愈激烈愈合我意。」

王弘愕然道：「劉兄準備和焦烈武硬撼火併嗎？」

劉裕胸有成竹道：「差不多是這樣子。好了！是到鹽城上任的時候了。」

王弘聽得發起呆來。

拓跋珪來到燕飛一旁，坐下道：「又在想你的紀美人，對嗎？放心吧！只要我有一口氣在，定爲小飛從慕容垂的手上把紀美人搶回來。」

燕飛心中湧起一股莫名的懼意，如果自己剛才的想法成眞，紀千千在百日築基後仍未能與他作心靈的交流，那他將得不到令慕容垂致敗的破綻，他們是否仍有方法擊敗這位無敵的霸主呢？

不過他的恐懼並非來自須在「正常」的形勢下與慕容垂爭雄爭勝，以他燕飛的性格，從來不會害怕任何人，更不會怕面對任何艱苦的情況。

他的恐懼是因千千和小詩而生。

憑著心靈的交通，不單可慰彼此相思之苦，也可安定千千的心，更重要的是確切掌握千千主婢的情況，好在機會來臨時，一箭命中靶心，將她們救出苦海。

可是假設千千百日築基後雖然精神復元，卻失去透過心靈與他傳情對話的能力，又或重演以前精神不住損耗的情形，最壞的景況將會出現。

縱然他們能壓倒慕容垂，可是千千主婢終是在他手上，如果慕容垂見勢不妙，來個玉石俱焚，他可以怎麼辦呢？

拓跋珪正被一種近乎亢奮的情緒支配，沒有察覺燕飛被他勾起心事，仍注視著對岸興致勃勃的道：「崔宏這個人確實是不可多得的人才，他想出十多個謠言，只是關於慕容垂受傷的過程便有數個不同版本，可是謠言間又有不同的近似性。例如其中一說慕容垂背後中冷箭，直貫心臟，慕容垂憑絕世神功，仍能保命殺敵，到勝利後傷勢才惡化，便是繪影繪聲，非常有眞實感。另一說則是於攻城不下時，慕容垂深夜出巡察敵形勢，被慕容永以奇兵突襲，盡出高手圍攻慕容垂和他隨行的十多個親兵，慕容垂身中多處致命刀傷，他孤身突圍回營後，因流血過多終於支持不住，就此一命嗚呼，都是合情合理，更切合他的個性。」

拓跋珪終於朝燕飛瞧來，道：「不是很精采嗎？你爲何沒有反應？」

燕飛苦笑道：「你說得又急又快，教小弟如何插嘴打岔？」

拓跋珪啞然失笑道：「對！我錯怪你了。唉！昨夜我沒闔過眼。你該最清楚我的秘密，每逢有令我興奮的事，我會很難入睡，整晚胡思亂想。睡不著是一種折磨，眞希望世上有種睡眠靈藥，吃了後酣然入睡，只作好夢。」

燕飛道：「這叫有利也有弊，你這傢伙的想像力最豐富，過分了便容易左思右想，如在睡覺時仍來這一套，哪能入睡呢？」

拓跋珪似忽然想起甚麼的，道：「有一件事我一直想問你，據傳你曾和孫恩決戰，從南方直打至邊荒，最後以不分勝負作結。以你和孫恩的功夫，又是一意殺死對方，怎可能有此戰果出現？除非雙方傷得爬不起來，不過總有人先一步爬起來吧？究竟是怎麼一回事，爲何你對如此轟天動地的一戰隻字不提？」

燕飛暗嘆一口氣，深刻體會到甚麼是難言之隱。

首先，他必須把持最後的一關，絕不透露觸及仙門的秘密。換句話說他便要說謊。

其次是牽涉到劉裕，此事說出來後，將會戳穿了他是眞龍託生的神話。這方面對拓跋珪來說，尤具影響深遠的意義。

如果拓跋珪能統一北方，劉裕則登上南朝皇帝的寶座，兩人成爲對手，此一心理因素更具關鍵性。

不過他能對自己自小最要好的兄弟說謊嗎？他肯容許自己的好兄弟在「不公平」的情況下與劉裕對決沙場嗎？

他自問辦不到。

燕飛坦然道：「因爲我有說不出來的苦衷。」

拓跋珪愕然道：「你竟打算隱瞞我？」

燕飛探手摟著他肩頭，搖頭道：「你該知我的爲人，我只是想待收拾了小寶後，才找個機會對你說。」

拓跋珪面色緩和下來，笑嘻嘻道：「你已很久沒有這般和我主動親熱，令我想起少年胡混時既苦悶又快樂的時光。你忽然來安撫我，肯定是心中有愧，對嗎？」

燕飛點頭道：「我確實心中感到有些兒對不起你這個以前是小混蛋，現在變成大混蛋的傢伙。」

拓跋珪欣然道：「時光倒流哩！快說吧！你怎樣和孫恩弄出個不分勝負來？」

燕飛道：「你首先要答應我，不可把我說的話傳入第三人之耳。」

拓跋珪愕然盯著他，訝道：「這不像你的作風。好吧！燕飛的請求，我怎拒絕得了呢？」

燕飛遂把三珮合一的事說出來。

拓跋珪聽罷仍在發呆，好一會兒後才道：「如此豈非根本沒有天降火石這回事？」

燕飛點頭應是。

拓跋珪皺眉道：「天下間竟會有此異事，最後仙門是不是洞開了？」

燕飛硬著心腸道：「在那樣的情況下我死不掉已僥倖之至，還可以看到甚麼呢？」

第十九章　擒王之計

鹽城在望。

老手和王弘站在劉裕左右，兩人直到此刻，仍弄不清楚劉裕在玩甚麼把戲。

王弘忍不住問道：「登岸後我們該怎麼辦？」

劉裕道：「現在鹽城誰在主事？」

王弘道：「鹽城已等若沒有官府，支撐大局的是個叫李興國的功曹，幸好他是本地人，又爲鹽城盡心盡力，所以得到民眾的愛戴和支持。至於守衛鹽城的兵員不過二百人，都是當地人，爲保衛家園當兵，欠餉欠糧。如果你要他們去討伐焦烈武，他們會躲起來，情況便是如此。」

劉裕微笑道：「比我想像中好多了。」

王弘失聲道：「這還算好？」

劉裕向老手道：「待會船靠岸後，你和各位兄弟替我把方美人和菊娘押到岸上，那六條屍則排放在城門外示眾。然後你們留下沙船，便可以到附近躲起來，三天後再回來瞧情況。」

老手愕然道：「劉爺竟不用我們幫忙嗎？」

劉裕道：「不論正面交鋒，又或偷襲突擊，我們必敗無疑，所以只要你能保著這條性能優越的戰船，便是幫我最大的忙了。」

老手和王弘交換個眼色，均對劉裕生出莫測高深的感覺。

劉裕笑道：「今次我是不會輸的，跟隨我的兄弟更不用冒險犧牲，我這招是名副其實的『擒賊先擒王』，也是唯一擊敗焦烈武的方法。當然，如果我們手上沒有方玲，又或焦烈武對方玲棄之不顧，我的戲法便變不成。」

老手點頭同意道：「對！焦烈武近乎立於不敗之地。他賊巢所在的孤島，漁民稱之爲『墳州』，意思是船的墳地。由於墳州下有大海洞，所以隨風向波浪急流不住變化，一不小心便舟覆人亡，故此沒有人敢接近那個海域。由此可看出焦烈武是操舟高手裡的高手，竟能掌握急流的位置和移動的方式。不論你派多少條戰船去，登岸前早被急流沖翻。」

王弘面無人色的道：「假設焦烈武傾巢而來，誓要奪回他的女人，我們憑甚麼去應付他？鹽城的守軍和民眾肯定棄城逃亡，縱使他們肯留下來抗敵也抵不住焦烈武。雙方的實力相差太遠了。」

劉裕心忖世家子弟畢竟是世家子弟，嬌生慣養。王弘可能已屬建康高門子弟中最優秀的一群，可是面對危險，仍是張皇失措，亂了方寸。從容道：「對我來說，雙方實力上的比較，就是看我的刀比之他的棍如何，人多人少根本不成問題。」

老手明白過來，讚嘆道：「劉爺是眞英雄。焦烈武算甚麼東西？只是送來給劉爺祭刀吧！」

王弘也終於明白，仍惴惴不安道：「焦烈武手下高手如雲，人人悍不畏死，縱然焦烈武授首劉兄刀下，但手下賊眾必不肯罷休，反會被激起凶性，更沒有忌憚，那時不但鹽城遭殃，沿海郡縣也要大禍臨頭。」

老手忍不住道：「男子漢做事怎能畏首畏尾呢？先幹掉焦烈武，其他遲一步再說。」

王弘面露不快之色。

劉裕忙道：「王兄之言很有道理。所以我們第一步是先振奮城內軍民士氣，令所有人想法一致，就是誓死保衛鹽城。賊人如果發狂攻城，就正中我下懷，讓我們可以一次就把大海盟連根拔起，不留後患。」

老手斷然道：「我會派人把船收藏好，我和其他人便助劉爺守城，這樣做人才有意思，劉爺勿要拒絕。」

劉裕心中一陣激動。他清楚感到自己愈來愈像一個領袖。

從淝水之戰開始，在謝玄的循循善誘下，他開始學習如何當一個稱職的將帥。到邊荒的爭奪戰，他更全心投入，從實戰中不住進步。所謂「強將手下無弱兵」，首先是自己必須以身作則，方能令手下效死命，生出強大的戰鬥力，邊荒的勝利，便全在他能「知兵」，故可以「擇人而任勢」、「人盡其才，物盡其用」。

其次是「和眾」。令所有人團結一心，和衷共濟，生死與共。當大家的目標一致時，烏合之眾也可成爲勁旅。荒人就是最好的例子。

像現在老手便被他激起鬥志，義無反顧的追隨自己。

劉裕道：「王兄意下如何？」

王弘咬牙道：「好吧！我決定追隨劉兄，與賊子周旋到底。」

老手嚷道：「到哩！」

雉朝飛拖著擄來的沙船，往仍是不見人蹤的鹽城碼頭靠泊過去。

邊荒集穎水東岸。

該處新建成一個具規模的造船廠，傍穎水而築，以木爲架構把水道和東岸連接起來，以絞盤配合人力可把須維修的船扯上岸邊做全面的修補，然後將船隻滑返河道去。

此時從司馬道子處得來的三艘大船全被拉到船廠，彷如陸地行舟，五百多名船匠正在忙個不休，爲三艘被選爲邊荒遊的觀光船，進行整修裝潢的工程。

江文清領著高彥、姚猛、呼雷方、慕容戰、姬別、紅子春、卓狂生一眾人等，參觀由她負責的改裝任務。

眾人來到其中一艘船下，近距離看著高起數丈的船身，都忍不住驚嘆原來此船是這麼龐大！

江文清道：「現在這三條船都是用來載客，所以甲板上的主艙分三層，房間總數四十九，全以舒服安適爲要，可謂麻雀雖小，五臟俱全。」

卓狂生道：「它們有了名字嗎？」

紅子春笑道：「這便要勞煩你老哥用腦子了。」

卓狂生欣然道：「沒有問題，待我想想。」

姬別道：「外表和設施上我一點不擔心，大小姐是這方面的行家，想出來的絕不會差到哪裡去。我擔心的是安全上的問題，最怕是敵人混進觀光團裡來，即可輕易搞破壞，且是防不勝防。」

呼雷方點頭道：「對！船最怕火燒，只要打翻一盞油燈，便可燒掉整條船，邊荒遊還如何辦下去？」

高彥色變道：「又或殺掉一、兩個團友，肯定可以嚇怕所有人。」

卓狂生道：「到邊荒集後問題反不大，最怕是在水途上出事。」

慕容戰道：「我是負責保安的，早在把戰船改建爲觀光的樓船前，已和大小姐討論過各位大哥剛才提出的問題。首先在防火方面，我想請大小姐就這方面親自說明。」

江文清道：「建造樓房和家具的材料，用的是邊荒特產黑梨木，這種木材的防火性能比一般木料高，不易燃燒，當然時間一久，最後也會燃燒起來。我們的手段並不在此，而在爲它塗上一種我們大江幫以秘方製成的防燒藥。此藥不但有防燒的優越效能，最妙是在遇熱時會生出強烈的氣味。所以只要嗅到異味，我們便可以先一步制止敵人放火的卑鄙手段。」

卓狂生欣然道：「此著果然是奇招。」

呼雷方道：「假設敵人燒的是被鋪衣物又如何呢？」

江文清道：「只要遇到熱力，防燒藥就會產生氣味，令我們可及時行動。船上的防火設備更是齊全，所有人均須接受救火的訓練，遇事時不致手忙腳亂。」

紅子春道：「如果敵人奸細高明至懂得先刮掉防火藥，才放火燒船又如何呢？」

江文清答道：「我們有特別施藥的手法，先塗上一層藥汁，使防火藥滲透進木料裡，想刮掉也沒辦法。」

慕容戰道：「三層樓房，全建在甲板上，雖是層層相通，卻只有前後兩道階梯。艙廳設在三樓，佔去第三層近半的面積，上面是觀光台。遇有事故，我們可以封閉接通樓層的階梯，以便獨立處理某一樓層內發生的事。」

姚猛接口道：「黑梨木堅如鐵石，除非是孫恩、燕飛之輩，否則仍沒法輕易搗毀。如這還不妥當，我們有監聽全船動靜的人，十二個時辰輪值，如聽到異響，便可以採取相應的行動。」

慕容戰笑道：「門有鐵閂，窗子則裝嵌粗鐵枝，雖然有點像牢房，可是安全至上，相信沒有人會怪我們。所以只要客人進入房內，鎖上門閂，便可以放心休息睡覺，不用擔心安全問題。」

高彥皺眉道：「如此若敵人把自己關在房內，不論他如何胡作非為，我們也奈何不了他不是嗎？」

姬別笑道：「你這個負責人是幹甚麼的，該是你來回答問題，而不是提問。」

高彥道：「這叫分工合作嘛！我怎管得了這麼多事？」

姚猛道：「我們高爺身價非凡，粗重繁瑣的事當然由我代勞。報告高爺，我們備有破門開壁的工具，保證你的憂慮不成問題。」

慕容戰道：「保安方面關係到邊荒遊的成敗得失，事關重大，不容有失。我們固然要嚴陣以待，對客人也有特別安排。最下層只招待女賓，中層招呼男客，而最上一層則讓我們認為有可疑的人入住，管理上會方便多了。」

江文清道：「每一層也會有高手駐場，表面看似是不覺異常，事實上船上每一角落的情況、客人的動靜，全在我們嚴密監視之下，保證不會出岔子。」

程蒼古欣然道：「船上亦有精通醫術的大夫，備有各種應急解毒的藥物，真有事情發生時，我們仍有補救的能力。第一炮的駐船大夫，便是程某人。」

卓狂生呵呵笑道：「這就是眾志成城哩！想想由高小子抓頭想出邊荒遊開始，到此刻轟動南方，人人爭著到邊荒來，整個過程是多麼動人，充分體現了我們荒人的活力、想像力和氣魄。邊荒集的再次振興，已是如箭上弦，勢在必發。」

紅子春道：「現在我放心多了。我還有一個提議，就是用劉爺設身處地那一招，回去後好好想想，如果你是敵人，想破壞我們的邊荒遊，可以有甚麼手段和辦法，然後我們再想出方法應付，如此更可萬無一失。」

慕容戰點頭道：「好主意！假如敵人能想出我們想不到的方法，只好怨自己命苦。」

卓狂生罵道：「我們正鴻運當頭，怎會是苦命的人？你看看高小子和大小姐的氣色，誰不是春風滿面，一副喜慶臨身的樣子？」

高彥大喜道：「我眞的面帶喜色嗎？這就爽了！」

江文清則玉頰霞飛，狠狠盯了卓狂生一眼，沒好氣理他。

高彥神氣地道：「好哩！今天的會議到此爲止，本人宣布散會。」

慕容戰一把抓著他道：「這就想溜了嗎？我們還要上船去，實地研究安全上的措施，更要試試放火燒船，嗅嗅防火藥遇熱時生出的氣味。」

高彥苦著臉道：「我還有要事去辦，這方面的事不用勞煩我吧？」

姬別皺眉道：「高小子趕著到哪裡去呢？」

姚猛低聲道：「高少是要去品嚐老龐爲第一炮邊荒遊所研製、只在船上供應的巧手小菜。」

紅子春最饞嘴，動容道：「如此重要的事，欠缺我這個專家怎成？」

姬別也是老饕一個，笑道：「商量妥觀光船的事後，我們拉大隊去。」

人人點頭同意，龐義不但是釀酒的大家，其廚藝在邊荒漢人裡亦是首屈一指。

呼雷方向江文清道：「紅老闆提起劉爺，也令我想起他。大小姐可有他最新的消息？」

眾人露出注意的神色，顯示各人都關懷這位領導他們光復邊荒集的臨時主帥。

江文清道：「我今早得到消息，劉帥回廣陵後，馬不停蹄的走馬上任，到鹽城當太守，負起討伐以焦烈武為首的海盜群的任務。」

眾人聽得你看我我看你。

如果劉裕回廣陵後無所事事，他們不會有半點驚異。

慕容戰難以置信地道：「劉牢之竟不害他，反重用他？」

呼雷方皺眉道：「焦烈武是甚麼傢伙？」

程蒼古道：「呼雷當家問得好，此正為關鍵處。焦烈武是近幾年在沿海區域冒起的海盜頭子，以一根霸王棍，稱雄沿海一帶。手下強徒達二千人，其中不乏武功高強之士。最近司馬道子派建康軍猛將王式率水師去討伐他，卻弄至全軍覆沒，連自己的頭也給焦烈武斬下來。你道他是甚麼傢伙呢？」

高彥道：「建康水師怎能與北府兵名震天下的水師相比？何況還有我們劉爺作指揮，任焦烈武三頭六臂，屁股可以翹上天，還不是手到擒來嗎？」

江文清淡淡道：「我何時說過劉爺領著一支水師船隊去上任呢？」

卓狂生失聲道：「甚麼？」

姬別哂道：「你緊張甚麼呢？甚麼『一箭沉隱龍，正是火石天降時』不是你編出來的嗎？天降的眞龍是打得死的嗎？」

卓狂生苦笑道：「正因是我作出來的，所以最沒有信心。」

程蒼古道：「今次劉牢之擺明害劉爺，不給他一兵半卒，是要借焦烈武殺他。」

慕容戰道：「我們可否幫點忙呢？」

江文清道：「我們絕不可以插手劉爺的事，否則便讓人有個錯覺，劉爺沒有了我們是不行的。」

程蒼古接下去道：「遠水難救近火，我們趕到鹽城時，戰事恐怕早已結束。」

高彥睜大眼睛直瞧著江文清，道：「大小姐該是我們之中最關心劉爺安危的人，爲何卻是一副區區小事不用放在心上的樣子？」

江文清面紅耳赤，嗔道：「你在胡言亂語甚麼呢？大家都是同樣關心劉爺。」

紅子春若有所思的道：「大小姐是否曉得一些關於劉爺的事，而我們卻不知道呢？」

江文清道：「不和你們說，該到船上去辦正經事了！」

一個縱身，躍升近三丈，登上甲板去。

眾人翹首看著她消失在甲板上。

紅子春問程蒼古道：「焦烈武的霸王棍，鬥得過劉爺的厚背長刀嗎？」

姬別道：「你當是江湖決戰來個單打獨鬥分勝負嗎？好漢難架人多，劉爺必須用計才成。」

程蒼古嘆道：「我也同意老紅的話，因爲只看表面的情況，劉爺肯定凶多吉少。可是文清卻一點也不擔心劉爺，大有可能確知一些我們不曉得的事。」

姬別嘆道：「假如劉爺有甚麼三長兩短，我們的天穴觀奇將完全失去意義。」

卓狂生大喝道：「『劉裕一箭沉隱龍，正是火石天降時』，正受到嚴峻的考驗，結果如何？我們只好拭目以待了。上去吧！」

眾人展開身法，登上觀光船。

第二十章　太守上任

六具海盜的屍體一排放在城門外，方玲和菊娘則戴上手銬腳鐐被逼跌坐另一邊，頭臉被黑布蓋著，遮掩了她們的容貌。

老手和十名兄弟換上北府兵水師的軍服，一字排開在方玲和菊娘身後，人人全副武裝，倒也算威風凜凜，似模似樣。

「雉朝飛」已經開走，找尋躲藏的好地方，碼頭只留下孤零零一艘沙船。

劉裕平心靜氣的立在緊閉的東門外，王弘站在他左後方，益顯他特別的地位。

高達五丈的城樓上，擠著三十多個神色充滿惶恐和疑惑的鹽城守兵，正等待頭子李興國來作決定，是否讓他們入城。

鹽城軍民正處於極大的恐懼裡，如果不是認得王弘，早以一輪亂箭招呼他們。

忽然城垛上一陣騷動，多出十多個人來，一半沒有穿軍服，看神態外表便知是幫會人物。

其中一個穿官服探頭下望的中年漢子失聲叫道：「王大人不是回建康去了嗎？」

王弘應道：「此事容後再和李大人說。這位是北府兵裡鼎鼎有名的劉裕劉大人，奉朝廷之命來接掌鹽城，有正式敕牒文書，還不立即開城門迎駕。」

城上聞劉裕之名驚呼不絕。

其中一個穿便服的嚷道：「劉裕你終於來哩！可惜大哥卻等不及了。」

劉裕見他神情悲憤，雙目通紅，已大約猜到他的身分。嘆道：「我的確是來遲一步，幸好把凶手截著，取回何幫主的頭顱。兄台與何幫主是甚麼關係呢？」

城上再一陣騷動呼嚷。

那人哽咽道：「眞的逮著了那惡女？本人何銳，是何鋒的親兄弟。」

劉裕向老手使個眼色，老手大喝道：「『小魚仙』方玲在此！」一把掀開罩著方玲頭臉的黑布，露出方玲的花容和她怨毒的眼神。

城上喝罵聲轟然響起，群情激憤。

李興國大喝道：「開門！」

劉裕反大喝應道：「且慢！」

眾人訝然望著劉裕，包括王弘、老手等在內。

劉裕巍然不動地待人人平靜下來後，方不疾不徐的道：「我知道何兄恨不得將此女五馬分屍，不過我們必須爲全城軍民著想，以大局爲重。說到底，方玲只是幫凶，罪魁禍首仍是焦烈武。何兄若要報仇雪恨，必須聽我的指令行事，只要鏟除焦烈武，這一帶的城鎮鄉村才有安樂的日子過。明白嗎？」

何銳神情哀傷不已，好一會兒方點頭道：「一切依劉大人的吩咐辦。」

劉裕欣然道：「開門吧！」

鹽城。

太守府。

主堂內，劉裕以鹽城太守的身分坐在位於南端的地席處，其他人分坐兩旁。右方佔首席的是王弘、李興國和老手；左邊依次是何銳、陳彥光和謝春明。後兩人是東海幫堂主級人物。

何銳證實了劉裕的猜想，劉裕到鹽城來當太守的消息，早於兩天前傳遍鹽城。東海幫幫主何鋒更得劉毅特別通知，請他全力匡助劉裕，更指出劉裕是東海幫最後一個希望。

劉裕的來臨加速了何鋒的死亡。

焦烈武早有一個行刺何鋒的計畫，由方玲扮作從外地來賣藝的妓女，進駐當地的青樓，引起何鋒的注意。方玲對何鋒使出欲拒還迎的手段，令何鋒更沒有戒心，據東海幫人的猜測，焦烈武沒法截著劉裕，遂通知方玲下手，幹掉何鋒。至於其中細節，由於牽涉到何鋒的好色，所以何銳只是簡單帶過，沒有說出詳情。

焦烈武此著非常高明，顯示他是有勇有謀之輩，不會因劉裕孤身赴任而掉以輕心。摧毀了東海幫，等若斷去了劉裕或能取得的地方支援。只是焦烈武沒想過方玲會落入劉裕手上，反令他處於被動。

李興國問道：「我們現在該怎麼辦呢？」

劉裕明白他的恐懼。

假設他生擒的不是方玲而是焦烈武，當然是普城同慶，沒有人會擔心後果。現在則是太歲頭上動土，以焦烈武一向橫行無忌的作風，肯定會發了瘋般報復反擊，把鹽城夷為平地，用一切手段奪回心愛的女人。

把方玲帶到鹽城來，等若要全城人陪他劉裕玩火，如果他不能振起城內軍民的鬥志，肯定人人逃難避禍而去，最後只剩下一座空城。

何銳、陳彥光和謝春明三位東海幫的領袖，也露出注意和聆聽的神色，顯示出他們最關心這個問題，不會像老手般盲目相信他是未來的眞命天子。面對生死抉擇，甚麼謠言都起不了作用。

劉裕裝出成竹在胸的鎭定模樣，淡淡道：「不知各位有沒想過一個問題，就是爲何大海盟只限於搶掠海上的商貨船，卻從沒有攻城霸地，繼而稱王？」

何銳與李興國聽得面面相覷，看來是從沒有思考過這個問題，所以一時沒法提供答案或想法。

謝春明道：「或許焦烈武不善攻城，更怕攻城時折損太重，所以在這方面非常謹愼。」

陳彥光在眾人中年紀最大，四十歲許，長有一把美鬚，看樣子該是足智多謀之士。此刻他露出思索的神情，道：「焦烈武由出道闖出名堂到今天，只不過是短短兩三年的時間，根基未穩，憑的是來去如風的海盜戰術。如果佔據城池，便失去行蹤飄忽的優勢，變成明顯目標，易招敗亡。」

劉裕微笑道：「比之聶天還和孫恩，焦烈武又如何呢？」

同時向王弘和老手暗使眼色，著他們不要說話。

李興國冷哼道：「當然是差遠了，孫恩號召力強，座下信徒以十萬計，只要他振臂高呼，便可聚眾造反。」

何銳也道：「聶天還是南方第一大幫，以兩湖爲基地，與當地民眾息息相關，利益一致，根基雄厚，到今天朝廷還是難以動搖其分毫。焦烈武怎能相比？」

王弘和老手明白過來，不由都心中佩服。李興國和東海幫都畏焦烈武如虎，任劉裕喊破喉嚨、痛陳利害，仍難以消除他們對焦烈武的恐懼。唯有引導他們自己去思考，才可以令他們看破焦烈武的缺點和破綻。

劉裕道：「如此說來，焦烈武的弱點就是實力未足和不得人心，所以縱然有稱霸之心，仍是力有不逮。既然如此，爲何他能作惡不斷，威震東海區域？」

何銳苦笑道：「因爲沒有人能在海上勝過他們不拘風潮順逆的開浪戰船，且一擊不中，又可遠颺千里，要打要逃，全由他們決定。」

劉裕道：「假設我們能引他來攻打鹽城，整個形勢將會改變過來。現在方玲在我們手上，他若要救人，便得來攻城，只要我們準備充足，作好布置，殺焦烈武的機會便在眼前。」

大堂沉默下去，鴉雀無聲，沉重的氣氛，緊壓著每一個人的胸口。

老手終忍不住，大訝道：「劉爺說的句句屬實，爲何各位仍像有難言之隱的樣子？」

李興國頹然道：「太守大人在來此途中見到人嗎？」

劉裕平靜的道：「是否今早有人散播何幫主被行刺喪命的消息，所以引起前所未有的恐慌，大部分的人都走了呢？」

何銳、李興國、陳彥光和謝春明對劉裕料事有如目睹般的神通，大感訝異。

李興國嘆道：「太守大人是怎猜得到的？」

劉裕淡淡道：「因爲焦烈武有奪取鹽城之意。」

今次連王弘也糊塗起來，道：「剛才大家不是研究過，焦烈武從不攻打任何城池嗎？」

劉裕道：「這叫此一時也彼一時也。假如讓焦烈武回到兩年前重新開始，我敢保證他不會胡亂殺人，反會收買人心。雖然現在已鑄成大錯，可是坐擁一支強大的戰船隊和聽命效死的部下，焦烈武並不甘心只當個海盜頭子。尤其是最近的大勝，令他更不把朝廷放在眼裡。」

眾人點頭同意，因爲劉裕說的是人心的正常變化，得隴望蜀，是人之常情。

劉裕續道：「機會終於來了，首先是天師軍在南方作亂，令北府兵和建康軍無力東顧。其次是焦烈武得悉我劉裕來了，只要能殺死我，他立即可以名揚天下，再不只是個聲威限於東海的盜賊。」

何銳的呼吸重濁起來，喘息道：「劉爺之言有理。細想下焦烈武確有奪取鹽城之意。」

劉裕道：「現在城內還有多少可用的人？」

李興國現出尷尬的神色，道：「守城兵剩七十五人，不過我們並不是要對抗賊子，而是要看清楚情況，再作打算。」

他雖然沒有明言，但人人曉得他的所謂「打算」，是隨時棄城逃亡。

何銳不待劉裕詢問，自動報上道：「我幫中的老幼婦孺，已全部撤走，剩下百多名兄弟，也是看形勢的發展應變。」

劉裕微笑道：「有二百人已足夠守城破賊。」

李興國一震道：「可是敵人的兵力在我們十倍之上。」

劉裕道：「問題在我們能否團結一致，人人拚死護城。苻堅以百萬軍南來，還不是在淝水飲恨於玄帥的八萬北府兵手下。更何況我們有城可守，且有人質在手上，守城的準備亦充足，對嗎？」

李興國點頭道：「這兩年來，我們不住加強鹽城的城防，牆頭設置三十多台投石機，弩箭機亦有六台，箭矢充足。焦烈武放火燒船後，我們更搬了百多桶石灰到城牆上去。」

劉裕欣然道：「現在欠的就是守城的決心和鬥志。不過我還可以給各位一顆定心丸，我會以方玲作賭注，逼焦烈武單挑一場，以分生死勝敗，假設我技不如人，敗於焦烈武棍下，各位仍可及時撤走。」

李興國、何銳等聽得膽戰心驚，沒有人說得出話來。

劉裕忽然大笑起來，到人人不解地看著他，才笑道：「成了！成了！此戰必勝無疑。」

眾人更是一頭霧水的瞧著他，連王弘和老手也不曉得他斷定此戰必勝的根據。

劉裕道：「我明白你們心中的想法，你們都認爲我劉裕不是焦烈武的對手，那焦烈武當然也會有同樣的想法，怎肯錯過這個殺我的機會？」

老手大喝道：「我買劉爺必勝。焦烈武算甚麼東西？劉爺便是另一個玄帥，更是應天降火石而起的人，根本沒有人可以傷他半根寒毛。」

李興國等仍說不出話來，但誰都感覺到劉裕自信必勝的強大鬥志，絕沒有人能動搖。

何銳終被激起決心，握拳叫道：「我們東海幫和大海盟的深仇血恨，傾盡大江之水亦洗刷不清。現在劉爺肯拿命出來博，東海幫豈可做縮頭烏龜？這更是我們最後一個機會，我們決定追隨劉爺，與焦烈武拚了。」

陳彥光和謝春明齊聲叱喝，以示效死之志。

劉裕目光落在李興國處，等待他的決定。

李興國苦笑道：「我已欠了他們近半年餉銀，很難再要他們爲朝廷賣命。」

劉裕向老手打個手勢。

老手抓著放在身旁鐵箱子的把手，神氣的站起來，直抵李興國身前，把箱子在他眼前打開，然後退返原席。

李興國朝箱子瞧去，兩眼立即放光。

劉裕若無其事的道：「這裡是二百兩黃金，李大人除可清算拖欠的餉銀，還可以於破賊後論功行賞。焦烈武敗亡後，稅收回復正常，一切可以重上正軌，這一帶的郡縣將可有安樂的日子過。」

李興國大聲應道：「領命！」

劉裕雙目忽然電芒暴閃，只見他同時挺直上身，登時像變成另一個人般，生出懾人的氣魄。沉聲道：「今次我會教大海盟來得去不得，如我沒有猜錯，焦烈武應在午前收到方玲被扣押在這裡的消息。他和手下將會於入黑後任何時刻傾巢來攻，而明早大海盟將會在江湖上除名，盜患將成過去。」

王弘不解道：「縱然焦烈武授首劉兄刀下，手下賊眾則發瘋的攻城，可是如攻城不下，賊子見勢不妙，仍可逃返海上，我們依然奈何不了他們。」

何銳等紛紛點頭，表示同意王弘的看法。

劉裕微笑道：「比之深悉兵法的姚興和慕容麟，焦烈武算是老幾？上兵伐謀，我們和焦烈武是鬥智不鬥力。就算主動權不在我劉裕手上，我仍有辦法利用形勢，反被動為主動，何況現在焦烈武是被我們牽著鼻子走。」

眾人無不用心聆聽，想像著劉裕當日領導荒人，大破兵力在荒人三倍以上的北方聯軍，心中不由湧起鬥志雄心。

劉裕停頓半刻，雙目神光更盛，顯示出驚人的功力。續道：「如果我不是有完整的作戰計畫，怎敢要各位作我的陪葬。我不但要取得全勝，還要打一場可媲美邊荒之戰的漂亮戰爭，把我方傷亡的人數減至最低，至乎不用有任何人犠牲。」

眾人都現出難以相信的神情。

劉裕雙目神光斂去，回復輕鬆的神情。那變化產生強烈的對比，人人看得心中生出異樣的感覺，更留下深刻的印象。

劉裕微笑道：「自我出道以來，想殺我的人豎起十根指頭也數不清。今趟我回廣陵途中，便兩次遇上截擊，我一樣應付過去，比起這兩個敵人，焦烈武絕不算甚麼。除非焦烈武的功夫比得上孫恩、燕飛和慕容垂之輩，否則今次必無倖免，希望各位明白這點。」

人人都知劉裕不是有勇無謀之輩，兼之劉裕語氣誠懇，登時信心大增。

劉裕從容道：「趁離天黑尚有一段長時間，我們須做妥兩件事。第一件是把所有留下的人集中起來。我會和他們說話，激勵他們的士氣，同時可以防止其中有敵人的奸細，不讓任何軍情洩出。」

眾人點頭同意，靜待劉裕說出第二個吩咐。

劉裕接著向老手道：「把風的重任由你們兄弟負責，最重要是留心海上的情況。焦烈武肯定不會把我們放在眼裡，不來則已，來則必從海路浩浩蕩蕩的殺來。哈！」

李興國心悅誠服的道：「請太守大人賜示第二件事。」

劉裕欣然道：「麻煩李大人把城內所有火油、爆竹、煙花火箭一類的易燃品全搜集回來，我要把停在碼頭處那艘沙船變成一個死亡陷阱，重挫賊子的銳氣，激起焦烈武的凶性。」

眾人先是呆了一呆，接著齊聲轟然叫好。

劉裕暗鬆一口氣，曉得自己在施盡渾身解數後，終激起眾人對勝利的信心，且團結在一起。

他必須速戰速決的解決焦烈武，因他不但要盡速趕返廣陵，助謝琰對付天師軍，更因他不願在鹽城盤桓，任由敵人派刺客來對付他。這也是他保命的唯一辦法。

他是龍是蛇，就看今夜。

第二十一章　願者上鉤

太陽高掛中天。

卓狂生和高彥從東大街進入鐘樓廣場，到小查的新舖子看看他準備開張的情況。

卓狂生口沫橫飛的道：「小查的舖子乾脆便叫『邊荒燈王』，直截了當，要置燈便要到這裡來，難道去光顧些甚麼『燈兵』、『燈卒』嗎？」

古鐘場正中處傳來「砰砰砰」的吵聲，數十名大漢正揮鎚施鑿，努力把古鐘樓下半截的地堡拆掉。

這是鐘樓議會一致的決定，雖說地堡可以加強古鐘樓的防禦力，卻沒有人能忍受它醜惡的樣子，故決定恢復古鐘樓以前挺秀驕傲的外貌。

高彥道：「請你說話低聲點，如給人聽了，立即先我們一步弄另一間『燈王』出來，依江湖規矩，我們便不能用此大名了。」

又皺眉道：「然則依你的說法，若有舖子改名作『燈神』或『燈聖』，便會搶走了我們的生意？買賣是這樣兒戲的嗎？」

卓狂生抓頭道：「你說的不無道理，待我好好想想，以防有人跟風搶生意。」

此時方鴻生領著十多個夜窩族的戰士，趾高氣揚的從西大街步入廣場，隔遠和他們打招呼，人人一式青衣滾銀邊的裝扮，腰佩刀劍，令人觸目。

高彥笑道：「鐘樓議會選出來的第一屆總巡捕，果然是威風八面，老方這傢伙在邊荒資歷雖淺，卻是一下子冒出頭來，老方是走運哩！」

卓狂生有感而發的道：「邊荒是一個可令人夢想成眞的地方，老方便是最好的例子。想當年老方活在他兄長的陰影裡，只像他兄長背地裡的影子，兄長被害後，還要逃避花妖的追殺，冒充總巡捕弄出禍來。現在卻名正言順、堂堂正正的當上邊荒的總巡捕，不是夢想成眞嗎？」

高彥道：「小查則是另一個例子，窮得連買造燈材料的錢都不夠，現在卻給你捧爲邊荒集的燈王，不是奇遇是甚麼？」

卓狂生欣然道：「我的夢想是完成我的天書鉅著，你的夢想是娶小白雁爲妻，邊荒集正是尋夢的地方，只要有志氣，沒有人是白活的。哈！我還有一件要緊的事問你。」

高彥正要問是甚麼事，後方有人大聲喚他們的名字。

兩人已來到北大街的入口，止步回頭。

紅子春在七、八名親隨簇擁下，朝他們趕來，滿面春風，像有甚麼喜慶事的模樣。

卓狂生笑道：「紅老闆收到甚麼好消息？是否小飛又大發神威，又或劉爺甫抵鹽城即打得焦烈武落花流水？」

紅子春負手悠然道：「如果有這樣的好消息，我會第一時間告訴你老哥。的確不是甚麼大不了的事，我只是想向兩位打個招呼，我已入股了你們和小查的燈店。你們兩個眞不夠朋友，有這麼一盤必賺的生意，竟不預早通知一聲。不過，過去的便算了吧！我用我的舖位作股本，只要分回利潤的兩成，該算合理吧！我本來還不打算讓你們知道，不過小查堅持要先得你們兩位爺兒們的同意，我便客氣來問一聲，你們反對嗎？」

高彥和卓狂生聽得四目交投，心叫不妙，偏又奈何他不得。

燈鋪的位置是非常重要的，只有紅子春那店鋪最接近說書館，步出說書館大門，看到的就是對面燈鋪的大招牌，上面或許是「邊荒燈王」四個大字。

卓狂生苦笑道：「你這奸商的鼻子肯定對銅臭特別敏銳。告訴我，如果我們反對你加入，你是否就不把鋪子租給我們了？先答我這句話！」

紅子春微笑道：「當然是要租給你們，也不會故意把租金提高至不合理的價錢，只要你們良心過得去，我這做兄弟的還有甚麼話可說呢？」

高彥道：「眼睜睜看著你硬把燈鋪的利潤分走兩成，我們才真的會過意不去，你分一成半如何？這樣我們仁善的心可以安樂些兒。」

紅子春大喝道：「君子一言。」

高彥向卓狂生問道：「如何？」

卓狂生忽然笑得前仰後翻，好半晌才喘著氣道：「我感到以前的邊荒集又回來了，第一個回復常態的便是老紅，從不放過任何賺大錢的機會，真正荒人本色。一成半便一成半吧！一切依足邊荒集的規矩。」

紅子春欣然道：「這樣做朋友才有意思嘛！」

說畢欣然去了。

看著他的背影，高彥嘆道：「光天化日瞧著他攔途截劫，真不服氣，枉小查還倚賴我們保護他。」

卓狂生道：「他算劫得客客氣氣的了，你也不是第一天在邊荒集混的吧？」

高彥道：「你剛才說有事想問我，究竟是甚麼娘的一回事？問我消息是要付費的，你夠銀兩嗎？」

卓狂生瞇著眼笑吟吟的道：「我和你的賺錢方法不同，說話就是錢，且是逐字計算，不過你似乎從未結過賬？」

高彥敗下陣來，笑罵道：「說笑也不行嗎？有甚麼事呢？請卓館主垂詢。」

卓狂生探手摟上他肩頭，移往大街一邊，壓低聲音道：「你不是說過，從彌勒教的妖人和楚無暇的對話裡，聽到尼惠暉到了臥佛寺後，宣布解散彌勒教，自己則留下來，接著不久後臥佛寺便化作飛灰，變成一個縱橫數十丈的大地穴。」

高彥道：「這方面沒有甚麼好再問的啦！我知道的已全數告訴了你，不是又要我重複一次吧！」

卓狂生像沒有聽到他的話般，道：「你曾說過，與小白雁分手後，經過天穴，見到燕飛在天穴旁發呆。對嗎？」

高彥道：「老子一言九鼎，說過的話當然承認，有甚麼問題呢？」

卓狂生道：「告訴我，當時燕飛是怎樣的一副神情？」

高彥不耐煩的道：「有甚麼問題呢？誰見到這麼一個奇景，都會發呆的。」

卓狂生不悅道：「勿要打岔，快用你的腦袋想清楚當時的情況。」

高彥拿他沒法，道：「我只可以告訴你我的印象是當時小飛站在天穴邊緣，一副若有所思的模樣，似乎有點哀傷，到我走近才發覺我。就是這麼多。唉！當時我心中塡滿離愁別緒，哪有興趣留意其他的事？」

又道：「你在懷疑甚麼呢？難道懷疑天穴是小飛和孫恩過招時的掌風造成的嗎？哈！你眞的變成瘋子了。」

卓狂生沒好氣的瞪他一眼，放開摟著他的手，雙目生輝的道：「天降火石的異事，肯定多少與燕飛有點關係，更是我那部天書最具關鍵性的情節。哼！小飛雖語焉不詳，含糊帶過，不過憑我卓狂生的精明，終有一天可查個水落石出。沒事哩！走吧！」

帶頭沿街去了。

太陽於半個時辰前下山，鹽城外的碼頭區一片昏沉，只燃著兩枝火炬，像鬼火般召喚著千百年來葬身大海的幽靈。

就趁這入黑後的一段寶貴光陰，劉裕令人把收集回來的煙花火箭、炸藥爆竹，一古腦兒塞進船艙和底艙裡去，還用十多罈火油淋遍全船，只要一點火花便可釀成大難。

不過在夜色裡，沙船看來全無異樣，更由於颳的是海風，氣味只向鹽城方面散播，從海上來的人，不可能預早嗅到火油的氣味。

劉裕與王弘並肩立在碼頭處，海風吹得兩人衣衫飄揚，卻吹不掉那山雨欲來的緊張心情。

王弘重重呼出一口氣，卻沒有說話。

劉裕微笑道：「緊張嗎？」

王弘苦笑點頭，嘆道：「我從來沒有想過會身處在這樣危機四伏的情況下。如果我可以學得劉兄一半的鎮定功夫，便非常好了。」

劉裕道：「膽子是培養出來的，歷練多了，膽子就會變大，因爲你會學到害怕膽怯不單於事無補，且會壞事。我初上戰場時，還不是給嚇得屁滾尿流，步步驚心。」

王弘呆了一呆，道：「我現在有點明白爲何有時要說說粗話了。假如你在建康說甚麼屁滾尿流，我肯定掩耳不聽，現在從你口中說出來，我卻感到直接痛快和有壯膽的妙用。」

劉裕心中一動，問道：「你們建康的高門大族，怎樣看劉牢之這個人？」

王弘嗤之以鼻道：「劉牢之算甚麼東西？充其量只是司馬道子的走狗。以前我們看在玄帥分上，對他也沒甚麼話好說。可是他以下犯上，以卑鄙手段害死王恭，這樣無信無義的卑鄙小人，根本是要不得的。建康有識見的人對他都非常失望，我們年輕一輩的卻對他恨之入骨，恨他比恨桓玄更甚。」

劉裕訝道：「你們年輕一輩爲何特別恨他？」

王弘狠狠的道：「如果不是他，淡眞小姐便不用因父亡而服毒自盡，誰不恨他呢？」

劉裕有如被鋒利的鐵錐對準心臟刺了一記，心中湧起傷痛，旋又硬壓下去，呼吸卻不由自主沉重起來。

王弘並沒有發覺他異樣的情況，逕自道：「唉！想當年安公、玄帥猶在之時，建康是多麼興盛繁華，一片太平盛世的氣象。我們從來不用擔心甚麼，每天都在享受宴遊之樂。我便不時陪淡眞和鍾秀兩位小姐到郊外打獵，生活不知多麼愜意。」

稍頓又嘆道：「現在風流已逝，天師軍作亂南方，桓玄則隨時東下攻打建康，烏衣巷裡人人自危，不知何時再有好日子過。」

劉裕忍住心內的酸痛問道：「你們害怕桓玄嗎？」

王弘道：「坦白說，我們對桓玄的恐懼，遠少於孫恩又或劉牢之。畢竟，桓玄與我們出身相同，即使掌權仍會維護我們的利益，還有比司馬道子父子掌政更糟糕的情況嗎？縱然桓氏取代了司馬氏，也不該差到哪裡去。」

劉裕心中一震，王弘的話代表著建康高門大部分人的想法，只要能維護建康高門既有的利益，誰當皇帝並沒有分別。說到底桓玄本身正是高門大族的一分子，遠較孫恩或劉牢之易於被接受。

劉裕問道：「令尊又有甚麼看法？」

王弘早視他為知心好友，坦言道：「爹的看法與別人不同，我可以告訴你，但劉兄不可隨便向人透露。」

劉裕點頭答應。

王弘壓低聲音道：「他認同安公和玄帥的做法，就是在布衣中挑選有為之士，以承繼他們的志向，為南朝帶來新的氣象。」

劉裕訝然朝他瞧去。

王弘正緊盯著他，雙目亮了起來，點頭道：「對！他看好你，認為你是夠資格改朝換代的人，我當時並不把他的看法擺在心上，現在與劉兄同生死共患難，方深切體會到他的智慧，如果劉兄有機會到建康來，我會為劉兄引見家父。」

又笑道：「劉牢之曾應司馬道子之邀到建康謁見皇上，那當然不會出問題，因為皇上只是個無知小兒。不過當劉牢之參加我們的宴會，卻沒有人理會他，或當他是個人物。如此丟人現眼，我若是他，就躲在廣陵算了。」

劉裕心中暗嘆，這的確是劉牢之自己招來的，與人無尤。

劉牢之最錯的一著是依司馬道子之言殺王恭，令他沒法再被建康世族接納。

這個情況會帶來甚麼後果呢？在現階段確難預料。

問道：「司馬道子父子又如何對待他呢？」

王弘答道：「他們父子一向視天下人如無物，對他只是表面客氣，實則心內鄙視。劉牢之如果不是蠢蛋，心裡該明白的。」

劉裕終於感覺到危機，他明白劉牢之是個心胸狹窄的人，怎都忍不下備受建康貴族高門排擠的怨氣。

此時何銳來到劉裕另一邊，雙手托著一把大弓，送到劉裕眼前道：「這是我幫所收藏最強力的大弓，名爲『裂石』，是江南著名弓匠精製的。劉爺既然須找一把強弓，我們就把它拿出來，轉贈劉爺，希望劉爺重演當日一箭沉隱龍的威風，以此弓破賊。」

劉裕連聲道謝，並不推讓，接過強弓，暗運眞氣，輕鬆地把強弓拉成滿月。

何銳佩服道：「此弓足有三百石，家兄在世時，也要費盡九牛二虎之力，才勉強把它拉開，劉爺卻像不須用力便辦到了。」

劉裕放開弓弦，發出「錚」的一聲，弓弦仍不住急速顫動，好一會兒後靜止下來。

劉裕回頭一瞥鹽城的位置距離，欣然道：「此弓足可把箭射出千步之遙，由牆頭到這裡只是八百多步的距離，此弓肯定可以勝任。」

何銳朝大海望去，嘆道：「我現在倒希望焦烈武快點來，快點把事情解決，生生死死聽天由命，怎都好過心驚膽跳的焦等著。」

王弘點頭道：「我完全同意何兄的想法。」

何銳道：「假設焦烈武今晚不來，我們怎麼辦好呢？」

劉裕淡淡道：「他一定會來的。」

王弘道：「或許他仍在趕製攻城的工具，例如雲梯和撞門檑木等一類的東西。」

劉裕搖頭道：「他該早做好工夫。自孫恩作亂的消息傳來，他已有攻城的打算。現在鹽城等於一座空城，兼之他的女人又在我們手上，他一刻都等不了。」

三人目光不住朝黑夜的大海搜索。

王弘道：「破賊後我們是否直搗墳州？」

何銳心焦的道：「破賊後再說吧！現在是否言之過早呢？」

王弘笑道：「你對劉爺還沒有信心嗎？我已敢肯定今夜必勝。」

劉裕笑道：「你也來喚我作劉爺了，小弟怎消受得起？」

接著一震道：「來了！」

王弘和何銳極目搜索，仍看不到半點賊船的影子。

劉裕指著東北方向的海面道：「看！」

兩人循他的指示瞧去，半晌後，同時色變。

只見海平處出現重重帆影，黑壓壓一片，一時間數不清有多少條賊船。

王弘和何銳都被賊船的威勢嚇呆了。

劉裕搭著兩人肩頭笑道：「只看其來勢，便知焦烈武不把我們放在心上。輕敵乃兵家大忌，焦烈武太大意了，我會令他栽一個永不得翻身的大跟頭。」

接著改拉著兩人臂膀，笑道：「我們回去恭候敵人大駕，好一盡地主之誼吧！」

第二十二章　狹路相逢

劉裕站在牆頭，看著賊船不住接近，心中想的卻是和任青媞分手時，她說過的幾句話。任青媞特意解釋她爲何要在建康下手殺他。以他的精明，一時間也沒法分辨她話中的眞僞。不知是否因方玲被押上城樓，從這女人身上看到任青媞的影子，致令他想起任青媞。兩女同樣美艷動人，又武功高強，可除此之外，比較沉著冷靜的功夫，方玲就比任青媞差上不止一籌。

像現在的方玲，雙目射出深刻的怨毒和仇恨，換了是任青媞在她這種情況下，肯定仍是從容不迫，擺出向你投降的楚楚動人模樣，且媚態橫生，教任何男人不忍傷害她。

「到哩！」

劉裕從沉思中清醒過來，往說話的李興國瞧去，後者兩眼射出恐懼的神色，顯然是被賊勢嚇得魂不附體。

何銳比李興國只好一點兒，倒抽一口涼氣道：「焦烈武竟有這麼多艘戰船，人數該不在三千之下。」

老手笑道：「來得越多越好，正可以一網打盡。劉爺算得最準，猜到焦賊是有據地爭雄之心，所以把眞正的實力隱藏起來，卻給劉爺一招引蛇出洞，令焦賊的底子全曝光了。」

劉裕心中暗讚，老手不愧是北府兵操舟高手，見慣大風大浪的場面，禁得起考驗。

王弘反冷靜下來，沉聲道：「共有三十二艘開浪海船，以每船百人計，敵人兵力達三千之數。」

三十二艘沒有點上風燈的開浪船，彷如黑夜出動的海怪，渡海而至，擇人而噬。而站在城樓上的二百多人，則清楚焦烈武和他的手下，事實上比任何猛獸更凶殘可怕。

最接近碼頭的一排賊船，離岸已不到三十丈。

停在碼頭處的沙船，比對下更是孤苦零丁，如羊兒般等待群獸的撲噬。

這完全是觸景生情的錯覺，事實上沙船是個可怕的死亡陷阱，偏又因沙船本屬大海盟，令對方出生安全的錯覺，不起戒心。假設此船不是從方玲手上搶回來的，而是故意擺在碼頭處，那敵人肯定會有所警覺，先以火箭毀掉它才會登岸攻城。

這是非常微妙的心理。

劉裕暗呼好險，如果自己沒有想出此招，縱使能殺焦烈武，但要憑二百多人去對付三千多個凶悍的海盜，最後必是落得城破人亡的結果。更何況這二百多人裡，除老手和他的兄弟外，人人失去鬥志，恐怕未待敵人攻城，早四散逃亡。

劉裕舉起裂石弓，把右手拿著綁上火種的勁箭安放在弓弦處，微笑道：「點火把！」

「蓬！」

老手燃著火把，等待他進一步的指示，拿火把的手沒顫抖半下。

只有在這種面對生死的時刻，才能眞正的認識一個人。

劉裕想想也覺好笑，這招「死亡陷阱」，是忽然冒出來的一個主意，他把沙船留在碼頭處，原只是示威性質，好惹火焦烈武，令他更急於報復。

最接近碼頭的戰船已不到五丈，最遠的敵艦也只在三十丈許外，予他們的感覺是敵人全無顧忌，正爭先恐後的靠岸登陸。

離鹽城東門只有八百多步的碼頭區，大小碼頭十多個，足可供過半數賊船同時靠岸停泊。

沙船位於碼頭區正中的位置。

劉裕正回味著在太守府商量抗賊的會議，當時他想到如有姬別在，仍難重演「一箭沉隱龍」的威風，不但因地理形勢截然不同，更因難從眾賊船裡分辨出焦烈武的座駕舟。

就在那一刻，他想到以沙船破敵船的招數。

劉裕喝道：「點火！」

老手舉起火把，燃著綁在箭頭的火油布。

勁箭變成火箭。

七、八艘敵船在「隆隆」聲中泊往沙船兩旁的碼頭，後面的賊船蜂擁而至，一時間碼頭和海面盡是黑壓壓的戰船和帆影。

驀地賊船傳來驚呼叱喝的混亂吵聲，更有賊船敲響警報的鐘聲。

李興國駭然道：「賊子發覺了！」

何銳也焦急的道：「他們嗅到沙船火油的氣味。」

劉裕笑道：「遲哩！」

右手運勁，把「裂石弓」拉成滿月，弓弦急響，火箭離弦而去，在空中劃出美麗的弧線，先沖上高空，再向八百多步外的沙船投去。火箭帶起的火芒，讓城牆上的守衛者，毫無困難的看到這枝關乎到他們生死存亡的一箭，完成任務的整個精采過程。

「颼！」

火箭命中沙船船艙。

開始時仍只是艙頂的一小片燃著，接著火燄以驚人的高速擴展，蔓延到全船，然後整艘船陷於烈燄中，照亮了整個碼頭區，把敵船全陷入熊熊火光裡。

烈燄沖天而起，一發不可收拾，不過仍未波及附近的敵船。

在牆頭上眾人熱切期待下，「轟！」整個船艙頂彈上半空，化成漫天木屑火星，聲勢驚人至極點，像個火罩般往周圍賊船灑下去，蔚爲奇觀。

接著是連串劇烈的爆炸，已變成一團烈燄的沙船，似在海面不停的彈跳震動，每一聲巨響，都送出大量火球火星，朝四面八方射去，三十多艘賊船無一倖免，或多或少受到波及。

距離最近的三艘船首當其衝，分別被炸毀左、右舷和船頭，且一發不可收拾的著火焚燒。

更令人瞠目的事情發生了，數以百計的煙花火箭，從沙船的烈火核心處連珠噴發地射出，完全是亂竄亂撞的盲目四射，一時間敵船的上空和船與船的空間，全塡滿一道道五光十色的煙花火燄，火芒處處，當這種「艷麗」和毀滅連結起來，遂構成一副詭異又驚心動魄的畫面。

船帆紛紛著火，由劉裕射出火箭到此刻只是十多下呼吸的光景，碼頭區的海面已變成一片火海。

只見慘叫驚呼聲中，敵人紛紛棄船跳海逃生，原本來勢洶洶的賊眾，已潰不成軍。假如劉裕手上有足夠軍力，例如五百北府兵又或荒人的精銳，此時便可開城出擊，殺對方一個措手不及。只恨這二百多人，勉強守城還可以，要他們與敵人正面交鋒，等若著他們去送死。

城牆爆起震天吶喊喝采聲，士氣大振。

老手呵呵笑道：「老焦的攻城工具肯定完蛋了。」

何銳點頭道：「敵人再無退路，唯一平反敗局之法就是攻下鹽城，否則以後不用在江湖上混了。」

劉裕瞧著敵人棄船爬上碼頭，從容道：「敵人該有索鉤等工具隨身，仍可以多欺少，攀牆來攻。」

「嘩啦」水響。

忽然數道人影破水而出，跳到碼頭上去，熊熊的火光，照得他們變成七、八道黑影，彷如從水底跳出來索命的水魔水怪。

帶頭一人手提長達丈半的重鐵棍，身材魁梧健碩，長髮披肩，雖然濕淋淋的有點尷尬，卻無損其霸道的懾人氣勢，令人一看便印象深刻，永難忘記。

劉裕暗吃一驚。他見慣場面，一看此人威勢，便知是高手，近似屠奉三、慕容戰等的級數。自己能否勝他，仍是未知之數。

王弘劇震道：「焦烈武！」

劉裕喝道：「弓箭準備！」

站立在東牆的守兵同時祭出長弓勁箭，安在弦上，隨時可拉弓射箭，亦生出逼人氣勢，氣氛頓時緊張起來。

賊眾仍不停從火海裡爬上碼頭，部分人丟失了兵器弓箭，只是空手登岸。

劉裕打個手勢，手下聽命把方玲推到他身旁來，讓焦烈武可以看到她。

焦烈武在眾海盜簇擁下，舉步走過來，在牆頭火光映照下，終展現其威猛無儔的形相。

這位惡名遠播的海盜頭子，外號「惡龍王」的凶神，擁有濃密的黑髮，虎背熊腰，雄軀像他的霸王棍般筆直，一張長方形臉，濃眉下一雙眼睛瞇成兩條縫，刀刃般冷冰冰的，予人冷酷無情的感覺。他的鷹鉤鼻和下頷留著的短鬚，強化了他冷硬的輪廓線條，令他更是威武強悍。年紀該不過三十，在遭逢劇變後仍如此沉得住氣，使人清楚他是禁得起任何挫折歷練的。

劉裕大喝過去道：「本人北府兵劉裕，恭迎焦兄大駕。長話短說，焦兄敢不敢與我劉裕單打獨鬥一場，以生死作勝負。假如焦兄能殺我劉裕，我方不但絲毫無損的釋放方玲，且立即撤出鹽城。請焦兄賜示！」

焦烈武愕然止步，朝城頭的劉裕望上來。

眾賊隨之停步。

此時眾海盜已登岸者接近二千人之多，布滿碼頭區，如果有足夠的攻城工具，其力仍足以把鹽城夷為平地。

劉裕卻是心中篤定，因為這對焦烈武來說，是難以拒絕的提議。以焦烈武一向的驕橫，受此重挫後怎肯錯過在手下面前挽回顏面的唯一機會？更何況焦烈武根本不把他劉裕放在眼裡，戰勝不但可得回美人兒，且加贈城池一座，又可名揚天下，戳破劉裕「一箭沉隱龍」的神話，如此便宜的事，何樂而不為？

果然焦烈武仰天大笑，然後雙目神光電射，以不可一世的神態語調道：「你劉裕既然要找死，焦某我當然會成全你。」

接著別頭對手下道：「我和劉裕是公平決戰，你們不得插手。給我退後！」

眾賊忙潮水般往後移開，近二千人密密麻麻擠滿碼頭邊緣處。

劉裕則吩咐手下垂下繩索，同時低聲吩咐道：「如我不幸敗亡，你們留下方玲，立即從西門用預備好的繩索急速退走，千萬勿做無謂反抗。」

眾人都聽得心頭一陣感動，如此捨己爲人的主帥，他們尚是首次遇上。

老手道：「劉爺定可割下焦烈武的首級。」

劉裕一聲長笑，躍登牆垛，充滿壯士一去兮不復還的情懷，沿索而下。

聶天還立在碼頭處，看著載來任青媞的風帆逐漸接近。

雲龍艦和三艘兩湖幫的赤龍戰船泊在鄰近的碼頭處，在星夜下旌旗飛揚，益顯兩湖幫如日中天的威勢。

誰能控制大江，誰便能稱霸南方。

桓玄於淝水之戰後最重要的一著，是佔領巴蜀，等於控制了大江的源頭，從此再無後顧之憂。加上與他聶天還結成聯盟，於大江中游更無敵手。而兩湖一帶乃魚米之鄉，聶天還對桓玄的支持，立即令桓玄的實力凌駕建康軍之上。

聶天還個人並不喜歡桓玄，在他眼中，桓玄只是披著漂亮人皮的豺狼，根本沒有人性。他們的合作，純粹是基於利益，爾虞我詐，沒有任何道義可言。

然而情勢的發展，卻大大出乎兩方的意料之外。尤其是在荒人手下連番受挫，至劉裕的突然崛起，逼得他們愈來愈倚賴對方。

可以這麼說，一天邊荒集仍在荒人手上，一天劉裕仍在興妖作怪，他們都不得不攜手應付危機。邊荒集已與大江幫結合爲一，對兩湖幫形成直接的威脅。在這場鬥爭裡，是半步也不能讓的。

現時他和桓玄的一方與建康軍成膠著的對峙之局，關鍵處在北府兵虎視在旁。荊州亦有不明朗的因素，人爲的障礙，就是殷仲堪和楊佺期兩個人。

不過這兩人已時日無多，他和桓玄已擬定全盤對付他們的計畫，只待時機的來臨。

任青媞會否帶來他期待已久的消息呢？

風帆緩緩靠岸。

把尹清雅帶到這位於洞庭湖心名爲應天的孤島後，他心中不時浮起任青媞的倩影，這是極端危險的信號。

所以與此女相對時必須如履薄冰，否則一不小心，就會被她的媚術所趁，致萬劫不復。

不過他自知已落在下風，因爲不論他如何心狠手辣，仍沒法下毒手殺她，且還不住找尋不殺她的藉口，例如她尙有很大的利用價值。

嬌笑聲從船上傳來。

聶天還回神迎了上去。

桓玄在馬背上瞧著風帆駛離江陵的碼頭，沿大江順流東下。

此船載著乾歸和五十名精選好手，負責進行刺殺劉裕的任務。這個堪稱南方最可怕的刺客團，擁有各方面的能手，包括用毒、易容、機關、水底功夫等等，可謂集荊州奇人異士於一團，在乾歸的領導下，任劉裕三頭六臂，也難逃死劫。

至於對付高彥則只派一個人，此人由乾歸推薦，即使以他的挑剔，見過此人後，亦深信高彥必死無疑。

一切全在他的掌握之中。

剛抵身旁的侯亮生道：「請南郡公恕亮生來遲一步之罪，亮生剛收到消息，謝琰已趕回建康上稟朝廷，請司馬德宗任他爲帥，討伐天師軍。」

桓玄現出不屑的神色，淡淡道：「謝琰爲何忽然變得如此悍勇？」

侯亮生恭敬答道：「據傳守會稽的王凝之和其子已慘死天師軍亂刀之下，犧牲的尚有其他謝家子弟，謝道韞則身負重傷被救返烏衣巷，聽說仍在生死的邊緣中掙扎，情況不甚樂觀。」

桓玄欣然笑道：「難怪謝琰忍不住這口氣，趕著去送死。司馬道子當然是立即准奏，對嗎？」

侯亮生道：「司馬道子正在玩手段，諸多推延，目的不外是逼劉牢之表態，在謝家的壓力下參與討伐天師軍的行動。」

桓玄皺眉道：「劉牢之挺得住嗎？」

侯亮生道：「劉牢之別無選擇，如果他拒絕出兵，便成無情無義的人，何況北府兵大部分將領都主張出兵，劉牢之最終只有屈服。」

桓玄現出思索的神色，道：「現在劉牢之該清楚司馬道子對他的心意。哼！我肯定劉牢之現在是悔不當初，如果他沒有背叛我，怎會落至這等進退兩難的田地？」

侯亮生暗吃一驚，卻不敢說話。

桓玄像忘記了他的存在，仰望夜空，好一會兒後才像醒過來般，道：「回去吧！」

侯亮生心中響起警號，曉得桓玄又有新的主意。而他的好主意，正是南方災難的開始。

第二十三章　決戰龍王

焦烈武的體魄氣度，令劉裕想起當年挑戰謝玄的慕容垂，如果不是在那場決鬥中謝玄吃了暗虧，後來絕不會被任遙的魔功所乘，致一傷再傷，形成永不能復元的傷勢。

冥冥中眞的似乎暗有主宰。

假設沒有一箭沉隱龍的戰績，他也可能永遠想不出這招一箭破賊之計，今晚之戰也將凶多吉少。

焦烈武立穩腳跟傲立前方，單手把霸王棍收到身後，上身微傾往前，右手豎掌於胸口的位置，閉上雙目，卻自有一股逼人而來的強大氣勢，劉裕且感到自己的一動一靜，每一舉步，均全落在對方的氣機監視下，無有遺漏。

直至此刻劉裕始明白，爲何王弘、李興國和何銳等不看好他的原因，因爲焦烈武武功的高明，實在他意料之外。

如此高手，比之慕容垂，亦所差不遠。

幸好他體內眞氣自後天轉作先天後，在對敵的感應上，也大有改進。若在以前，眼前的焦烈武會是個看不通摸不透、沒有絲毫破綻可尋的勁敵。既不能知敵，他將失去主動之勢，變成挨揍的劣局。

但此刻在他空明的靈台裡，卻掌握到對方的氣勢是處於波動的情況下，顯示對方仍在盛怒之中，準備當體內氣功運行至巓峰之際，全力出手，務求在數招之內，取他的性命，以雪方玲被擄、船隊焚燬之恨。

這種微妙的氣機感應，令他擬定好進退克敵之道。

焦烈武看不起他。

他必須好好利用焦烈武所犯輕敵的大忌，方有希望勝出這場畢生以來最凶險的決鬥。

並不是焦烈武比孫恩和陳公公更難纏，而是因爲他今仗是無可逃避，必須戰至敵我間一方敗亡的一刻。

在這種情況下，「九星連珠」、「天地一刀」和「無形空刀」都派不上用場，尤其前兩招，是以硬碰硬，只會引起焦烈武的警覺。後一招又嫌過於柔細，擋不住焦烈武的全面攻擊。

劉裕直奔至焦烈武前方兩丈許處，倏地立定，雙手下垂，厚背刀仍在鞘內。

賊寇那邊有人取來碼頭處的兩枝照明火炬，高舉過頭，照亮了焦烈武的後方。

城牆上則燈火通明，照耀著兩人決戰的場地。

敵我雙方二千多人，人人屏息靜氣，注視決鬥的開始。

劉裕清楚感應到自己立定停止下來的那一刻，焦烈武的氣勁強烈波動了一下，明顯是有出手的意圖，但又忍住不發。

劉裕心中暗喜，曉得焦烈武心裡的情緒正在影響他，只是現在他的理性仍能駕馭心中的情緒，所以把在那刻出手的衝動硬壓下去。

劉裕生出痛快的感覺，如此強敵，實屬難得，只有透過如此嚴峻的考驗，才可以證實燕飛頒贈的免死金牌是否眞的有效。灑然笑道：「焦兄的霸王棍稱雄海上，不知到了陸地是否仍然靈光呢？」

焦烈武猛地睜目，射出懾人的神光，顯然是被劉裕輕描淡寫說出來的冷嘲熱諷，惹得勃然震怒，心神失守。

下一刻霸王棍已在焦烈武雙手掌握裡，筆直朝劉裕胸口搗來，沒有任何花招，只有奪天地造化之威，其速度更是驚人至極點，幾乎是他剛把棍平舉指向劉裕，棍頭已抵劉裕胸口。

最厲害處是不聞任何勁氣破空之音，可是強烈的氣勁卻隨棍似巨浪狂波般，重重襲往劉裕，令劉裕避無可避。

眾賊齊聲喝采助威，而守城的一方見焦烈武如此威勢，無不臉上血色褪盡，有如剛被宣判了極刑。

只有劉裕一人曉得焦烈武犯上錯誤，而他的錯誤是自己刻意營造出來的。

換成其他欠缺劉裕先天氣機感應的高手，要破焦烈武此招之法，也是最直截了當之法，就是以硬架硬封的手法對抗。

不過只要是硬拚的手法，即使功力在焦烈武之上，也要被焦烈武此招一往無前的霸道氣勢，逼得往後退開。焦烈武此擊集全身功力，加上霸王棍本身的重量，實有無可抗拒的威力。如此將正中焦烈武下懷，逼退敵人後，長一丈五尺的霸王棍將全面開展，把長兵器的優點發揮到極限，令對手在全無反擊力的情況下，受創直至飲恨身亡。

環顧當今之世，除孫恩、燕飛、慕容垂之輩，有多少人能在功力上絕對壓倒焦烈武？所以焦烈武只是這個起手式，已可種下對手敗亡的命運，由此可見焦烈武是如何高強，難怪以王式此等身居「九品高手榜」的著名人物，也要變作棍下冤魂。

劉裕的策略正是針對焦烈武而發，一進一止，其中均大有作用。

他往前疾衝，是要焦烈武誤以爲他一上場便想來個強攻猛打，而止步於兩丈之外，卻恰好是對方棍勢盡處，令焦烈武猶疑該不該出手。最後則以言語觸犯他，使他按捺不住，主動攻擊。

爲了自己的小命著想，爲了鹽城軍民的福祉，更爲了未來，劉裕施盡渾身解數，正是要爭取那一線上風。

高手之爭，成敗正決定於此一著的差異。

就在焦烈武把霸王棍移往前方的一刻，劉裕的手也握上刀柄。到焦烈武雙手握棍，劉裕厚背刀離鞘而出，朝前下劈。

最微妙處是他下劈之勢，似疾實緩，旁人或許看不破其中竅妙，但身在局中的焦烈武卻感到他隨手可以變招，只恨自己被成法左右，只好依照以前必爲自己帶來勝利的招式，霸王棍直搗而去。

在霸王棍臨身前的剎那，劉裕一陣長笑，竟急旋起來，也不見他有移動的步法，可是霸王棍偏是擦體而過，以毫釐之差刺在空處。

厚背刀先往右彎，然後突然加速，從一無比優美從容的角度，劈中近棍端處。

「噹！」

刀棍撞擊之聲，響徹全場。

老手一方爆起震天采聲，充滿意外之喜。

賊寇方面則鴉雀無聲，因從未見過有人以這種手法應付老大的開戰絕技。

焦烈武來不及變招，霸王棍已往外硬被震開，空門大露。

這不代表劉裕的功力比焦烈武更深厚，又或他的先天氣功可以剋制焦烈武眞氣，而是劉裕的厚背刀命中霸王棍時，已是焦烈武招式用盡的一刻，兼且劈在近棍端的位置，乃焦烈武力所難及的兵器盡端，一分散一集中，遂產生如斯有利劉裕的戰果。

劉裕大喝道：「焦兄技止此耳。」

借勢頓停旋動，改為箭步搶前，厚背刀貼著霸王棍平削往焦烈武持棍的雙手。

焦烈武雖然吃了暗虧，其實未露絲毫技不如人的敗象，劉裕故意這麼說，是要進一步在焦烈武的手下前損焦烈武的顏面。

在平常的情況下，這種口舌之戰，對焦烈武般級數的高手肯定難起任何作用。不過現在並非平常的情況，而是焦烈武慘被燒掉可謂是他心血結晶的海盜戰船隊，加上焦烈武兩年來一帆風順，從未嘗過敗績，種種因素加起來，令焦烈武也消受不起。

果然焦烈武怒吼一聲，雙目似要噴出烈燄，兩手運勁，長一丈五尺的霸王棍竟如靈蛇般往他雙手處縮回去，快如電閃，離奇得教人不敢相信。

此怪招也出乎劉裕意料之外，當焦烈武兩手握著霸王棍正中處，劉裕立知糟糕，因為霸王棍任何一端都可對他作出凌厲反擊，問題在連劉裕也沒法掌握焦烈武的反攻招數。今回輪到他步步驚心，進退兩難。

棍法練至此等境界，彷如有生命的靈物，確已臻出神入化的級數。

劉裕心叫不妙時，霸王棍先往下沉，接著向著他的一端閃電推出，由下而上的直撞往他削去的長刀。

劉裕心忖如給他的霸王棍撞個正著，肯定連人帶刀被撞得往後倒退，然後霸王棍法將勢如破竹般全面展開，而他將永無勝出的機會。

際此生死關頭的時刻，劉裕猛提一口眞氣，飛臨焦烈武上方，厚背刀照頭猛劈。

焦烈武笑道：「找死！」

說話時霸王棍化作漫空棍影，上迎劉裕。

眾賊齊聲呼喊，老手等則沉寂下去。

「叮！」

一下清響後，驀地「叮叮噹噹」刀棍敲擊劇撞的聲音連串響起，全無間斷。當第九擊爆響時，在空中的劉裕借勁一個翻騰返回原處。

焦烈武似欲進擊，忽又停止。原來劉裕甫觸地立即擺開架式，刀鋒直指對方，緩緩往上舉起直至斜指夜空，自自然然生出強大的氣勢，鎭住焦烈武，令他不敢冒失進攻。

兩人像從未交過手，又似一切重新開始，沉凝的氣氛，使雙方都靜默下來，彷彿任何囂叫，都會影響決戰者的心緒。

劉裕心中叫苦，他先前之所以能搶得少許上風，全因焦烈武對他的輕視，可是仍沒法擊倒他，還差點落在下風，全賴「九星連珠」殺對方一個措手不及，方能全身而退。現在焦烈武肯定已收起輕敵之心，要佔他便宜，再非易事。

尤可慮者是他近日自創的奇招，已用得差不多了，如果這「天地一刀」不能奏功，他的招式將無以爲繼。

霸王棍緩緩從焦烈武兩手吐出，就好像霸王棍忽然變長了，情景詭異至極點。

焦烈武又閉上眼睛，顯示他已完全控制了情緒，心神再不會被劉裕動搖。

焦烈武紋絲不動，只有霸王棍不住探前，而每伸前少許，氣勢眞勁卻不住增強，旁觀者均看出他不住把眞氣貫注棍內，當長棍吐盡，霸王棍將會以排山倒海之勢狂攻劉裕，直至一方敗亡爲止。

劉裕被霸王棍未攻先發的氣勁吹得全身衣袂拂舞飄飛，呼吸不暢，不論他多麼不願意承認，卻清楚已被焦烈武此奇招逼在下風守勢，根本沒法主動進擊。而除「天地一刀」外，他實在想不出更好的應付辦法。

除火把燒得獵獵作響外，便只有旁觀者沉重緊張的呼吸聲。

隨著對方氣勢的增長，劉裕的氣勢卻不住被削弱，如讓對方的氣勢攀上巔峰，只一棍便可要了自己的命。

在這一刻，他清楚明白攻是死，守也是死，焦烈武成功地把他逼進絕地。

就在此生死懸於一髮的剎那，劉裕心中一動，想到置於死地而後生之法。

劉裕刀回鞘內。

焦烈武現出愕然神色，猛地睜開眼睛，手上霸王棍停頓了彈指般短暫的光景。

劉裕亦全身一顫，噴出一口鮮血，接著刀再出鞘，直劈而去。

天地渾融不分，如芥子納須彌般藏於一刀之內。

焦烈武狂吼一聲，化出萬千棍影，鋪天蓋地的迎上劉裕。

交戰至此，兩人尚是首次面對面硬拚交鋒，生出像千軍萬馬衝鋒於戰場上的慘烈氣勢。

形勢的轉變來得太快太突然，人人看得目瞪口呆，不知該如何反應才適當。

箇中微妙處，只有對戰的兩人在切身體會下，才明白發生了甚麼事。

就在劉裕無計可施，力難挽回敗局的要命一刻，他忽然靈機一觸，記起焦烈武甫出手第一招，亦如眼前般閉上眼睛。這分明是一種氣機感應的厲害招數，純憑眞氣的感應以決定霸王棍的應對之道。對劉裕來說，自被燕飛改造體內眞氣從後天轉爲先天後，只要守心不怠，靈台空明，氣機感應便如呼吸般自然而然，不用閉上眼睛已可洞察無遺。

但顯然焦烈武的守心功夫卻是他最弱的一環，或許因他天性暴戾，又或因過去兩年殺戮過度，更因剛被劉裕摧毀了苦心經營的無敵船隊，所以須「閉目」方能「養神」，使心無雜念，才能純憑感應出擊。

劉裕正是針對焦烈武這唯一的弱點出招，雖然有點荒謬，卻非常有效。

他先還刀鞘內，令焦烈武感應不到他的刀，然後憑護體眞氣硬挨他棍氣的衝擊，此著完全出乎焦烈武意料之外，彷彿忽然變成「盲人」，焉能不大吃一驚，心神失守。

正是爭取得這一線的空隙，劉裕乘虛而入，全力使出他的「天地一刀」。

劉裕的厚背刀化作耀人眼目的芒光，彷似失去了實質，變成一道反映著兩邊火光的幻影，挾著破空的尖嘯，狠狠破入重重棍影裡。

棍影消散。

焦烈武硬被劈得往後挫退一步，雖然狼狽，但未露敗象，兩手改握霸王棍正中處，就以兩端棍頭施出一套精微細膩的棍法，與欺入他棍勢範圍的對手，展開凶險萬分的近身血戰。

劉裕得勢不饒人，拋開以前一切成規，反覆運用「九星連珠」，每提一口眞氣，便以迅雷不及掩耳的手法，從不同的位置角度，劈出九刀，每一刀都是因應敵情，審度時勢而發，招與招間全無斧鑿之痕，更如流水般沒有間斷。

一時棍影漫空，刀光打閃，凶氣橫竄，殺氣騰騰。

兩方人馬同時吶喊打氣，爲己方領袖助威。

乍看似是雙方旗鼓相當，但焦烈武已清楚知道自己失去先機，陷於完全的被動和守勢。他最想的是喚手下來施援，只恨縱然他想違諾，卻無暇發出求救的召喚，可知他的形勢是何等惡劣。

劉裕卻是故意製造出此刻的假象，不讓焦烈武的手下發覺焦烈武正瀕臨崩潰的邊緣，現在他可說是牽著焦烈武的鼻子走，完全不讓他發揮長兵器的威力。對焦烈武更不利的地方，是在近身拚搏的情況下，要舞動如此一根長達丈半的重兵器，使出最精微的棍法，以應付劉裕靈活輕巧如天馬行空的厚背刀，實是非常吃力的事。所以纏戰的時間愈長，他的損耗比之劉裕愈快愈大。每過一刻，他便多接近敗亡一步，連想使出與敵偕亡的招數都力有不逮。

「噹！」

一聲激響，直上星空。

劉裕抽刀後退，焦烈武則狂吼一聲，棍影像不受約束般擴張，直追劉裕。

賊眾還以爲焦烈武大發神威，殺退劉裕，登時叫喊得力竭聲嘶，狀似瘋狂。

劉裕哈哈笑道：「黃泉之路，恕劉某不奉陪了。」

「錚！」

劉裕退至城牆下，還刀入鞘。

焦烈武追至劉裕身前兩丈許處，再無以爲繼，腳步踉蹌，先是霸王棍脫手墜地，接著站立不穩的搖搖晃晃。

賊眾一方倏地靜下來，人人射出難以相信眼前景況的神色。

在二千多雙眼睛的注視下，這位雙手染滿血腥，從未遇過敵手的一方霸主，推金山倒玉柱般向前頹然倒下，撲倒地上。

牆頭的方玲發出一聲撕破寂靜的慘厲尖叫，爲焦烈武送終。

劉裕搶前從地上執起霸王棍。

眾賊齊聲發喊，祭出兵刃，往他殺過來。

劉裕以霸王棍一端點在地上，騰身而起，一手提著霸王棍，直升上五、六丈處的高空，另一手抓到從牆頭垂下的繩索。

大喝道：「殺！」

牆上老手等忙合力把他扯上去。

接著牆頭上喊殺聲起，守軍士氣狂升，人人爭著奮不顧身的把準備好的石灰、滾油往殺到城牆來的敵人灑下去。

慘叫聲中，箭矢如雨點般罩往敵人，絕不留情。

劉裕抵達牆頭拋開霸王棍，大喝道：「兄弟們！隨我出城破賊去。」

第二十四章　故夢如煙

任青媞神色凝重的道：「劉裕已變成南方最危險的人物，我敢說一句，只要劉裕在世上多活一天，皇帝寶座就沒人可以坐得穩。」

與她對坐的聶天還不眨眼的細審她如花玉容，不錯過任何一個微細的表情，若有人在旁觀看，會以為他被任青媞的艷色吸引，只有當事者明白他是在分辨對方每句話的眞僞。

像聶天還這般人物，江湖經驗豐富不在話下，且因長期處於與眾敵周旋的情況裡，自有一套觀人之術，可從任何人不經意的動作或表情，至乎一個眼神，分辨出對方是在弄虛作假或是眞心誠意。

聶天還平靜的道：「你和他交過手嗎？」

任青媞輕描淡寫的道：「我殺不了他。」

在這位於島北的別院中園的小亭裡，四條柱子掛上宮燈，兩人分坐石桌兩旁，喝茶對話，四周花樹環繞，除了百蟲和唱，一切寧靜安詳，可是兩人間談論的卻關係到南方的未來，王朝的興衰。

聶天還皺眉道：「以任后的功夫，竟對付不了區區一個劉裕嗎？他又是憑甚麼狡計脫身的？」

任青媞一雙美目射出淒迷的神色，淺嘆一口氣。道：「說出來你肯定不會相信，不過卻是鐵般的事實。劉裕再不是以前的劉裕，像脫胎換骨般，我用盡一切辦法仍沒法殺死他，如果他不是對我尚餘情意，我恐怕難以全身而退。我有一個提議，要殺劉裕現在該是最佳時機，否則如讓他坐上北府兵統領之位，幫主你將有天大的麻煩。」

聶天還微笑道：「殺劉裕的人，此刻正日夜兼程的趕往鹽城去。縱使他武功大有精進，但已陷進四面楚歌之境，在孤立無援的情況下，他今次將是難逃劫數。」

任青媞訝道：「他到偏遠的一個臨海城池幹甚麼呢？」

聶天還解釋清楚後，道：「只是一個焦烈武他已應付不了，何況還有桓玄派出的高手。兼且他當上鹽城太守，表面風光，卻是無兵的統帥，只會成為被刺殺的明顯目標。」

任青媞柔聲道：「幫主有沒有想過，劉裕能安抵廣陵，已大不簡單，顯示出他有自保的能力。不論是劉牢之或司馬道子，都不願讓他回廣陵去，他卻成功辦到了。劉牢之把他調往鹽城討賊，此著借刀殺人之計看似聰明，但也可以弄巧反拙，一個不好，若被劉裕大破焦烈武，幫主認為會有甚麼後果呢？」

聶天還微一錯愕，蹙起眉頭道：「不大可能吧！這並非一般江湖的爭雄鬥勝，而是實力的比拚，劉裕憑甚麼和焦烈武爭鋒？」

任青媞垂下螓首，輕輕道：「我只是為幫主擔心，幫主如果這般輕視劉裕，終有一天會吃更大的虧。劉裕已變成愚民眼中的真命天子，其號召力比孫恩有過之而無不及，只是他還不懂好好利用這種優勢。兼之他有荒人作後盾，一旦讓他主掌北府兵，天下將無人能制。」

聶天還對任青媞的批評絲毫不以為忤，反露出欣悅神色，微笑道：「相信現在沒有人敢不把劉裕放在眼裡，我聶天還更不會犯如此嚴重的錯誤，但也不會高估了他。」

任青媞抬頭迎上他的目光，像受了冤屈似的道：「假如劉裕真的收拾了焦烈武，幫主認為自己是低估了劉裕，還是仍高估了他呢？」

聶天還爲她斟茶，不答反問道：「你很看好劉裕，那何不投往他的一邊，助他成王侯霸業，你的心願不是也可水到渠成嗎？」

任青媞看著注進杯內熱茶騰升的水氣，從容道：「道不同不相爲謀，他是不可能容納像我這般出身的一個人。他想當北府兵的大統領，又或想當皇帝，必須先與我劃清界線。在北府兵將領和建康高門大族的眼中，我任青媞只是個人盡可夫的妖女。」

聶天還想不到她如此坦白，呆了一呆，把茶壺放回小火爐上去，不解道：「既然如此，當初你又爲何肯與他合作呢？」

任青媞現出苦澀的神色，柔聲道：「因爲我看錯了他。我本以爲他會於謝玄死後策動兵變，先在北府兵中奪權，然後攻入建康，如此我和他將是天作之合。豈知他卻令我失望，我對他再不存任何幻想。」

聶天還雙目閃閃生輝的看著她，欣然道：「你現在和劉裕究竟是怎樣的關係？」

任青媞淡淡道：「爾虞我詐四個字可以道盡其詳。我是劉裕命中注定的剋星，沒有人比我更明白他，有一天他會設法除去我，以抹掉他心底裡視之爲生命中一個污點的那段回憶，在這情況出現前，我必須殺死他。」

聶天還喜道：「我從沒有想過和任后可以這般坦誠對話，聽任后的肺腑之言。任后的情緒何須如此低落呢？劉裕根本尚未成氣候，甚麼『一箭沉隱龍』只是荒人穿鑿附會的誇誇其談，我聶天還第一個不相信。任后如果肯爲我出力，我聶天還一定不會薄待任后。南方霸權誰屬，全看誰能控制大江。現在我和桓玄已控制了大江中上游，佔盡地利，更能坐山觀虎鬥，看著孫恩、司馬道子和劉牢之三方拚個你死我活，再坐收漁人之利。區區一個劉裕將難以左右大局，建康軍和北府兵的敗亡是早晚間的事。」

任青媞苦笑道：「與桓玄這種人合作，不是與虎謀皮嗎？」

聶天還感到渾身輕鬆起來，連自己亦很難解釋為何有此愉悅的感覺。在整個對話的過程裡，任青媞沒向他施展半點勾魂獻媚的手段，可是他反感到如此的她最是迷人，彷彿忠心的小情人，乖乖地聽她仰慕倚賴的男人盡吐心聲。他首次感到自己對她撤去戒心，因為他不覺得任青媞有半句的謊話。

微笑道：「桓玄是奪天下的人才，卻非守天下的明君。桓玄更有一個很大的弱點，就是好色。嚴格來說，他不止好色，且是色迷心竅，置大業於不顧。據我所知，他對王恭之女迷戀極深，故於她自盡身亡後悔恨交集。如果任后能於此時乘虛而入，以任后之能，肯定可以得到他的眷寵，而任后將變成我布在桓玄身邊最厲害的棋子，對我兩湖幫將來能否從他手上奪取天下，起著非常重要的作用。」

任青媞垂下頭去，幽幽道：「幫主的所謂會厚待青媞，竟是著我去獻身給另一個男人這麼一回事嗎？」

以聶天還的老練，亦被她這兩句話問個措手不及。以他的城府之深，這兩句充滿怨懟又極盡誘惑之能事的話，仍使他的心「霍霍」跳動起來。

這個女人心中打的究竟是甚麼主意呢？難道她真的傾心於我？

燕飛和拓跋珪沿著大河策騎飛馳，夜空厚雲低垂，卻是密雲不雨。

拓跋珪當先奔上一處石崖，勒馬停下，對岸下游十多里處隱見燈火，正是慕容寶的營地。

拓跋珪長笑道：「痛快痛快！有你燕飛在我身旁，更令我增加必勝的信心。」

燕飛放緩騎速，來到他身旁，默然不語。

拓跋珪朝他望來，欣然道：「你心中想的，是否和我想的相同呢？」

燕飛道：「你在想甚麼？」

拓跋珪道：「我在想著我們十多歲時的舊事，那次我們策騎狂馳，在野林區迷了路，誤打誤撞的參加了秘族人慶祝牧神的野火舞會，遇上令我們一見傾倒的美人兒。只可惜有緣無分，我們還爲她神魂顚倒了好一陣子。」

燕飛虎軀一震，臉上現出奇異的神色，好半晌才道：「你現在連兒子都有了，仍念念不忘她嗎？」

拓跋珪沒有察覺燕飛異常的神態，目光投往慕容寶的營地，黯然神傷的道：「我本打定主意再去尋她，可惜接著便被苻堅派走狗來突襲我們，從此我們過著流浪天涯的日子。回想起來，她就像兒時最美麗動人的夢，也如夢般一去無蹤，了無痕跡。」

燕飛沒有說話。

拓跋珪嘆道：「是不是得不到的女人永遠是最好的，此後我雖然有過不少女人，卻總沒有人能取代她在我心中的地位，她是朵有刺的花朵，想沾手的人都會受創，這正是她最令人難以忘懷的地方。」

燕飛仍沒有說話。

拓跋珪訝異地看他一眼，問道：「你在想甚麼？」

燕飛道：「楚無暇能代替她嗎？」

拓跋珪眼睛亮起來，道：「我想試試看，希望不是引火自焚吧！」

燕飛苦笑道：「但願你能永遠保持這點清醒。」

拓跋珪目光巡視遠近河面，不見任何船隻的蹤影，大燕國與拓跋族的戰爭，已令大河交通斷絕，沒有人敢經過這段水路險地。

拓跋珪忽然搖頭，嘆了一口氣，有感而發道：「眞正的愛情，是能忘掉了一切絕對的投入，瘋狂地去愛，瘋狂地去恨，像暴風雨般來臨，令你寢食難安，食不知味，聽不到旁人說的話。如果計較利害關係，還有甚麼味道呢？」

燕飛道：「你所說的是最極端的情況，是帶有毀滅性的愛情，與你心中的志向是背道而馳的。你願意這般去愛一人嗎？你肯讓一個女人摧毀你的復國興邦大業嗎？」

拓跋珪苦澀的道：「我說出剛才那番話時，心中想到的是我們心中的秘族美人兒。我常認爲眞正的愛情和友情，只能出現於沒有心機的純眞少年時代。初戀彷彿決堤的洪流，來得凶去得快，轉眼即逝，只有開不出果實的初戀方會永留心底；友情則如細水長流，永恆不滅，像你和我的交情，不論形勢如何變化，是永不會變質的。」

燕飛不由想起紀千千，嘆道：「不論你年紀多大，變得如何實際，可是當你遇上能令你有初戀感覺的女子，你能不瘋狂嗎？」

拓跋珪沉吟道：「你這番話使我聯想到慕容垂，以前我從沒想過他竟有這方面的弱點，而這弱點亦足以毀滅他，爲他的大燕國帶來可怕的災難。」

又往他瞧去，道：「坦白的告訴我，紀千千能代替她嗎？」

燕飛沉默下去，好一會兒才道：「遇上紀千千是我的福分，現在她是我活在世上的唯一意義，我並沒有誇大。」

拓跋珪點頭道：「我明白你，更明白你失去她的痛苦。不過我可以保證這會成爲過去，勝利的契機已來到我們手上，只要我們並肩作戰，堅持不懈，紀千千終有一天會回到你的身旁，讓你用盡一切方法去愛她，令她幸福快樂。」

接著仰望烏黑沉重的夜空，舒一口氣道：「我很羨慕你，可以義無反顧的去愛一個人。我的處境與你不同，我心中燃燒著亡國的仇恨，這種仇恨燒心的痛苦鍛鍊是一個長期而複雜的過程，以致培養出我現在的心態和手段。在感情和理性之間，我只能選擇後者，你明白嗎？」

燕飛道：「楚無暇也不能改變你嗎？」

拓跋珪毫不猶豫的道：「絕對不會。她只是我生命中一個點綴，生活上的調劑。與她相處就像玩一個充滿危險的愛情遊戲，暫時忘掉了一切，如一個令人沉迷的美夢。我不會讓她插手到我的公事裡去，你可以放心。」

燕飛苦笑道：「希望你辦得到吧！」

拓跋珪頹然道：「最能令你動心的女人，就是你渴想得到但又得不到的女人。所以直至今天，我仍非常珍惜我們的沙漠奇遇，兩個傻呼呼不知天高地厚，自以爲大地盡踩在腳底下的小子，一頭便栽倒在美人兒的裙底下，然後終生忘不了。你找到了你的紀千千，我仍在尋尋覓覓。楚無暇能代替她嗎？我不敢肯定，或者我得到她之後，會一腳把她踢走，樂得一個人清清靜靜的。」

又笑道：「好哩！說夠女人了。有利也有弊，有你燕飛在我身旁，總勾起我不願回憶的事。唉！一段又美麗又痛苦的回憶，眞令人惆悵。那種滋味連自己都不明白。」

燕飛哂道：「不是說夠了嗎？」

拓跋珪道：「的確夠了。不過坦白告訴你，如果有人告訴我她此刻在甚麼地方，我很有可能會拋開一切去找她。」

燕飛笑道：「不要胡思亂想了，你是不會這麼做的。」

拓跋珪洩了氣般點頭道：「對！我不會這麼瘋狂。何況找到她又如何？這麼多年了，說不定她變醜了，又或子女成群，見到她只會破壞我心中對她的動人記憶。」

燕飛輕輕道：「不！她仍是那麼美麗動人。」

拓跋珪一呆道：「你見過她嗎？」

燕飛道：「我們一定要這麼想，明白嗎？不要再談她哩！我們再來比試騎術如何？」

拓跋珪嘆道：「我已失去比試的心情。」

目光投往敵方對岸營地，道：「慕容寶眞的被我們唬著了。」

燕飛道：「不嫌言之過早嗎？未來的數天是關鍵時刻，如他仍不敢渡河強攻，便顯示他有退意哩！」

拓跋珪仰望夜空，冷哼道：「天色這麼差，哪到他逆天行事，想送死嗎？」

燕飛道：「你最好趁未降雨前以烽火傳達訊息，否則如連續下幾天雨，到慕容寶收到謠言要退兵時，你便要坐看他們安然離開了。」

拓跋珪笑道：「對！所謂天有不測之風雲，誰也掌握不到老天爺的心意。便讓我們兩兄弟親自點火，召來大軍。」

言罷兩人掉轉馬頭，馳離高崖，往上游方向絕塵而去。

第二十五章　孤島戰術

紀千千立在台壁的牆頭，心中一片茫然。

昨天，她親睹慕容垂大破慕容永的整個過程，直到此刻，心中仍有震撼的感覺。

慕容永雖然軍力雄厚，人數佔優，手下更是能征慣戰的將士，可是在慕容垂出神入化的戰術下，撐不到半個時辰便告崩潰，戰爭變成一面倒的進行。

慕容垂不負北方第一兵法大家的威名，在戰場上充分表現出他謀定而後戰，以少勝多的能耐。其手下將士，更是人人效命，令他如臂使指，牽著敵人的鼻子走。

燕郎和他的兄弟拓跋珪，能對抗這樣的一支無敵雄師嗎？在戰場上，根本沒有人是慕容垂的對手。

當敵人變成拓跋族和荒人的聯軍，慕容垂絕不可能像對付慕容永般讓她直接參與，她作爲神奇探子能起的作用有限，這個想法令她感到沮喪。

慕容永的敗亡已成定局，只待慕容垂攻破長子，關外的廣闊地域將盡入大燕國不住擴張的版圖裡，而慕容垂的國力將大幅增強。慕容垂下一個目標究竟是拓跋族還是邊荒集呢？又或進行兩線的戰爭，使拓跋珪沒法和燕郎聯手抵抗他。

自燕郎秘密潛入滎陽與她相見，她的心一直燃燒著希望的火燄，令她能身處逆境而不氣餒，可是在昨天目睹慕容垂大展神威，像不費吹灰之力便毀掉比拓跋族加上荒人更強大的慕容永後，她的信心已徹底動搖，希望變為泡影，陷入絕望的深淵。

昨夜她失眠了，沒法闔眼的度過了一生中最難捱的一夜，唯一的願望是身旁有大鐔的雪澗香，使她能忘掉一切。

清風從廣闊的林野吹來，拂動她的衣袂和秀髮，綠油油的草原野樹此刻安寧靜謐，令人無法想像，就在昨天它仍是屍橫遍野的殺戮戰場。

她是慕容垂外最清楚這場仗是怎樣進行的人，深深地感受到慕容垂用兵如神的手段，她曉得這種感覺會一直追隨她、折磨她。可是她對燕飛的愛，卻愈趨強烈。

小詩的聲音在耳邊響起道：「小姐！我們要動身哩！」

紀千千目光投往來到身旁的小詩，心中生出自己是無主幽魂的無奈感覺，右手無力地搭上她的肩頭，道：「我們有別的選擇嗎？」

劉裕忙了三天，鹽城方重上正軌。避難的民眾紛紛從附近的鄉鎮回城，市況逐漸回復興旺。對劉裕能以區區二百人大破焦烈武的海盜團，城內居民對他自是奉若神明，所以劉裕雖然缺乏管治一座城池的經驗，可是只要是他頒下去的命令，自有以李興國為首的地方官吏如實執行，民眾亦樂於遵從，沒有人懷疑他一心為民的誠意。而更有一個大家只有心照，卻絕不敢宣之於口的想法，就是「火石效應」的影響力。誰都不僅僅視他為另一個朝廷派來的小官兒，他不單是鹽城的大救星，且是南方軍民未來的最大希望。

過往派來的太守，全都是出身名門望族，只有他是布衣出身，予民眾一番全新的氣象和同聲同氣的親切感覺。

東海幫毫無保留的全面合作，更令他如虎添翼。不過鹽城和附近一帶的近海城鎮並非沒有隱憂，天師軍的動亂正以燎原之勢在建康南面各郡縣蔓延，劉裕明白孫恩和徐道覆等人，絕不會蠢得以硬碰硬的直攻建康，而是會從海路北上，那時鹽城和鄰近大江出口的郡縣，將會首當其衝。當沿海縣城失陷後，天師軍會攻打北府兵的基地廣陵，更曉得司馬道子不會派軍施援，遂可從容擊破北府兵，再圖謀建康。這是最高明的戰略。

在這樣的情況下，他可以做甚麼呢？

依照規矩，他只可以向朝廷報捷，然後再留在鹽城執行太守之職，靜待朝廷的指示。如果他自行返回廣陵，便是違命失職。

事實上他連多逗留一刻的耐性也欠缺，只希望能立即投入和天師軍的戰爭去。

爲此他耍了點手段，做了兩個安排。

「颼！」

劉裕射出裂石弓上的勁箭，橫過校場，投往擺在另一端的箭靶，命中紅心。

此處是鹽城東門衛所的練兵場，偌大的衛所，除把門的兩個兵衛外，只得他一個人。其他人都奉他的命令忙這忙那去了。

劉裕滿意的看著一矢中的的長箭，心忖自己似乎和射箭有不解之緣，兩場影響深遠的戰役都是憑射箭立下奇功。因此在得到裂石弓後更添他鑽研射藝的濃厚興趣，過去幾日，閒來無事他便到校場來射箭，以鬆弛緊張的情緒，紓解因過度思慮到疲不能興的精神。

經過三天的練習，在這方面他有很大的進步，意外地發覺射箭也可以靈活變化，箭招亦可以層出不窮。

劉裕拔出另兩枝長箭，同時搭在弓弦上。

於斬殺焦烈武的翌晨，他命老手和他的兄弟駕「雉朝飛」返廣陵，把焦烈武的霸王棍禮物般送給劉牢之。

這麼做不止是要向劉牢之和支持他的將領示威，還要令北府兵起鬨，使劉牢之必須正視他這個人。在如此情況下，劉牢之若仍要閒置他，將很難向其他將領交代。

孫無終等亦會借勢爭取他重返北府兵效力，際此用人之時，劉牢之是沒法拒絕的。最好是劉牢之借孫恩之手殺他，把他調去打天師軍，便正中他下懷。

弓弦急響。

兩枝勁箭平排的離弦疾去，同時命中箭靶兩端近邊緣處。

鼓掌聲起。

王弘神采飛揚的進入校場，讚嘆道：「劉帥箭技精湛，令人大開眼界。」

劉裕放下裂石弓，笑道：「爲何我忽然變成統帥了？」

王弘來到他身旁，道：「有分別嘛！終有一天劉兄會代替昔日玄帥的大統領之位，沒有人可以阻止此一情況的發展。」

接著報告道：「幸不辱命，我們在被俘的賊子引路下成功登陸墳州。島上僅餘的十多名海盜，都被我們手到擒來，還救出大批被囚禁於島上的民女，只是仍未找到焦烈武的藏寶庫。」

劉裕拍拍他肩頭道：「幹得好！」

接著與他走到一旁的椅子坐下，道：「你來得正好，我有事和你商量。」

王弘欣然道：「劉兄不用客氣，我對你是佩服得無話可說，有甚麼事，儘管吩咐下來，我會盡力去辦好。」

劉裕笑道：「我是眞的要你幫忙，今次不是出劍而是出筆。」

王弘笑道：「那我便眞的是責無旁貸。」

兩人對視而笑，充盈著曾經歷出生入死而來的交情。

王弘感嘆道：「從抵達鹽城後，到我在海上被賊截擊，差點一命嗚呼，到今天的風光，令我有彷如隔世死過復生的感覺。我眞的非常感激劉兄。」

劉裕轉入正題道：「請王兄代我寫一個上報朝廷的奏章，報告今次破賊的經過，並請朝廷遣能者來處理這一帶郡縣賊災後的工作。措辭方面由王兄拿捏，我要司馬道子沒法找藉口硬要我留下來。」

王弘道：「寫這麼一摺奏章只是舉手之勞，可是若要司馬道子屈服在一道奏章之下，卻是絕無可能的事。誰都知道皇上只是個傀儡，掌權的人是司馬道子。」

劉裕微笑道：「所以我要請王兄親攜奏章返建康去，並加送焦烈武的屍首，另附贈女賊兩個，盡量把事情鬧大，弄得朝野皆知。如果有可能的話，還請令尊爲我說幾句公道話。現在正値朝廷多事之秋，司馬道子最需要建康高門大族的支持，只要令尊的話合情合理，司馬道子又已派出人馬到鹽城來對付我，當然會做個順水人情，以表示他對我沒有不良居心。」

王弘色變道：「我倒沒想過這個問題，如果司馬道子派人來殺你，你如何應付得了呢？」

劉裕神態輕鬆的道：「我正是要引司馬道子派人來給我實習刀箭之術。司馬道子恐怕作夢都沒想過我這麼快便收拾了焦烈武，令他對付我的一切陰謀手段落空。以他的行事作風，肯定不會就此罷休。當你把奏章送到他手上時，他會一方面設法拖延，另一方面則派出刺客殺手來對付我，所以當他肯批准我離開時，他的人該已抵達鹽城，整個計畫便是如此。」

王弘仍是憂心忡忡，道：「劉兄當然是本領高強，不怕與任何人單打獨鬥，可是司馬道子絕不會和你講規矩的。所謂雙拳難敵四手，好漢架不住人多，更何況你在明敵在暗，犯得著這樣拿命去賭嗎？」

劉裕從容道：「自我出道以來，有哪一天不是要拿命去賭的？我的小命正是我唯一的本錢，王兄放心吧！講戰術論戰略，我會玩得比任何人都出色。我是不會讓人幹掉我的，終有一天我們可以並肩再戰，完成安公和玄帥的遺願。」

王弘定睛看了他好一會兒，道：「只要我把整個情況詳告家父，家父會曉得如何幫助劉兄。我只須個把時辰便可以寫好奏章，讓劉兄簽署。但我該何時走呢？」

劉裕道：「王兄立即走，何銳會派船送王兄返建康去。」

孫恩立在岸旁，看著巨浪打上崖石，激得水花四濺。

他的心情沒有人能夠明白，也沒法告訴身旁最親近的人。對這充滿鬥爭和仇恨的人間世，他已感到非常厭倦，而更惡劣的是他必須繼續下去，全面參加這在生死之間永無休止的鬥爭遊戲。

殺謝道韞是逼不得已的手段。

死。

他清楚燕飛和謝家的密切關係，謝玄又有恩於燕飛，只有殺死謝道韞，方可逼燕飛來和他決一生死。

經過一段時間的潛修後，受到仙門的啓發，他的太陽眞火已臻登峰造極的境界，只缺另一半太陰眞水，他將可再次開啓仙門，破空而去。

他願作任何犧牲，以掌握太陰眞水的秘要，而他知道唯一的途徑，就是從燕飛身上勘破此秘。

只有在面對生死的情況下，燕飛才會展露太陰眞水的秘密，所以他和燕飛的決鬥是勢在必行。如有其他選擇，他絕不願傷害謝道韞，雖然在他理性的認知裡，眼前的人間世只是一個集體的夢魘，一切皆空。

可是他始終是個有血有肉的人，一天仍留在這個宇宙之內，一天他仍要像其他所有人般生活、感覺和煩憂。

所以他沒有對謝道韞趕盡殺絕。如斯氣質優雅的女子是他生平僅見的，令他在應付宋悲風的突襲時借勢留手，沒有補上一掌。

重傷她該已足夠了。只有燕飛有辦法令她復元，因此宋悲風會想辦法找到他。而燕飛一定會來找自己算賬，爲謝家報仇。

自己是不是仍有憐香惜玉之心呢？

唉！

爲何在掌握仙門的秘密後，自己反倒心軟了。

對尼惠暉之死他始終不能釋懷。

如果她沒有受傷，能否捱過三珮合一的狂烈爆炸呢？

孫恩仰天長嘯，洩盡心中鬱悶之氣。

這人世間除仙門外，再沒有能令他動心之物。

他全心期待與燕飛的第三次決戰。

他已準備好了，燕飛呢？

高彥來到大興土木的第一樓工地處，龐義坐在大圓桌處休息。

高彥笑道：「有點樣子了，還要多久才完工？」

龐義咕噥道：「過了年再問我這個問題！今次我的選料特別嚴格，否則我如何向千千交代？」

高彥的笑容變得曖昧起來，道：「你又不是燕飛，有甚麼好向千千交代的？嘻！照我看！大個子你……」

龐義截斷他警告道：「勿要胡言亂語，在這裡開工的人全聽我的指揮，是否想我喚人用亂棍來驅逐你？」

高彥哈哈笑道：「你好像不曉得我高彥今天在邊荒集的地位，誰敢不巴結我。哈！算了！不和你這無知之徒計較。閒話休提，今晚你要和我一道乘船到壽陽去。」

龐義皺眉道：「五天後第一個觀光團才從壽陽起碇開錨，這麼早去幹嘛？他奶奶的，你當我像你終日無所事事，遊手好閒，天天開口是小白雁，閉口是小白雁。這裡沒有我是不成的。」

高彥陪笑道：「算我怕了龐大廚你，他娘的，答應了的可不能反悔。」

龐義氣道：「老子一言九鼎，怎會食言？只是不想今晚去。過兩天不成嗎？」

高彥好整以暇的道：「從這裡到壽陽，即使靈動如雙頭船，順流要兩天，何況是我們笨重的觀光船。到了壽陽不用做籌備的工作嗎？至少要和團友打個招呼，讓他們有賓至如歸的親切感覺，大家攀交情，更順便摸摸他們的底子。我們千缺萬缺，只有一種東西絕不欠缺，就是敵人。明白嗎？你當是接人開船那麼簡單嗎？」

龐義搶白道：「攀交情摸底子是你的責任，關老子鳥事？」

高彥欣然道：「說得好！和客人親近是本少爺的責任，但難道採購油鹽醬醋、佳餚美點的用料，也要我出馬嗎？我哪來這麼多時間？選錯材料怨都給你怨死。」

龐義頹然道：「早知便不答應你這小子，總沒有好介紹的。」

高彥道：「大家都是為邊荒集出力，有甚麼好怨的？我們的賭仙陪你去壽陽的市集買東西，一方面可做你的保鏢，更可保證不會買了被下了毒的材料回來。哈！如果吃得全船人集體拉肚子，我們的觀光遊就關門大吉了。」

龐義待要說話，姚猛氣沖沖的來了，隔遠叫道：「高少！大小姐有事找你。」

龐義一呆道：「姚小子你何時做了高彥的跑腿？」

姚猛硬把高彥扯得站起來，沒好氣的道：「那叫老子窮，不沾點高財主的光怎成？」

高彥指著龐義道：「你快滾去浴池洗個乾淨，然後帶幾件較像樣的衣服，清楚嗎？」

這才和姚猛去了。

第二十六章　大勝可期

劉裕親到碼頭送行，看著王弘的船開走，整個人輕鬆起來。

他今次是以身犯險，逼司馬道子向他出招，不過主動權卻完全操控在他手上，不論司馬道子或劉牢之，都被他玩弄於股掌之上。今次能營造出如此對他有利的形勢，是帶有很大的幸運成分。如果不是湊巧碰上方玲行凶，將她生擒活捉，幾可肯定死的是他劉裕而非焦烈武。只是焦烈武一人他便應付不來，何況還有三千個強悍的海盜。

回到太守府後，他召來何銳。

何銳剛被推舉爲東海幫的新幫主，又成功報復殺兄之仇，神采飛揚的進入內堂，先說了一番感激的話，坐下道：「劉爺的大恩大德我和各兄弟永遠不會忘記，更希望以後能追隨劉爺，只要是劉爺吩咐下來的，我們赴湯蹈火，萬死不辭。」

劉裕心忖的卻是「火石效應」，而在沒有可能的情況下大破焦烈武，更使親歷整個過程的何銳和其手下深信他是未來眞主而不疑，遂把握機會向他宣誓效忠。換是另一種情況，權衡利害下，不論何銳如何感激他，也不會像現在般不顧一切向他投誠。

微笑道：「這番話只限於你我兩人之間，不傳第三人之耳。何幫主這麼看得起我，令我非常感動。不過我目前仍未到大舉起事的時候，到將來時機適合，定會借助何兄之力。」

何銳點頭道：「我們對劉爺的心，永遠不會改變。」

劉裕正容道：「我仍要在此逗留一段時間，短則十來日，長則個半月。今次成功斬除焦烈武，完成朝廷派下來的任命，當然是可喜之事，但也令我鋒芒盡露，引起敵人的殺機，如果我留在城內，將成前仆後繼來殺我的人的明顯目標，若不能扭轉形勢，肯定無法活著離開。」

何銳現出堅決的神色，道：「劉爺的事就是我們東海幫的事，鹽城是我們的地頭，哪由得外人來放肆。」

劉裕笑道：「敵暗我明，兼且主動權落在敵人手上，對我們是絕對不利。鹽城是臨海重鎮，商旅往來頻繁，識別敵人並不容易。何況來者不善，必非平庸之輩，我們則是風聲鶴唳，防不勝防，實非上策。」

何銳訝道：「聽劉爺的話，顯然已有應付之策，對嗎？」

劉裕見何銳一臉這竟也可以有應付的辦法的疑惑神色，啞然失笑道：「換一個地方，不就成了嗎？」

何銳聽得一頭霧水，愕然道：「怎麼換一個地方？我眞的不明白。」

劉裕欣然道：「例如我避到一個無人荒島，那便沒有敵我難分的情況，凡拿著刀劍到島上找我的一律是敵人，明白了嗎？」

何銳眉頭大皺道：「劉爺在說笑吧？」

劉裕道：「我是認眞的，今次找你來，正是要向何幫主請教，附近有哪座荒島適合我孤身寄居一段時間，好對想來殺我者盡盡地主之誼。」

何銳大吃一驚道：「這怎麼成，敵人豈非可以肆無忌憚地攻擊你嗎？劉爺雖然刀法蓋世，可是寡不敵眾下，難免吃虧。」

接著堅決的道：「我決定在幫內精選一批好手，與劉爺共抗強敵。」

劉裕道：「東海幫元氣未復，百廢待舉，在這時候絕不宜捲入我的事內。即使今次能安度難關，日後仍難免招來報復。你若想和我做兄弟，就要一字不誤的依我的指示行事，否則後果難料。」

何銳發起呆來。

劉裕不願讓他難堪，和顏悅色的道：「我的計畫萬無一失，更可藉此棲身荒島的機會，修煉刀法箭術。我更不會徒逞勇力，待我摸清楚荒島的形勢，我會作出適當的布置，與敵人玩一個精采的遊戲。」

何銳仍未釋去憂慮，道：「荒島是絕地，假如形勢對劉爺不利，劉爺將很難脫身。」

劉裕笑道：「那就要看這個島有多大，地勢是否險惡，又是否有密林草樹可藏起逃生的小風帆。」

何銳終於勉強同意，苦笑道：「劉爺既然決定好了，我們只好依劉爺的指令配合。」

劉裕雙目閃閃生輝，微笑道：「我是不會隨便拿自己的性命去冒險的，試想想看，敵人一意到鹽城來刺殺我，可是當他們到達太守府大門外，卻發現掛著一個牌子，說明我到了某個島上去靜修，肯定陣腳大亂，以前想好的刺殺計畫盡付東流，是多麼的有趣。」

何銳顯然被他說服了，點頭道：「劉爺確實智計百出，如果要揀這樣的一座荒島，首選該是焦烈武的墳州。最妙是島上還留有大批武器弓矢，幾個窖藏的糧食，兼且地形複雜，除向東的沙石灘外，全島大部分地區被密林覆蓋，又有急流護島，敵方的船隻只能從東北方接近，對劉爺非常有利。」

劉裕一拍額角，嘆道：「爲何我沒想過這個地方，確實沒有更理想的了，就這麼決定。」

何銳道：「劉爺打算何時起程？」

劉裕道：「事不宜遲，我立即動身。」

何銳道：「請容我送劉爺到墳州去。嘿！這個島名不太吉利，劉爺爲它改個新名字如何？只要有劉爺的親筆批押，出個通告便成。」

劉裕皺眉道：「改個甚麼名字好呢？你有甚麼好主意呢？」

何銳欣然道：「就以劉爺的名字命名如何，裕州也很好聽，意頭又好。」

劉裕道：「是否太張揚了，在此等時刻，恐犯朝廷的忌諱。」

何銳笑道：「還有比『劉裕一箭沉隱龍，正是火石天降時』更犯忌嗎？換一種手法又如何？可改由鹽城的父老爲紀念劉爺破賊的大恩德，決意改墳州爲裕州，那便沒有人會說話。」

劉裕道：「好吧！不過待我離開鹽城後才作出公告，我便可以置身事外了。」

接著起身大笑道：「這段寄居孤島的日子是絕不會浪費的，只有當大敵在任何一刻都會來臨的情況下，才可以激勵我練武的鬥志。當我成功活著回來時，該輪到想殺我的人心驚膽跳了。」

大雨斷斷續續的下了五天，到昨天午後才停下來，到黃昏時分，夕陽從散退的薄雲後投下金光，天氣終於轉佳。

拓跋珪、燕飛、長孫道生和崔宏四人立在大河西岸高地，遙觀敵勢。

長孫道生興奮的道：「昨天雨歇後，敵方營寨傳來異動，寨與寨間往來頻繁，更有人不住把船上的東西搬到岸上去，如果沒有猜錯，慕容寶正準備撤軍。」

拓跋珪目光投往暴漲的河水，一雙眼睛不時閃動著懾人的異芒，沉聲道：「這是慕容寶撤走的最佳時機，欺我們在河水平復前難以渡河。哼！我會教你曉得自己錯得多麼厲害。」

目光投往崔宏，道：「崔卿有甚麼看法？」

燕飛正在注視拓跋珪，心忖當他與自己單獨相處的時候，感覺上與自己自小相識的拓跋珪分別不大。可是當有下屬在旁，拓跋珪便像變成另一個人，不怒而威，直有睥睨天下的威嚴氣度，非常懾人。

崔宏恭敬的道：「屬下認爲敵人於昨夜已開始悄悄撤退，除開路的先鋒部隊外，走的該是非戰鬥的兵種，今晚更會全面撤走，只留下壓後的部隊，監視我們的動靜，如果我們強行渡河，壓後的戰鬥部隊會倚岸對我們迎頭痛擊。」

長孫道生搓手道：「今次慕容寶中計了，一心以爲無後顧之憂，肯定沒有防範之心，只顧趕路，俾可早日進入長城東面的安全地帶。只要我們雙管齊下，一面詐作渡河，吸引對方壓後的部隊，另一方面埋伏在對岸的部隊抄背襲之，勝利的果實將等著我們摘取。」

拓跋珪雙目神光更盛，迎上燕飛灼灼的目光，大笑道：「兄弟！我們終於等到這一刻了。」

又喝道：「道生！你去準備一切。」

長孫道生欣然去了。

太陽沒入西山之後，天色逐漸轉黑。

最接近河岸的三座敵寨亮起燈火，其他營地沒有半點光明，更證實了他們的看法。

燕飛道：「我們該於何時渡河？」

拓跋珪從容道：「我想聽崔卿的意見。」

燕飛湧起熟悉的感受，當日屠奉三對劉裕也出現同樣的情況。屠奉三不住試探劉裕的智慧識見，以決定劉裕是否值得他推捧。現今的拓跋珪對崔宏亦是如此。燕飛肯定拓跋珪心中早有定計，仍要徵詢崔宏的意見，正是要秤秤崔宏的斤兩。

崔宏答道：「壓後軍逗留東岸該不會超過一晚的時間，離開前必須把船燒掉，以免落入我們手上。他們愈早燒船，顯示他們愈心切離開。當他們燒船的一刻，主力大軍應已走遠，所以發動的時刻，可選在敵船著火燃燒之時。」

拓跋珪哈哈笑道：「正合我意。慕容垂呵！由今夜開始，天下再不是你的天下，而是我拓跋珪的天下。」

第二十七章　追擊千里

木筏破浪前進，橫渡大河。

八名戰士負責划筏，不論河水如何湍急，木筏仍能穩定地保持直赴北岸之勢，過去的十多天，拓跋族的戰士們不斷在暴漲的河水中操練划筏的技巧，在這時刻終得到回報。

百多條筏子，在洶湧的河面上載浮載沉，載著千多名戰士，完全無視敵人布在對岸嚴陣以待的五千壓後部隊，奮勇推進。戰馬都給留在南岸，減輕了筏子的負擔，也免去馬兒冒此渡河奇險。

驚喊聲響起，又一條筏子傾沉波高浪急的河水裡，墜河的兒郎們只好拚命游返南岸去，失去控制的筏子轉眼給沖往下游。

拓跋珪卻聽而不聞，沒有瞥上一眼，目光凝望對岸沖天而起的濃煙和烈燄，面容冷靜沉著。

燕飛站在他身旁，其他同筏的十多名拓跋族戰士，除駕筏的人之外全蹲坐筏上，人人屏息靜氣，等待登岸的一刻。

崔宏所料無誤，由於慕容寶從陸路離開，直奔長城，所以把船燒了，以免落入他們手上。

拓跋珪忽然哈哈笑道：「這壓後軍的將領肯定是庸才，到此刻仍未察覺危險，還以爲我們正送上去給他們練靶。慕容寶啊！天注定要亡你，看你今次如何逃過大難？」

燕飛聽出他對慕容寶心中的恨意。從小拓跋珪就是個記仇的人，因此他一直在擔心拓跋珪和拓跋儀的關係會因刺殺劉裕不果而趨劣，只恨拓跋珪心中眞正的想法，他亦無從揣摩。

拓跋珪往他瞧來，微笑道：「我竟想起了狼群驅鹿的情況，小飛你認爲我們該在哪裡追上我們的鹿群呢？」

燕飛心中浮起餓狼在草原驅趕鹿群的戰術，牠們成群結隊的緊跟在鹿兒之後，逼得鹿群逃竄百里，到有疲弱落單者，便群起噬之，這是草原慣見的殘暴血腥場面。

燕飛道：「你是絕不會讓慕容寶回到長城內的，對嗎？」

此時離對岸已不到二百丈的距離，很快他們會進入敵人的射程。

拓跋珪欣然道：「小飛眞知我的心意，小寶帶著糧貨輜重，走得不快，卻又要拚命趕路，且茫然不知道我們緊躡在後，到他們疲憊不堪之時將是我們進擊的好時刻。」

燕飛目光投往對岸的敵人，知道拓跋珪已布下天羅地網，不容對方有人走脫，趕去向慕容寶通風報信。

一時心中也不知是何滋味。

戰爭便是如此殘酷，他更深悉拓跋珪的作風，由於亡國的仇恨和恥辱、少年時代的苦難，令他變成對敵人絕不容情的人。他這頭狼並不只是要飽腹，而是要吃掉慕容寶的八萬大軍。

拓跋珪現出一個冷酷的笑容，平靜的道：「時候到了！」

燕飛聞言點燃火摺子，引點拓跋珪遞過來的煙花火箭，接著拓跋珪右手一揮，火箭沖天而起，在十多丈的高空「砰」的一聲爆開成一朵血紅色的火花。

同一時間岸上遠處號角聲四起，蹄聲轟鳴，岸上敵人始知中計，立即亂作一團。

筏上戰士改蹲爲跪，取出強弓勁箭，瞄準逐漸進入射程的敵人。

襄樊，是襄陽城和樊城的合稱，前者屹立漢水南岸，與樊城夾江相望，二而爲一。襄樊北接宛洛，南連荊州，東臨義陽，西屏川陝。因其豐饒的物產資源，優越的地理位置，乃荊州北面最重要的交通樞紐和軍事重鎮、貿易中心和農畜特產的集散地，更爲當地州、郡、道、府、路的治所。

楊佺期當上雍州刺史後，刺史府設於襄陽，旗下兵將亦以襄樊爲基地。

屠奉三把小艇泊在襄樊下游北岸，留意著對岸的情況。透過當地一個與楊佺期有密切關係的幫會領袖，將他約楊佺期密會的書函送予楊佺期。這約見的方法由侯亮生想出來，只此一著，已可收先聲奪人之效，皆因此幫會領袖與楊佺期的關係本身已是個秘密。

對桓玄、楊佺期和殷仲堪三人的關係，屠奉三知之甚詳。

在楊佺期升任雍州刺史前，名義上楊佺期是荊州刺史的手下大將，實際上則聽命於桓玄。楊佺期本出身顯赫，乃東漢名臣楊震的後裔，故其人自恃家世高貴，性格驕慢，可是桓玄比他更目空一切，又因楊佺期晚過江而看不起他，故而楊佺期含恨在心，一直不滿桓玄。

楊佺期當上雍州刺史後，論職位不下於桓玄，兩人間更添矛盾，衝突只是早晚的問題。楊佺期亦有自知之明，曉得單憑雍州兵力，在各方面都比不上桓玄，所以必須拉攏殷仲堪，聯手對抗桓玄。

殷仲堪卻又打著另一個算盤，他既懼怕桓玄，又顧忌楊佺期的勇猛，怕弄垮桓玄後，楊佺期驕橫難制，變成另一個桓玄，所以對楊佺期的提議一直採拖延的策略。

一隊人馬馳出襄陽，沿江疾走。

屠奉三見楊佺期只帶親兵十多人，暗舒一口氣，把小艇划往對岸去。

高彥進入艙房，卓狂生仍在伏案疾書。

高彥來到他背後，皺眉道：「還不上床就寢嗎？有你在我隔壁，發起瘋來忽然狂笑兩聲，我還用睡嗎？」

卓狂生指指旁側開著的鄰房入口，不耐煩的道：「乖乖給我滾去睡覺，不要在我耳邊吵吵嚷嚷，影響我寫書的心情。」

高彥頹然挨著床沿坐下，呆看著通往鄰房的入口，嘆道：「每次我進房，都要先經過你的房間，這究竟是誰想出來的餿主意？當老子我是囚犯嗎？」

卓狂生苦笑搖頭，把筆放在筆格上，道：「好哩！我寫書的興致沒了，你該滿意了吧？」接著緩緩轉過身來，面向高彥，嘆道：「但我卻沒法生你的氣，要怪就怪我自己，因為這是我想出來的，目的是不想讓小白雁守寡，破壞了小白雁之戀的美滿結局。」

高彥捧頭道：「你晚上會扯呼嗎？」

卓狂生沒好氣道：「這應是我該擔心的問題，你當我是像你般的低手嗎？本人的氣功已達超凡入聖之境，一般的練氣之士都不會扯呼，何況是我卓狂生。我是為你著想，敵人怎想到房中有房，要入房來宰你，首先須過我這一關。明白嗎？清楚嗎？是否還要我再說一遍？」

高彥煩惱的道：「誰會處心積慮來殺我呢？」

卓狂生哂道：「你是真不知還是假不知？鐘樓議會對邊荒集內的名人作了個風險評估，由我們這群老江湖票選，以遇刺的風險計，你高少名列三甲之內，排名尤在大小姐之上。」

高彥抬頭好奇地問道：「誰居於風險榜之首？」

卓狂生笑道：「開始有興趣哩！名列首位的當然是我們的劉爺。可以這麼說，在邊荒外的當權者，沒有一個人不想置他於死地，南北如是，沒有地域的區別。」

高彥道：「風險最低的是誰呢？」

卓狂生聳肩道：「這也猜不到嗎？除燕飛外，誰有資格殿後？不是沒有人想殺他，而是沒有人敢來殺他。縱然來的是千軍萬馬，除非能把他逼入絕地，否則如他一意逃走，誰攔得住我們的小飛？」

高彥笑著點頭道：「對！燕飛的確是打不死的，不但在慕容垂的眼皮子下來去自如，視千軍萬馬如無物，又斬掉竺法慶的妖頭，孫恩也奈何他不得。哈！老子我究竟在風險榜上排甚麼名次？」

卓狂生欣然道：「你只屈居劉爺之下。」

高彥嚇了一跳道：「你們怎麼了？想殺大小姐或老屠的怎會比我少呢？」

卓狂生從容道：「評估風險是要看多方面的，誰叫你武功低級，手底不夠硬。老屠是禁得起風浪的人，他不去惹你，已算你走運。哪像你這小子般一向風花雪月，身處險境仍以為自己是安全的，完全沒有危機意識。你不為自己著想，我們只好為你想辦法。」

高彥苦笑道：「聶天還該是個重信譽的人吧？他如派人來殺我，怎麼向江湖交代？燕飛也不會放過他。」

卓狂生淡淡道：「他請桓玄代他出手又如何呢？如此便難怪到老聶身上去。何況桓玄也大有殺你的理由，誰教你是振興邊荒經濟大計的主持人？」

高彥終於屈服，嘆道：「你們怎麼說便怎麼辦吧！老子要去睡覺哩！繼續寫你的天書吧！」沒精打采的站起來往鄰房的入口走去。

卓狂生不解道：「你今晚是怎麼了，一副生無可戀的樣子？」

高彥站在入口處道：「我怕情況會失控。」

卓狂生愕然道：「失控？怎會有這回事，今次的觀光遊是經過精心策畫的，絕不會出亂子。」

高彥緩緩轉身，挨在入口處，頹喪的道：「我不是擔心觀光遊，而是擔心我和小白雁的戀情。現在米已成炊，想重新開始也不成。」

卓狂生諒解的道：「你患得患失的心情我是可以理解的，不過誰都不能控制未來，只能就眼前的情況作出選擇，而當選定了要走的路，便要全力以赴，再看老天爺的心意。」

高彥回頭步入鄰房，再沒有說話。

拓跋珪、燕飛、崔宏、長孫嵩、叔孫普洛、張袞、許謙、長孫道生等馳上高坡，遙望東面的平野。

在星空的覆蓋下，慕容寶的大軍已走得不見影蹤，山野寧靜祥和。

敵人的壓後軍幾近全軍覆沒，五千人只走脫數百人，沿河往南北落荒逃竄。

一萬八千名拓跋族戰士在後方重整隊形，只要拓跋珪一聲令下，可以隨時上路，追擊敵人。

拓跋珪仰天大笑，然後心滿意足的道：「慕容寶！你今回中計了。」

眾將怪叫連聲，以示附和。

燕飛目光投往遠方消融在黑暗裡的地平線，曉得在拓跋珪的心中，這再不是一場戰爭，而是一場殘酷的屠殺，問題只是在何處下手。慕容寶確非拓跋珪的對手，現在已完全陷於劣勢中，而最要慕容寶命的危機，是他茫然不知拓跋珪正全力追殺他。

張袞欣然道：「從這裡到長城的路上，敵人的一舉一動，都在我們探子的嚴密監察下。恐怕慕容寶到我們發動突襲時，方曉得死神來了。」

拓跋珪冷靜下來，淡淡道：「我們該在何處下手？」

叔孫普洛道：「敵在明我在暗，主動權完全握在我們手上，普洛認爲敵人愈接近長城，防守會愈鬆懈，所以我們不必急於襲擊，最好待對方長途趕路，人困馬疲之時下手最爲上算。」

眾人紛紛點頭同意。

拓跋珪向燕飛問計道：「小飛你的看法又如何？」

燕飛答道：「敵人的壓後部隊完成了燒船和阻截我們渡江追擊的任務後，理應派輕騎追上大隊，向慕容寶報告情況。假如慕容寶收不到壓後部隊的消息，會有甚麼反應呢？」

拓跋珪點頭微笑道：「對！小寶會怎麼想呢？各位有甚麼意見？」

眾人露出思索的神色。

長孫道生道：「慕容寶會派人掉頭回來探聽情況。」

許謙點頭道：「這是最理所當然的反應。」

拓跋珪雙目精光閃閃，緩緩道：「如果敵方探子見不到壓後部隊，也見不到我們在後追躡，情況又如何？」

長孫嵩開始明白拓跋珪的戰略，捋鬚笑道：「慕容寶和手下諸將會驚疑不定，部隊且會生出恐慌，走得步步爲營，旅程變得更漫長和辛苦。」

長孫道生忽然問崔宏道：「崔先生看法如何？」

除拓跋珪和燕飛外，人人露出注意神色。長孫道生於此時主動問崔宏的意見，顯示他看重崔宏的智慧。

崔宏謙虛兩句後，從容道：「當敵人發覺壓後部隊失去影蹤，會把警覺提至最高，不過他們的警覺性會隨著接近長城不住消減，他們會放鬆戒備，這還牽涉到士氣和體力的問題，當他們越過長城後，會錯覺脫離了險境，這將是我們出擊的最佳時刻。」

拓跋珪仰天笑道：「好！好！崔卿與我的看法不謀而合，各位還有甚麼意見？」

張袞道：「崔先生的分析很有道理，不過我們必須於敵人抵達平城前，攔途截擊。」

崔宏胸有成竹的道：「如果慕容寶直撲平城，那此仗我們即使能勝出，仍是小勝，未足以扭轉彼強我弱之勢。」

拓跋珪點頭讚許，旋又露出深思的神色。

許謙愕然道：「直赴平城，又或過平城而不入，其中竟有分別嗎？」

其他人全現出與許謙大同小異的疑惑表情。

燕飛看在眼裡，心忖許謙和張袞雖是智士，但卻不像崔宏般文武全才，精通兵法謀略，所以在戰場交鋒方面的思慮，相較之下便遜於崔宏。

崔宏悠然道：「平城現應已重入燕人之手，如果慕容寶越過長城後，先赴平城，讓將士可以好好休息，就表示他沒有鬆懈下來，仍是步步爲營，以全軍安危爲首要之務。在這樣的情況下，我們縱能取勝，折損必重，亦難令比我們強大的敵人全軍覆沒。」

長孫道生第一個附和道：「崔先生的看法極爲精到。」

拓跋珪微笑道：「假設慕容寶過平城而不入，又如何呢？」

叔孫普洛擊掌一下，大笑道：「我明白了，那就表示慕容寶心切趕回中山去爭帝位，所以不願停留片刻，要挾大軍震懾任何反對他坐上帝位的人，更表示他失去了警戒之心，如果我們趁此時機對他們發動攻擊，大勝可期。」

眾人終於明白，紛紛稱善。

拓跋珪含笑不語，到所有人安靜下來，朝燕飛瞧去，微笑化爲一個充滿信心的燦爛笑容，欣然道：「我敢以項上人頭狠賭一把，慕容寶這小子肯定直撲中山，唯恐錯失登上皇座的機會，小飛你認爲我會輸嗎？」

燕飛迎上他灼熱的眼神，語氣卻非常平靜，道：「請族主下令。」

拓跋珪把馬鞭指向前方，大喝道：「我們便和慕容寶來一場豪賭，繞路從北面趕過慕容寶，先一步偷入長城，然後養精蓄銳，等待慕容寶來送上他項上的人頭。」

眾將轟然答應。

第二十八章　荊州之爭

屠奉三瞧著楊佺期進入密林，到肯定他的手下全留在林外，這才從樹頂處躍落地面。

「唰！」

屠奉三打亮手上火摺子，發出訊號，引楊佺期來見。一身黑衣、腰佩長劍的楊佺期出現在五丈開外，不住接近。

這是一個非常危險的約會，雙方互相防範，各有殺死對方的理由。對楊佺期來說，能取得屠奉三的人頭，可獻予桓玄，以舒緩桓玄與他日趨緊張的關係；對屠奉三來說，兩人直到此刻仍是處於敵對狀態，以他一向的作風，對敵人是絕不手下留情的。當然，屠奉三今次是有聯結楊佺期之心，可是在「交心」之前，楊佺期有這種想法，是合乎情理的。

屠奉三攤開兩手，表示沒有敵意。

楊佺期不停步地直抵他身前，臉上木無表情，冷冷看著他。

屠奉三迎上他不友善的目光，淡淡道：「楊兄肯來赴約，屠某人非常感激。」

楊佺期雙目射出銳利的光芒，上下打量他好半晌，忽又啞然笑道：「屠兄風采更勝從前，想來在邊荒的日子定很風光。只是本人有一事不解，屠兄爲何不留在邊荒風流快活，卻偏要來管我的事？」

屠奉三冷哼一聲，道：「我不是要來管楊兄的事，而是要管桓玄的事，且有個非常好的理由，楊兄該知我從來都是恩怨分明的人。」

楊佺期神色轉厲，猛地從袖內取出屠奉三送給他的密函，在屠奉三面前激動的揚著，怒道：「既然如此，那你為何送來這封信？這信內詳列我和殷仲堪過去數月見面的時間地點，你是要用此來威脅我嗎？」

接著把密函夾在兩手中，緩緩搓揉，信函變成紙屑從掌隙間灑往林地去，既表示了心中的憤怒，更顯示出精湛的內功。

屠奉三仍手持燃燒的火摺子，冷冷瞧著他，到密函盡化碎屑，微笑道：「如果楊兄曉得信內的情報來自何方，就會感謝我了，否則到楊兄命喪桓玄之手，仍未知發生了甚麼事。」

楊佺期雙眉蹙聚，臉上顯現懼意，愕然道：「桓玄？」

屠奉三點頭應是。

楊佺期不眨眼的直視他，神色轉為凝重緊張，一字一句地緩緩道：「我怎知這不是屠兄的離間之計？」

屠奉三嘆道：「楊兄是有智慧的人，該明白我到邊荒集後的情況。邊荒集兩度失陷，我忙於逃命反攻，哪來閒情去理會荊州的事？何況今非昔比，我在荊州的親族手下，不是被殺便是流亡，只有桓玄擁有的勢力，才可一絲不漏地掌握楊兄和殷仲堪多次秘密會晤的詳情，對嗎？」

楊佺期沉吟片刻，神色緩和下來，皺眉道：「如此說桓玄身邊仍有屠兄的人，且此人的地位肯定不低，該為桓玄的心腹之一，屠兄可否稍作透露，供我參考？」

屠奉三心忖任你如何猜想，也絕想不到是侯亮生這個與自己一向沒有任何關係的人。沉聲道：「此人的身分我必須保密，請楊兄見諒，且此人關係重大，除殷仲堪外，楊兄絕不可讓第四個人知道。天才曉得楊兄的心腹手下中，有沒有桓玄的人。」

楊佺期不滿道：「你既然不信任我，爲何卻要來找我呢？這是否表示屠兄欠缺誠意？」

屠奉三好整以暇的道：「楊兄似乎仍不明白自己的處境，即使沒有司馬道子的分化離間之策，桓玄亦不會容許荊州除他之外還另存其他勢力。楊兄接受了雍州刺史之位，又支持殷仲堪恢復荊州刺史原職，早犯了桓玄的大忌，根本不用我來離間。桓玄要除去你們兩人之心，已是路人皆知的事。多我這個忠實的盟友，對楊兄該是有利無害。楊兄還要我費唇舌之力嗎？」

楊佺期沉默下來，思索片刻，道：「屠兄可以在哪方面助我呢？」

屠奉三知他終於心動，微笑道：「你可以得到邊荒集沒有保留的支持。」

楊佺期愕然往他瞧來，好一會兒後忽然問道：「屠兄現在和劉裕是怎樣的關係？」

屠奉三心中暗嘆。他一直避免提及劉裕，是不希望橫生枝節，而把整個結盟鎖定爲對付桓玄的行動。只是劉裕現在聲名太盛，其「一箭沉隱龍」更觸及南方高門與寒士根深柢固的矛盾。像楊佺期、殷仲堪這些高門名士，雖有改革之心，亦如王恭般擁護謝安「鎮之以靜」的治國策略，可是卻很難認同謝玄從布衣中挑選繼承人的選擇。

而提到邊荒集，便很難避開劉裕的問題，因爲外人並不明白邊荒集的眞正情況，會理所當然視劉裕爲邊荒集的最高領袖，而事實當然是另一回事。

屠奉三淡淡道：「劉裕已回歸北府兵，暫時與邊荒集再沒有關係。」

楊佺期現出半信半疑的神色，半晌後皺眉道：「我不是懷疑屠兄對邊荒集的影響力，可是邊荒集有一半是胡人，先不說他們是否有興趣插手南方的事，即使他們肯管南方的事，但讓胡人南來，恐非好事。」

屠奉三心中再嘆一口氣，暗忖南方高門對胡人的恐懼已達到非理性的地步。以他一向的作風，此刻便該拂袖而去，只是爲大局著想，不得不按捺著性子解說。語重心長的道：「荒人肯對付桓玄和聶天還，不只是爲了仇恨，而是爲了求存。眼前當務之急，是不應計較漢胡之別，而是看如何應付桓玄和聶天還的威脅。一旦讓桓玄稱霸荊州，不但楊兄和殷仲堪死無葬身之所，邊荒集也會再度遭劫。這是一個共存亡的問題，其他考慮都該撇在一旁。」

楊佺期苦笑道：「不瞞屠兄，我也曾有過借助邊荒集的念頭，否則今晚不會來見屠兄，此事只要傳出少許風聲，桓玄肯定不會罷休。」

屠奉三欣然道：「如此我們或可以談得攏，楊兄有甚麼顧慮，請坦白說出來。」

楊佺期道：「不是我的顧慮，而是殷仲堪的顧慮。我曾向他提出聯結邊荒集以抗桓玄和聶天還，但殷仲堪卻指出邊荒集與崛起於北塞的拓跋珪有密切關係，名震天下的燕飛不但是拓跋族人，且是拓跋珪的兄弟。如讓邊荒集的勢力擴展到南方，將來會是我們漢人的一場災難。」

屠奉三不悅道：「楊兄對他說的話有甚麼意見呢？」

楊佺期嘆道：「我並不同意他的話，首先是拓跋珪仍是羽毛未豐，在一段長時間內難以對南方構成威脅。其次是邊荒集胡漢雜處，一切由鐘樓議會攬權主事，其淪爲拓跋珪工具的可能性微乎其微。只是殷仲堪卻堅持此見，令我不得不打消這個念頭。」

屠奉三反平靜下來，道：「老殷是害怕了，所以找藉口推託。哼！他是否要死到臨頭才後悔呢？」

楊佺期道：「屠兄今次來見我，令我更清楚處境。我會在短期內再去見殷仲堪，向他攤牌。」

屠奉三心中湧起失敗的感覺，如果沒有殷仲堪的合作，單憑楊佺期之力，實沒法成事。

楊佺期又道：「我們須定下聯絡之法，不論與殷仲堪商議的結果如何，我也會盡快通知屠兄。」

屠奉三點頭表示同意，道：「我有一個忠告，就是當桓玄忽然撤出江陵，那他發動的時刻也爲期不遠了。」

劉裕坐在孤島主峰的高崖處，除西面海平遠處隱見陸岸，其他三面全是一望無際的大海。剛被命名爲裕州的這個荒島面積頗大，有近三個邊荒集的大小，形如向東伸展兩臂的螃蟹，周圍是急流礁石，船隻難近，只有向東的一面，由於兩邊有陸地，形成防波堤的作用，所以水流較爲平靜。可是因海底有暗礁，如不熟悉水流航道，動輒有舟覆人亡之險。

東灘是島上唯一可供泊船的地方，數百房舍，便設於東灘旁的密林裡，不過已被王弘一把火燒得變成頹垣敗瓦，還焚燬數以千計的樹木。幸好尚有幾間建於島上隱蔽處的房舍倖免於難，過去幾天劉裕寄身於其中之一，以躲避忽然而來的風雨和潮濕的晨霧。

劉裕夜以繼日的練刀、練箭，過著與世隔絕的生活，盡量不去想島外的事情，心無旁騖的沉醉在武道的探索中，累了便打坐休息，頗有苦行者的感覺。

今夜不知如何，他再不能保持對練武的專注，思潮不住起伏，遂走到這全島的最高點來吹吹海風。

他隱隱感到這是練習先天氣功的一個必然的歷程，功力不會是直線向上，而是波浪式起起伏伏的朝上漸進。

而此刻他正處於其中一個低潮。

他的敵人就是自己，包括他內心裡隱藏著不為人知的痛苦。

一棵樹孤零零地長在崖邊，被海風颳得不住彎下去，葉子已所餘無幾，可是仍不肯屈服斷折。

劉裕頗有點觸景傷情，自己的情況便像這棵小樹，完全暴露在大自然的暴力下，掙扎求存。

忽然間他想到任青媞，兩人分手前，她向他解釋在建康要對他下毒手的原因，竟然是因愛上了他。

人死了便一了百了。只有殺死他，這段感情方可告終，而她也再沒有任何心理障礙，可以不顧一切的放手去報任遙被殺的大恨。那亦代表她對逝去的大魏皇朝的心意。

可是她沒有成功，更因此為他保存貞潔。

當時他並沒有放在心上，因為他根本不相信她說的任何話。但事後回想，心中總有一種難以描述的感覺。

她真的鍾情於自己嗎？

自己是不是瘋了？竟會相信這妖女的謊言？

縱然她真的愛上自己又如何？自己絕不可以讓一個妖女弄得暈頭轉向。對他來說，她只可以作為一著棋子，以之對付聶天還。聶天還既憑胡叫天扳倒江海流，他便以任青媞來算倒他，完成對江文清的承諾。

不過難以否認的是，任青媞的姿色風情，確實對他有無比的誘惑力。如果再給她一回像在廣陵的機會，他是不是仍能把持得住，連他自己也沒有信心。一般男兒，到了他的年紀，大多已成家立室，可是他現在怎敢有家室之累，致害人害己。唉！不過若淡眞仍在他身邊，他定會毫不猶豫地，要她爲自己生幾個白白胖胖的強壯娃兒。

想到這裡，立即心如刀割。

王淡眞聞父親噩耗隨即服毒自盡，不但是哀父親之死，更是對他作出交代，以死明志，這一點他比誰都明白。

日復一日，他對桓玄的仇恨愈趨濃烈，亦愈埋愈深。若不是他強索淡眞，淡眞雖然失去家族，但仍有他劉裕去照料她、疼惜她。

手刃桓玄，是他心頭最強烈的願望。

桓玄外，他最痛恨的是劉牢之，終有一天他會教劉牢之後悔。

就在此刻，他覺得一陣痙攣，全身哆嗦起來。

連他自己都沒察覺，事實上他正處於修習上乘先天氣功的危險關頭，如果他受心魔支配，動輒會走火入魔，不但前功盡廢，且輕則武功盡散，重則有性命之虞。可是他如能度此突破前的難關，功力可更上一層樓。

沒有了淡眞，縱使得了天下又如何？

爲何自己沒有強行把她擄走？

一時間，自責、悔恨之念向他襲來，更感到無比的孤獨、傷心和絕望。做人究竟有甚麼意思？

片刻後，他發覺自己癱倒崖上，渾身無力，內心卻似有團烈火在狂燒著，全身經脈都像被針扎入般刺痛，非常難受。

迷迷糊糊間，他耳邊似響起燕飛的忠告：人是不能永遠活在追憶和痛苦裡的，成爲過去的再不可以挽回，我們只能往前看。

這個想法令他好過了點。

自己必須找到活下去的好理由，只爲報仇而活著是消極還是積極呢？於此關鍵的時刻，他心中浮現江文清的如花玉容。

論姿色，江文清絕不在王淡眞和任青媞之下，且曾和自己出生入死，情深義重，爲何自己對她總難生出不顧一切的激情？

劉裕猛地坐起來，驚覺自己全身冷汗，鼻頭癢癢怪不舒服的，伸手一抹，竟是怵目驚心的鮮血。在新月映照下，一艘小艇映入眼簾。

劉裕明白過來，心叫好險，這才知道差點走火入魔，幸好靈台尙有一點不滅的神志，更因想起江文清，令他痛苦消滅，回復過來。

劉裕跳了起來，舒展手腳，功聚雙目，觀察來艇，同時心中大訝。

小艇從東面朝島灣駛來，雖因距離仍遠，看不清楚艇上狀況，可是這麼一艘小艇，能載多少人呢？

難道來的又是那陳公公？

想想也覺合理，只有陳公公才如此藝高人膽大，敢孤身來挑戰他劉裕。

不過他倒希望敵人大舉前來，因爲過去幾天他全力備戰，心中的目標是大批的敵人，若來的是陳公公，反令他這些時日的準備布置派不上用場。

心中再浮現江文清的玉容，又掠過一陣火熱的情緒。

只要自己和江文清是眞誠的相戀，有情的結合，他劉裕又有始有終，對她負起責任，有甚麼事是不可以幹的。

沒有人比她更明白自己的處境，憑她的堅強，亦可以忍受任何打擊。縱然自己不幸戰死沙場，他劉家的香火仍可以由她爲自己生下的兒子延續下去。只要事情保密，屠奉三也沒話可說。

不由又暗恨自己。他是否想找王淡眞的代替品呢？

想到這裡，心中矛盾至極，胸口火燒般疼痛。

劉裕大吃一驚，連忙收攏心神。

一陣海風颳來，吹得他衣衫飄揚，精神一振。

小艇剛進入海灣，此時已可清楚看到只有一人在艇上，小艇隨著海浪東搖西蕩，險象環生。

接著小艇不自然地冒出海面，然後往旁傾覆。

劉裕曉得對方是撞上海裡的暗礁，一拍背上厚背刀，展開獨門提縱術，穿林越嶺的往東灘趕下去。

第二十九章　柔然公主

劉裕垂下裂石弓，愕然瞧著從海水裡走出來的女子，赫然是久違了的柔然女戰士朔千黛。她一身黑色水靠，背掛長劍，浸濕了的秀髮垂在兩肩處，隨著往他所處的沙石灘走來，逐分地向他展露美好的身段，在月夜裡分外有種神秘的誘惑力。

他怎麼猜也猜不到，獨駕孤舟勇闖急流險礁的人竟然是她。

朔千黛顯然花了不少氣力方抵此處，嬌喘著來到他身前，雙腳仍浸在齊膝的海水裡，潮水一陣一陣的湧上沙石灘，天地彷似只剩下他們這雙男女。

朔千黛喘息著道：「甚麼地方不好躲，偏要躲到這鬼地方來？我用重金買到登島的正確航線，仍是避不了要翻船，明天還不知如何離開，你要給我想辦法。」

劉裕收起大弓長箭，一頭霧水的道：「姑娘似乎有急事找我，對嗎？」

朔千黛拖著疲乏的身體，到他身旁的大石坐下，目不轉睛的打量他，卻沒有答他。

劉裕別轉虎軀，面向著她道：「姑娘不是一向對我不太友善嗎？爲何卻要冒險到這裡來見我？」

朔千黛靜看他好一會兒，忽然掩嘴笑道：「我自小便是這種個性，不懂得討好人。事實上自弄清楚你不是花妖後，我心中從沒有討厭過你。好吧！算我看走眼了，差點錯過了你這可託付終身的好夫婿。」

劉裕失聲道：「好夫婿？姑娘在說笑嗎？」

朔千黛顯然心情極佳，欣然道：「你可以當我在開玩笑，但至少有一半是我心底裡的眞話。唉！我當然不會嫁你，因爲要做我的夫婿，不但要隨我的姓氏，還須和我返回北塞，我知你是絕不肯這般做的。南方需要你劉裕，便如柔然族需要我朔千黛。所以我們的婚事是絕談不攏的，你不用怕我會煩你。」

劉裕聽得糊裡糊塗的，一知半解的試探道：「既然如此，你爲何仍有興致來找我呢？」

朔千黛輕描淡寫的道：「做不成夫妻，也可以做終生的夥伴嘛！」

劉裕錯愕地盯了她半晌，不解道：「大家有共同的目標，方可以做好夥伴。姑娘打算長留南方嗎？」

朔千黛生氣道：「我不是說過必須返回北塞嗎？你竟這麼快忘記了，是否不把我說的話放在心上？」

劉裕苦笑道：「我不是善忘，只是奇怪，所以向你請教。」

朔千黛轉嗔爲喜，道：「好吧！讓我告訴你我心中的構想。咦！你不奇怪我的漢語可以說得這麼好嗎？」

劉裕一呆道：「這有甚麼好奇怪的呢？在邊荒集能說好漢語的外族人，俯拾皆是，精通四書五經的胡人，在北方亦大不乏人吧！像苻堅便是飽讀詩書之士。」

朔千黛沒好氣道：「可是我是柔然族人嘛！一直在北塞的大草原生活，從沒有進入中原。」

事實上劉裕對柔然族雖曾聞其名，可是卻毫不了解，對此族活動的範圍、實力、風俗各方面一概不知，唯一知道的，是慕容垂之所以扶持拓跋珪，除了須拓跋族人做「馬奴」外，還要他們守護北疆，阻止柔然族的勢力伸展到長城內，令慕容垂可在沒有北顧之憂下，從容統一中原。

劉裕順著她的語氣道：「對哩！姑娘怎會說得一口這麼漂亮出色的漢語？」

朔千黛白了他一眼，眼睛似在說「算你了」，這才傲然道：「此事亦要由苻堅說起，他的崛興，除了得漢人王猛之助，更因他本身精通漢文化，令我爹丘豆伐可汗對你們的文化生出好奇心，遂請來漢儒教導王族子弟學漢語、認漢字。不過沒有人學得比我更出色。」

劉裕笑道：「姑娘天資過人，學起東西來當然比別人好。」

朔千黛不悅道：「我不用你來拍我的馬屁。有本領的人是不用拍別人馬屁的。」

劉裕想不到稱讚她兩句竟會碰了一鼻子灰，雖有點沒趣，卻又大感她的「野性難馴」也是一種吸引力。在荒島中獨處了數天，怎都有點寂寞，有她來解悶，總勝過胡思亂想，以致練功練出岔子來。

劉裕笑道：「好吧！姑娘其蠢如豬，全賴比別人用功，這才有些許成就，這樣說是否表示我是有本領的呢？」

朔千黛忍俊不住的「噗哧」嬌笑起來，然後嗔道：「我是要和你談正事，莊重點好嗎？」

劉裕攤手道：「我一直在恭聽著。」

心忖她既然是柔然族之王丘豆伐可汗的女兒，到中土來便肯定不是追殺花妖那般簡單，而該是負有特別的使命。可一時間仍想不到自己和遠在北陲的一個強大部落有何利害關係。

朔千黛道：「你對拓跋鮮卑該比對我們熟悉，對嗎？」

劉裕點頭道：「這確是事實。」

朔千黛望往夜空，道：「我開始覺得這個島也不錯，令人有點不願想外面世界的事。」

劉裕道：「姑娘肩上的擔子肯定不輕，故而生出這樣的想法。」

朔千黛訝異的盯他一眼，道：「你有很強的觀察力。」

劉裕笑道：「姑娘不曉得我是探子出身的嗎？」

朔千黛嬌笑道：「你這個探子專探別人內心的秘密嗎？」

劉裕道：「我倒希望有此本領。我明白姑娘的感受，是因爲我有同感。」

朔千黛道：「好哩！不要扯遠了。」

劉裕心忖是你岔開話題，反倒過來怪我，這話當然沒有說出口，否則便顯得自己沒有風度了。

朔千黛道：「拓跋鮮卑自大晉開始，便在陰山以北一帶活動，我們生活的地方，則在他們的西北方。現在拓跋鮮卑往南遷徙，定都盛樂，霸佔了陰山以南的河套之地，勢力不住膨脹，不過他們並沒有放棄陰山以北的根據地，反蠢蠢欲動，不時侵犯我們的領地，逼得我們往北遷移。」

劉裕愕然道：「這麼說，拓跋鮮卑是你們的敵人。」

朔千黛俏臉一沉，狠狠道：「不但是我們的敵人，且是勢不兩立的死敵。」

劉裕恍然道：「因爲他們擋著貴族南下之路。」

朔千黛的臉孔漲紅起來，怒道：「不要胡言亂語，我們對中土根本沒有野心，大草原才是屬於我們的，我和族人從不欣賞建城務農的呆板生活方式。」

接著望往夜空，道：「世上沒有比草原和沙漠更動人的地方，隨著季節和水草我們不住遷移，環境不住變化，生活更是多采多姿。如果你肯到我的地方來，擔保你會迷上我們的生活。」

劉裕想到的卻是如果在星空覆蓋的草原上一個帳幕裡，與此女共赴巫山，肯定動人至極。旋又暗吃一驚，奇怪自己竟會忽然生出慾念，難道是修煉先天眞氣的一個現象？不由暗自後悔沒有問清楚燕飛，修習先天眞氣是否要戒絕女色。想到這裡，也覺好笑。

朔千黛狐疑地瞥他一眼，道：「你在想甚麼？爲甚麼不說話，是不是不相信我說的話？」

劉裕的確對她的話半信半疑，如果草原沙漠眞是那麼迷人，匈奴、鮮卑、羌、氐、羯等族，便不用爭先恐後的擁入中原來打個你死我活、此興彼替。

劉裕道：「然則姑娘又因何到中土來呢？」

朔千黛定神看著他，好半晌後道：「因爲我們不想被滅族。」

劉裕皺眉道：「這和到中原來遊歷闖蕩有甚麼關係？」

朔千黛道：「我們最大的敵人，一向是鮮卑族，現在鮮卑族裡最有勢力的兩個人，分別是慕容垂和拓跋珪。而我們對拓跋珪的恐懼，更甚於慕容垂。你知道是甚麼原因嗎？不要懶惰，快動腦筋，我在考量你的智慧。」

劉裕不知該生氣還是好笑。自他成爲謝玄的繼承人後，即使是敵人對他說話也要客客氣氣的，只有眼前性格爽快率直的柔然族女高手，高興便呼喝叱責，可是他卻感到樂在其中，不用旁敲側擊、轉彎抹角的說話。此女雖然爽直，但絕不是愚蠢的人，否則她的可汗老爹也不放心她到中原來。

不由用心細想，以設身處地的方式，站在柔然族的立場，去思量慕容垂和拓跋珪的分別。他雖然不了解柔然人，卻對慕容垂和拓跋珪知之甚詳，所以不是沒有根據。

朔千黛催促道：「快些兒！」

劉裕一向沒怎麼把她放在心上，今夜才開始認識她，也發現如論美貌，她實及不上王淡眞、任青媞和江文清那樣的美女，可是她卻另有一種剛健裡帶嫵媚的動人美態，充滿異族美女的開朗風情，另有迷人之處。

忍不住調侃她道：「你不是說過陪我一夜嗎？爲甚麼這般的沒有耐性？」

朔千黛白他一眼，鼓著腮幫子道：「你可知在我們柔然族裡，如有男人敢說出要我陪他一夜，我會賞他兩記耳光嗎？這種話是不可以亂說的，男人只可以牽著女人的手唱情歌，女人心動了便乖乖的隨男人走，明白嗎？」

旋又噗哧笑道：「你會唱情歌嗎？」

劉裕給她似嗔怪似鼓勵、難辨其心意的話惹得怦然心動，柔然族女子的大膽作風，像塞外的大草原般一切本乎天然，不含絲毫矯揉造作，別有一番誘人的滋味。

在這麼一座海上孤島裡，如此溫柔的月夜下，那感覺就像在暗室裡面對誘人美女，自己又一向不是坐懷不亂的君子，的確很容易出亂子。

唯一令劉裕不得不把慾念壓下去的理由，是剛才差點走火入魔的經歷。不敢打蛇隨棍上的在言語上挑逗她，岔開道：「我想到哩！」

朔千黛瞪大眼睛看他有甚麼話說。

劉裕道：「以實力論，慕容垂當然比拓跋珪強大，可是即使他能統一北方，在一段長時期內只會把注意力集中在中土上，對北塞只採守勢，亦無暇去理會大草原的事。」

朔千黛點頭道：「你只說對了一半，更重要是我們根本不怕慕容垂，在進入中原後，慕容鮮卑族已從逐水草而居的游牧民族變爲農耕民族，再不適應塞外的情況。而拓跋族卻仍是游牧民族，生活方式與我們大致上沒有分別，拓跋族不論爭霸中土成敗如何，都直接威脅到我族的存亡。得志的話，他們依然不會放棄往草原大漠擴展；失意的話，更會避往北方來，與我們直接交鋒。」

劉裕點頭道：「你的看法很有道理。」

朔千黛神色沉重起來，道：「更令我們憂心的是拓跋珪這個人，我們一直在留意他。從他以馬賊的方式，縱橫北方，而苻堅卻沒法奈何他，到他借慕容垂的力量，於高柳大破窟咄，接著打敗佔領馬邑的獨孤部劉庫仁之子劉顯和劉衛辰兩個部落，佔領了黃河河套的產糧地區。站穩陣腳後，再敗陰山北麓的賀蘭部和河套以西的匈奴鐵弗部，同時又兼併庫莫奚、高車、紇突鄰等部落，不但土地大增，且俘獲大批人口和數以百萬計的牲畜，國力驟增，稱雄朔方，在大草原上已沒有人敢挑戰他。」

劉裕聽得目瞪口呆。

他不是不曉得拓跋珪的厲害，只是從沒有設法去掌握他的情況。回想當年在邊荒集與他在惡劣的形勢下掙扎求存，實在很難想像他可以變成這樣一個被其他塞外民族深切恐懼的人。此時聽朔千黛以帶著懼意的語調清楚描述，那感覺確實難以言表。比對下自己現在被逼困守孤島，還今天不知明天的事，實有天壤之別。

朔千黛續道：「拓跋珪肯定是拓跋族數百年來最出色的領袖，其野心和手段尤過於什翼犍，兼之心狠手辣，在北塞是無人不懼。幸好他現在的敵人有慕容垂，令他無暇理會其他事。不過終有一天他會把矛頭指向我們，因爲我們是在大草原上唯一有資格挑戰他的人。所以我們必須未雨綢繆，做好準備。」

劉裕開始明白柔然族的情況，不解道：「那你們何不趁拓跋珪現在陷於與大燕的戰爭泥淖之時，抽他的後腿呢？」

說出這番話後，劉裕生出歉疚的不安感覺，說到底在目前的情況下，他是不該鼓勵朔千黛干擾拓跋珪的，因爲他的好朋友燕飛，正和拓跋珪並肩作戰，爲救回紀千千主婢努力。

忽然間，他首次感到與拓跋珪無可避免的敵對關係。當日他雖知道拓跋珪有殺他之意，不過並沒有放在心上。

朔千黛嘆道：「我們的準備仍未足夠，拓跋珪的崛起太快太迅速，令我們措手不及，如果現在我們挑戰他，只會惹來無情的反擊。」

劉裕暗鬆一口氣，道：「姑娘今次到中原來，是做準備的其中原因嗎？」

朔千黛欣然道：「你眞的很聰明。我今次到中原來，是要開闊眼光，弄清楚中土的情況，追捕花妖只是順帶的事。唔！坦白點告訴你吧！我是私自離開的，並沒有得到爹的首肯。」

劉裕愕然道：「你竟是離家出走？」

朔千黛的俏臉紅起來，怨道：「誰叫爹要爲我擇婿，我卻沒個看上眼的。我是獨生女，又沒有兄長。成爲我的夫婿，等於成爲我爹的繼承人，不找個英雄了得的人物，如何可以領導族人度過難關？」

劉裕正心忖你不是看上我吧？朔千黛道：「原本我也不覺得你有甚麼獨特之處，可是事情的發展卻大大出乎我意料之外，你領導荒人反攻邊荒集之戰，確有驚天地、泣鬼神的戰功，教人刮目相看。你們奪回邊荒集的一刻，我到了建康去。到我趕回邊荒集，你又回廣陵去了。我只好一直尋到這裡來。嘻！焦烈武都被你宰掉了，數百人打敗了數千海盜，我想不看好你也不成。」

劉裕記起她先前說的話，不解道：「你看好我又如何，你也清楚我不會隨你回家，爲何又千山萬水的來找我？」

朔千黛聳肩道：「不做夫婿也可以做情郎，對嗎？」

聽她輕描淡寫的說甚麼夫婿、情郎，劉裕失聲道：「你在開玩笑嗎？」

朔千黛理所當然的道：「我們若全無關係，你怎肯幫我呢？」

劉裕苦笑道：「坦白說，我現在自身難保，比你更需要別人的幫助。」

朔千黛凝望著他，一雙大眼睛閃亮起來，一字一句的緩緩道：「可是當有朝一日，你成爲南方之主，一切將改變過來。只擁有南方能滿足你?你不想統一天下嗎?那時我們便有合作的機會了。」

劉裕心中反覆唸著南方之主四個字，暗忖自己離此目標仍有一段漫長艱苦的道路，每踏出一步都要費盡九牛二虎之力時，香風拂鼻而來。

劉裕尚未弄清楚是怎麼一回事，這位柔然族的美女已坐入他懷裡，兩手纏上他頸項，香唇湊至。

第三十章　情侶之盟

盧循進入內廳，徐道覆一臉凝重的在等待他。

兩人在一角坐下。

盧循眉頭大皺道：「這麼晚了，有甚麼事不可以留到明天說的？」

徐道覆苦笑道：「若不是十萬火急的事，怎敢驚擾師兄的修持？」

盧循諒解的點頭，道：「我並不是責怪你，事實上你的責任比我重多了，這些日子裡我忘情於修行，把其他事都拋開，說起來該是我不好意思才對。」

徐道覆定睛打量他片刻，驚異的道：「師兄顯然在道功上又有突破和精進，確是難得，不枉天師指定你爲他道粹的繼承人。」

盧循點頭道：「自得天師傳法後，過去幾個月我的功夫確有一日千里之勢。好哩！究竟發生了甚麼事，是不是謝琰和劉牢之送死來了？」

徐道覆冷哼道：「若是他們，我有十足把握應付，何用來煩大師兄？今次我是爲劉裕的事來的。」

盧循聽到劉裕之名，立即雙目殺機大盛，道：「這小子仍未死嗎？」

徐道覆嘆道：「不但沒有死，還殺了焦烈武，把他的大海盟打得七零八落，也壞了我們北上的原定計畫。」

盧循失聲道：「甚麼？」

徐道覆把劉裕擊殺焦烈武的情況說出來，狠狠道：「焦烈武一向暗中爲我們出力，是我們布在大河出海口最重要的棋子，竟給劉裕一手摧毀，令我們陣腳大亂。此事後果非常嚴重，會令愚民更相信他是未來的眞命天子，如果我們不能在他成氣候前將他殺死，夜長夢多，將來的發展誰都難以逆料。」

盧循同意道：「我們定不能讓他繼續風光下去。」

徐道覆道：「天師返翁州前曾說過，如果形勢的發展須他出手，他會親自去收拾劉裕。所以我想請天師出手對付劉裕。」

盧循道：「道覆送出了飛鴿傳書嗎？」

徐道覆嘆道：「我在昨天傍晚已傳書翁州，向天師上稟此事，到剛才接得天師的回書。」

盧循一呆道：「天師如何回覆呢？」

徐道覆無奈的道：「天師說他正潛修無上功法，如能成功，其黃天大法將抵天人合一的至境，由於正値緊要關頭，故不宜遠行，要我來和師兄商量。」

盧循欣然道：「原來如此，難怪你剛才特別留意我修行的情況。」

徐道覆道：「師兄有把握殺死劉裕嗎？」

盧循微笑道：「有事弟子服其勞，這是天經地義的。照我看，天師是借劉裕來考驗我。不是我自誇，任劉裕如何精進，今回他是死定了。」

「噢！你幹甚麼？」

尚差寸許，朔千黛才完成獻上香吻的行動，卻被對方一手輕捏著下巴，難作這寸進。

在軟玉溫香抱滿懷的銷魂感受裡，劉裕仍保持冰雪般的清明，目光移離瞪著大眼睛、現出一臉不解的柔然美女，同時把她的俏臉移轉向著海灣入口的方向，道：「你看！」

朔千黛再瞪他一眼，循他目光往月夜下波高浪急的水面瞧去，見到一艘三桅大帆，正迎風破浪的迅速接近。

她先是秀眉蹙聚，然後不服氣的嬌嗔道：「你這人真不懂溫柔，敵船仍在十多里外，仍夠時間親個嘴嘛！真是大殺風景。啊！」

劉裕整個人抱著她彈起，先把她高高舉起，再輕放地上，待她雙腳觸地，笑道：「我怕親嘴親得忘了時間。時間是瞬息必爭，快隨我來，很快你便會明白事有輕重緩急之分，想親嘴來日方長呢！」

離開她火辣辣的嬌軀，領頭朝西面的密林掠去。

朔千黛好奇的追在他身後，隨他離開沙石灘，穿林過野，涉溪登山來到海灣東南端的丘峰處。從這裡可俯瞰整個海灣。

海風陣陣吹來，敵船來勢極速，只餘兩里許便進入海灣。

朔千黛看著一堆連葉砍斷下來的枝幹，訝道：「覆蓋在下面的是甚麼東西呢？」

劉裕輕鬆笑道：「當然是有用的好幫手，你把遮掩物拿走，千萬不要移動下面的寶貝，否則便要前功盡棄。」

朔千黛尚要追問，劉裕已溜到向東的山坡去。只好依他之言，把枝葉拿掉，不一會兒露出玄虛，赫然是一台投石機。

劉裕此時回來，捧著一個大酒罈，罈口塞了火引，安放到投石機本應放置石頭的地方去，笑道：「明白了嗎？這是我精製的火油彈。敵船敢黑夜來搶灘，而海灣的安全航線只有一條，肯定有焦烈武的餘黨在船上指揮，才可以避開水底的暗礁。經我反覆試驗後，調整好了投石機投擲的角度，保證能一擊成功，命中敵船。」

朔千黛瞪著投石機，道：「你一個人怎能把投石機搬到這裡來？」

劉裕凝望不住接近的三桅大船，道：「島上的投石機已被焚燬，這是唯一倖存下來的一台。怎麼搬上來嗎？當然是像築長城般艱苦，但卻是很值得的，待會你見到敵人的慘況，會曉得所有工夫都不是白費的。」

說罷從懷裡掏出火摺子。

朔千黛望向敵船，船上沒有半點燈火，隱透著某種邪惡的意味。道：「如果來的是你的朋友，這個錯誤你怎消受得起？」

劉裕胸有成竹的道：「若來的是與我有關係的人，自會打燈號先一步知會我，你看這艘船一副鬼鬼祟祟的樣子，像是我的朋友嗎？」

話猶未已，來船燈火亮起，一盞接一盞的風燈先後燃著，立即大放光明。在燈火照耀下，離他們不到半里的大船指揮台和甲板上站滿了人，粗略計算也超過百人。

朔千黛「啊」的一聲驚呼，朝劉裕看去，後者的臉色變得非常難看。訝道：「這算是燈號嗎？」

劉裕沉聲道：「這是掛上皇旗的正規建康水師戰艦。」

朔千黛舒一口氣欣然道：「那便可肯定是來殺你的敵人，不用有絲毫猶疑，準備動手，讓我親睹你重演『一箭沉隱龍』的威風。」

劉裕頹然道：「我不可以攻擊此船。」

朔千黛不解道：「爲甚麼？」

劉裕嘆道：「如果我投出這個火油彈，我會變成叛國的亂臣賊子，從此南方再沒有我容身之地。唉！司馬道子這招眞是又毒又絕。」

朔千黛失聲道：「你不是說笑吧？明知他們要來殺你，你竟眼睜睜地任由他們登岸嗎？對方有近二百人，你加上我也只是白賠。不要傻了！快動手，時機一現即逝。」

三桅大船已進入海灣，果如劉裕所料，偏往他們的一方駛至，船速顯著放緩，還把前後兩帆降下，一副小心翼翼的模樣。

劉裕看著敵船駛往投石機瞄準的位置，卻沒有任何動作，且把放在投石機的自製火油彈取回手上。搖頭道：「你很難明白我現在的處境，只要這艘船被攻擊，司馬道子便有大條道理將我打爲反賊，我以前的所有努力立即盡付東流。」

朔千黛緊張的道：「你可以推個乾乾淨淨嘛！」

劉裕苦笑道：「道理在我這一方，仍輪不到我說話，何況的確是我幹的。告訴我，如果他們登岸後，大聲說『聖旨到』，我該怎麼辦呢？」

朔千黛怒道：「你滾出去讓人砍頭好哩！快！這是最後一個機會。」

劉裕忽然冷靜下來，竟現出笑容，道：「兵來將擋，水來土掩，沒有應變之計，怎算大將之才？

你乖乖的在這裡等我，千萬別走開，我轉頭回來。」

說罷捧著火油彈，往沙石灘方向竄高躍低的潛去。

小詩尖叫著從臥榻坐起來，不住喘息。

紀千千已移到她床邊，一把摟緊她，安慰道：「不要緊，你只是作夢而已！」

小詩仍是一臉惶恐神色，雙眼茫然的左顧右盼，不相信只是作夢。

紀千千曉得她目睹慕容垂大破慕容永之戰，因而心中生出恐懼，日有所思夜有所夢下，睡也不得安寧，心中湧起憐惜之意。柔聲道：「你夢到了甚麼呢？」

小詩喘著氣道：「我夢到高公子領著一隊荒人兄弟來救我們，卻慘中皇上的埋伏，我想去警告高公子，卻叫不出聲來，然後……」

說到這裡已淚流滿臉，泣不成聲。

紀千千把她摟入懷裡，一時也不知如何安慰她。事實上她這幾天心情也很差，修習燕飛傳的築基功法竟沒法集中精神。原因很簡單，因對慕容垂的恐懼不住加深。

戰場上的慕容垂太可怕了。

柔聲道：「詩詩掛念高公子，對嗎？」

小詩搖頭淒然道：「我不知道。」

紀千千苦笑道：「我還以爲你不會看上他的。你不是一向不喜歡像高公子那種不愛守規矩的人嗎？」

在她懷裡的小詩以低微的聲音道：「我沒有看上他。」

紀千千憐惜的道：「不要騙自己哩！你不是對他有好感，怎會夢到他？那表示你心中在想他，關心他的安危。」

小詩淒然道：「我不知道。」

紀千千心中一陣酸楚，忽然間，她感到燕飛離她很遠很遠。在邊荒集發生的一切，便像前世輪迴的事，彷似一個被遺忘了的夢。

而眼前的現實卻是冷酷無情的，慕容垂仍掌握一切，包括她們主婢的命運。她明白自己和小詩之所以陷於情緒的低谷，全因爲認識到慕容垂令人生懼的戰爭手段。她們現在最渴望是能結合拓跋珪和荒人的力量，把她們從慕容垂的魔掌解救出來，回復她們的自由。

對她來說，不論慕容垂如何善待她、討好她，可這並不是她渴望的。除了燕郎外，任何人她都不要。

她渴望的是荒人不受約束的生活，渴望的是自由自在地享受生命，愛自己想愛的人，其他一切都不重要。可是慕容垂卻剝奪了她最嚮往的自由，更令脆弱的小詩受盡精神的折磨，只此一項慕容垂已是罪無可恕。

慕容垂向她展示戰場上的威風，卻令她更痛恨他。

因爲他愈有威勢，她們主婢重獲自由的機會愈渺茫。

當渴望變成失望，失望變成絕望，她也變得提不起勁去爲將來奮鬥。

當孤島中部多處地方冒起火燄，濃煙擴散時，劉裕回到正焦急等待的朔千黛身旁。

劉裕朝泊在沙石灘碼頭處的戰艦瞧去，欣然道：「我成功了，沒有人敢走下船來。」

朔千黛嘆道：「這場火恐怕三天三夜也燒不完，到燒光了島上的樹木，我們只好投海。」

火勢正緩緩擴展，濃煙卻迅速蔓延，開始波及沙石灘。

劉裕胸有成竹的道：「有甚麼好擔心的？這是最觸目的烽火訊號，我的朋友看見了，會派船來接載我們，保證不損姑娘你半根毫毛。」

朔千黛不解道：「我眞不明白你，避得過今夜避不過明天，如果朝廷一意置你於死地，你終難逃毒手，倒不如隨我回大草原算了。」

劉裕笑道：「情況的微妙處，實難向你盡述，只要今回司馬道子派來殺我的人無功而返，我便算過關。明天的事，明天再看如何應付。我現在的處境，是做一天和尚敲一天鐘，只要尚未被逐出寺門，便可以繼續敲鐘。」

朔千黛嬌呼道：「走哩！」

此時濃煙已覆蓋整個沙石灘，建康水師船逃難似的衝出濃煙的圍困，依原路駛離海灣。

劉裕看著戰船經過下方的海面，道：「留下來也沒有意思。」

朔千黛皺眉道：「如果他們守在附近水域又如何呢？」

劉裕冷笑道：「他們留下來可以有甚麼作爲？難道截擊來接載我們的船嗎？司馬道子是不敢公然殺我的，在此他要依賴北府兵對付孫恩的時刻，他只能以行刺的手段對付我。如果我沒有猜錯，司馬道子該下有嚴令，殺我一事必須秘密進行。」

朔千黛道：「好吧！算你全猜對了，離開這裡後，你返回鹽城去，不是亦難避刺嗎？」

劉裕輕鬆的道：「誰說我要回鹽城去呢？」

朔千黛一呆道：「你要到哪裡去？」

劉裕若無其事的道：「建康。」

朔千黛失聲道：「建康？」

劉裕道：「眞的很難向你解釋，不過你可以放心，我像任何人般愛惜自己的小命。」

接著雙目亮起精芒，沉聲道：「我已厭倦了躲躲逃逃的生涯，由今天開始，我要做個堂堂正正的北府兵將領，領兵南征北討。司馬道子和劉牢之想害我，卻剛好在我最需要轉機的時候扶了我一把。他們可以對我在邊荒集的努力視若無睹，卻不能也不可以抹殺我在鹽城斬殺焦烈武的軍功。現在他們唯一的辦法只有借孫恩之手鏟除我，卻不知這正是我最期待和渴望的事。」

朔千黛喜道：「你眞的當我是夥伴，才會對我說這些事。」

劉裕凝望已遠去的戰船，道：「不是夥伴，而是情侶。我們做一對沒有肉體關係清清白白的情人。將來的事沒有人知道，不過如果我眞的成爲南方之主，我們將會在互惠互利的基礎上合作，你肯接受這情侶之盟嗎？」

朔千黛大喜道：「這正是我求之不得的事。」

劉裕道：「如此一言爲定。敵人似乎是到鹽城去。我們也該動身了，否則濃煙吹到這邊來時，我們會被嗆死的。」

朔千黛愕然道：「我們游回去嗎？」

劉裕笑道：「沒有退路，我怎敢放火燒島？隨我來吧！」

說畢掠下斜坡，往布滿亂石暗礁的海邊掠去。不一會兒落至海邊，只見一艘小型風帆密藏在靠海的叢林處，下面被木板架起，向海傾斜，船首離海面不到半丈，後面以長索固定。只要斬斷長索，船便會沿承托的長木條滑向海面，等若起錨啓航。

兩人跳上單桅的小風帆，劉裕從船上拿起一枝長達兩丈的撐竿，道：「放心吧！這片海面的礁石水流我已摸得一清二楚，保證不會像你般翻船。」

朔千黛精神大振，拔出佩刀，欣然道：「我要斬索哩！預備！」

劉裕大笑道：「動手！」

朔千黛一刀斷索，小風帆立即沿木架下滑，「砰」的一聲掉進水裡。小風帆船首先往下沉，旋又浮起，急流湧至，小風帆像玩具般打轉。劉裕一竿點出，正中左後方一塊冒出海面少許的礁石，小風帆應竿衝離島岸，往海灣的出口駛去。

兩人歡笑聲中，小風帆回復穩定，有驚無險的離島而去。

第三十一章　後會無期

高彥來到設於樓船最高層的豪華大艙廳，慕容戰、姚猛、龐義、方鴻生、拓跋儀、陰奇六人佔了靠窗的一張圓桌，正在大吃大喝，高聲談笑。

姚猛笑道：「看高爺的樣子，昨晚定是作了個香艷旖旎的美夢，所以到現在仍未清醒過來。」

高彥找到位子，一屁股坐下，笑罵道：「去你的娘！昨晚我給卓瘋子弄得睜眼閉眼都聽他寫書的吵聲，差點要起來把他捏死，怎可能睡得安寧呢？」

龐義把一碟堆得像小山般高、香氣四溢的肉包子推到他面前，同時問道：「要羊奶茶還是雪澗香？」

高彥動容道：「眞的是雪澗香？我還以爲鼻子出了問題，嗅錯了。竟這麼快便釀出來了，會否不夠香醇呢？」

方鴻生爲他斟酒，欣然道：「這是老紅款待像高公子般的當家闊少的珍藏品，幸好藏得夠秘密，沒有給敵人充公。」

陰奇道：「老紅私藏二十五罈雪澗香，一直秘而不宣，到新釀的雪澗香趕不及提供邊荒遊，才忍痛拿出來。」

高彥將美酒一飲而盡，讚嘆道：「以前的邊荒集又回來了。」

方鴻生神氣的道：「今次的邊荒遊第一炮究竟有多少人參加？」

姚猛代高彥答道：「我們明早到達壽陽後，鳳翔鳳老大會把最後確定的名單交到我們手上，照估計該不少於五十人。」

陰奇道：「我們共有四十九間客房，每房可容兩人。以每船平均八十客計，三艘樓船輪番開出，那每天可送八十個豪客到邊荒集，扣除所有開支，每客可穩賺半兩黃金，這盤生意眞的相當不錯。」

慕容戰欣然道：「最重要是刺激邊荒集的經濟，邊荒集興旺了，自然水漲船高，否則何來軍費去營救千千和小詩？」

龐義聽到千千和小詩之名，一震點頭。

一直沒有作聲的拓跋儀問道：「鳳老大有沒有先做點工夫，查清楚參加我們邊荒遊第一炮的客人的底子呢？」

高彥正邊吃東西，邊看在前後護航的兩艘雙頭艦，在明媚的陽光下耀武揚威的樣子，忽然驚覺所有人的目光都集中在他身上，差點把肉包子吐出來，訝道：「甚麼事？我又不是鳳老大，怎曉得他有沒有偷懶？」

眾人哄然大笑。

卓狂生的聲音傳來道：「過濾的工夫由各地負責招客的幫會負責，遊客可大分爲兩類：一類爲各地有頭有臉的人，這類客人肯定不會出問題；另一類來自別處城鎮，所以地方幫會沒法核實身分，如會出問題，當出在這類人身上，名單上清楚顯示每個參加者屬哪類客人，可以大大減少我們須提防的人。」

說罷坐到高彥身旁，喝道：「給本名士來杯雪澗香。」

姚猛忙伺候他。

高彥咕噥道：「你不是仍在賴床嗎？」

卓狂生把盛滿雪澗香的酒杯舉至唇邊，哂道：「你當我是像你般的低手嗎？睡足一晚還一副惺忪的模樣。像我這般的練氣之士，睡兩個時辰便等於你睡兩個月，明白嗎？以後再不要問這種蠢問題。」這才舉杯一飲而盡。

眾人齊聲大笑。

高彥笑道：「這瘋子因睡不著而更瘋，竟找老子出氣，幸好老子大人有大量，不和你計較，否則今晚便用被褥把你活生生悶死。」

慕容戰道：「少說廢話。館主為我們的三艘改裝樓船起了名字沒有？」

卓狂生叫了一聲「好酒」，然後舒展筋骨，又環目四顧，透過四面的大窗將潁水兩岸美麗的夏景盡收眼底，欣然道：「必也正名乎！當然想好了，我們這艘是『荒夢一號』，其餘兩艘便是二號、三號，簡單了當，又有意思。你們能想出更好的來嗎？」

陰奇唸道：「荒夢！邊荒之夢。唔！改得倒也貼切，如果我首次到邊荒來旅遊，經過百里無人之境，驟然見到比建康更興旺的邊荒集，也有如歷夢境的虛幻感覺。」

慕容戰點頭道：「卓館主想出來的，我們當然有十足的信心，就此決定。」

卓狂生欣然道：「我們還要於起程時舉行命名禮，便如將士出征的誓師大典，以隆重其事。」

拓跋儀道：「今回是不容有失，每一個人都該明白自己的崗位和本分，清楚自己須做的事。」

高彥抓頭道：「我負責甚麼呢？」又尷尬的道：「噢！我差點忘掉了最高負責人的身分，當然是甚麼都不用幹。」

卓狂生道：「你的工作是陪客人吃喝玩樂，伺候客人妥妥貼貼的，了解他們，明白客人的需求，讓我們知道該在甚麼地方出力。」

慕容戰嘆道：「你這小子得提起精神做人，因爲你屬高風險族群，這方面由陰兄告訴你吧！」

高彥愕然望向陰奇。

陰奇淡淡道：「我奉鐘樓議會的指令，對負責今次邊荒遊第一炮的兄弟作了另一個風險評估，高少你名居首位。所以抵達壽陽後，館主和小猛會與你寸步不離，否則如果你被敵人幹掉，不但邊荒遊完蛋大吉，你也娶不成小白雁。」

高彥色變道：「你不要嚇我。」

陰奇道：「第一個要殺你的是聶天還。我明白他這個人，極重聲譽，該不會直接派人對付你，卻可透過桓玄向你下手。桓玄可說是當今南方最有實力的人，手下高手如雲，只要派出高手混進觀光團，掌握到一個機會，精心布局，肯定你難逃劫數。」

高彥吃驚道：「既然如此，我便該留在邊荒集接船。」

卓狂生罵道：「做人怎可以這麼沒有骨氣？我們荒人怕過誰來？聶天還要玩手段，我們奉陪到底，做縮頭烏龜有啥樂趣？」

高彥重現笑容，點頭道：「對！我絕不能丟荒人的面子。他奶奶的，有各位大哥看著小弟，小弟怕甚麼。來殺我的必是一等一的高手，怎逃得過你們的法眼？」

方鴻生道：「我以前雖然當的是冒充的總巡捕，可是耳濡目染下，對犯案賊子的手法亦知之甚詳。今次是敵在暗我在明，以桓玄的實力，肯定可以把刺客的身分安排得全無破綻，令人絕不起疑。」

姚猛倒抽一口涼氣道：「如此說豈非每個參加者都可能是敵人？」

拓跋儀微笑道：「這是最正確的態度。」

陰奇道：「所以我今次必須隨行，因爲我熟悉桓玄手下的人。」

方鴻生道：「現時南方敢惹我們的只有聶天還、桓玄、司馬道子、孫恩和劉牢之幾方面的人。聶天還和桓玄剛說過了，可以不論。司馬道子和劉牢之並沒有迫切的理由來破壞我們的好事，也犯不著這麼做，何況他們要集中精神對付我們的劉爺。至於孫恩，他現在自顧不暇，亦該沒有這種閒情。所以情況並非那般惡劣，只要我們能應付桓玄一方，便一切妥當。」

卓狂生笑道：「看吧！我們方總巡天生便是偵查辦案的人才，這是他家族的傳統，鐘樓議會絕對沒有選錯人。」

方鴻生感激的道：「全賴卓館主大力推薦，我才有今天。」

慕容戰道：「我倒希望桓玄眞的派人來和我們好好玩一場。到樓船來辦事的其他兄弟有五十人，人人是百中挑一的好手，任何一人走到江湖去都是響噹噹的人物，以這般的實力，即使刺客有孫恩的身手也難討好。」

方鴻生道：「所以敵人只能智取，我們便和對方來個鬥智鬥力。」

卓狂生笑道：「小心就是本，或許船上根本沒有敵人，但我們絕不可掉以輕心，放鬆警覺。」

龐義道：「一切留待到壽陽再說吧！大家喝一杯。」

眾人舉杯對飲，氣氛熾熱至極點。

劉裕與朔千黛來到一座山丘上，指著下方的官道說：「沿此道西行，可抵高郵湖，然後折往北方，到淮水後你該知如何走哩！」

朔千黛看著前方漸沒西山的斜陽，雙目現出淒迷神色，卻沒有答他。

離開裕州後，他們駕舟日夜兼程趕路，在進入大江前，才登陸讓朔千黛上岸，劉裕更再送她一程。

劉裕知她因分手在即，將來天各一方，不知是否有重會之日，所以心中充滿離愁別緒，難捨難離。

嘆道：「送君千里，終須一別，正如你說過的，你是屬於大草原的，我則屬於南方，去吧！趁天黑趕路，離開這片險境。」

朔千黛輕輕道：「情郎啊！我可以陪你到建康去，在那裡才分手嘛！」

劉裕看著從頭頂上空飛過逐漸遠去，彷如飛往天之涯、海之角一群隊形整齊的小鳥，心忖朔千黛健美清爽的模樣，將永遠烙印在自己的回憶裡，不管年月的消逝，自己絕不會忘記她。而每當憶起她的時候，她喚自己情郎的聲音，會如從萬水千山外的大草原傳來的仙籟般，縈繞耳邊。

朔千黛的目光往他投來，以帶點哀求意味的聲音道：「答應我啊！到建康前再分手也沒有分別嘛！」

劉裕感受著那令人斷腸的離愁別恨，正因他們注定要分開，不可以在一起，使他不用克制心中的情緒，感覺格外深刻。在荒島的共患難拉近了他們的距離，這位充滿異國風情的美女在舟上雖與他未及於踰矩，卻對他毫無保留的熱情如火，不時投懷送抱，令他享盡溫柔滋味。如果不是忙於駕舟，更因危機四伏，乾柴烈火，定會出事。

所以雖是短短一天的相處，兩人的關係已大是不同。最誘人是大家都曉得這只是一段逢場作戲的感情，日後只能在思憶中去回味。

劉裕雙手抓上她兩邊香肩，看著她一雙大眼睛，內中射出的深情超越了他們之間說過的所有話，心中一陣感觸。

假設自己仍是淝水之戰前那個劉裕，又未曾遇上王淡眞，說不定自己眞會拋開一切隨她返塞外去。

苦笑道：「我只是你的情郎，並不是你的未來夫婿。乖乖地聽我的話好嗎？從這裡到建康的水程並不好走，我必須集中精神應付想殺我的人，當幫我一個忙吧！」

朔千黛美眸淚珠滾動，嗚咽著道：「可是我捨不得離開你啊！不要這麼狠心硬要逼人走行嗎？」

忽然間，劉裕感到控制不了自己，兩手轉而摟上她的蠻腰，使勁把她摟緊。

朔千黛嬌呼一聲，湊上他的嘴唇，雙臂纏上他的脖子，一口咬著他的嘴唇，且是用力咬著。

那種痛楚令劉裕生出畢生難忘的感覺，接著她的香唇變得柔軟起來，放開他，改而獻上甜蜜的香吻。

一時間，兩人沉醉在男女間的迷人天地裡，忘記了一切，把四伏的危險、甚麼家國大業，全拋到九霄雲外。

不知過了多久，朔千黛的嘴唇離開了他，但仍保持親密的擁抱。柔聲道：「你是我的情郎！永遠的好情郎。」

劉裕抽出右手，爲她抹掉流滿俏臉的淚珠，點頭道：「我也是你的夥伴。」

朔千黛沒法移開目光的瞧著他，好一會兒後，湊在他耳邊道：「將來你在南方登上帝位時，我會送你一個族中最美的女人，讓她來代替我。」

說畢放開了他，轉身頭也不回的飛身下坡，轉瞬遠去。

直到她消失在官道盡處，劉裕仍呆立山丘上，百般滋味在心頭。

這是一段難忘的感情，來得突然，快如電閃，於火熱之時倏地結束，那種感覺確實令人惆悵。

他弄不清楚自己是否愛上了她，還是因爲心中的寂寞傷痛而尋找慰藉，或是因功利的考慮而不拒絕與她建立近乎情侶的關係？但一切都不再重要，和這柔然美女的愛戀已隨她的離開成爲過去，化作心中一段美麗而悵惘的回憶，伴著他度過餘生。

眼前是一個新的開始，到建康後他要玩一個不同以往的權力鬥爭遊戲，其凶險猶勝從前，不過他仍是沒有別的選擇，不如此他將永遠沒法名正言順的攀上北府兵的權力核心，他要運用的是建康高門大族的力量。

王、謝兩家雖因司馬曜的死亡和司馬道子的大權獨攬而走下坡，可是建康的政權始終要賴建康世族的支持而存在。像謝琰便仍有龐大的影響力，以司馬道子的專橫仍不得不借他來壓制劉牢之。

孫恩之亂更令建康高門和佛門敲響警號，只要自己能成爲平亂的英雄，縱然司馬道子對他劉裕恨之入骨，亦將拿他沒轍。

何況尚有桓玄和聶天還在大江中上游對建康虎視眈眈，司馬道子如不顧王、謝兩家的反對，公然殺他，不但動搖建康的根本，且會令北府兵內部不穩。

種種微妙的情況，令他感到是到建康的時候了。

劉裕深吸一口氣，朝泊在東面一里處的小風帆奔去。

此時天已全黑，海風陣陣迎面吹來，令他衣袂飄飛，彷如御風而行，精神大振，也吹散了離別的哀愁。

朔千黛可否於返回大草原前覓得如意郎君呢？他不但不會因此生出妒忌之心，反會為她高興。人世間的遇合往往出人意表，想起初遇朔千黛時，差點因她誤會自己是花妖致被她殺死，當時印象中的她是個無情的女戰士，怎想到她有如此溫柔可愛的一面。

王淡真也是，初見她時還以為她高高在上，不把任何寒門布衣放在眼裡。豈知……唉！想起她，淒苦立即掩蓋了心中的天地。只能嘆句紅顏命薄。

小風帆的影子出現眼前。

劉裕加速掠去，到離小風帆不到十丈的距離，倏地停下。

一道人影從船尾處站起來，長笑道：「多謝劉兄你大駕到臨，令老夫沒有白等一趟。」

劉裕從聲音認出對方是誰，心中大懍，曉得自己是因思念王淡真分了心神，要到近處方察覺船上有人，且是力足以殺死自己的可怕高手。

劉裕沉聲道：「陳公公仍不死心嗎？」

陳公公從船上躍下來，沒有以布罩蒙面，雙目紫芒遽盛，語氣輕鬆平靜，淡淡道：「看你的氣度，功夫又進步了，不過無論你如何突飛猛進，今晚仍是死定了。」

劉裕感到他的氣機完全把自己鎖緊，想逃也逃不了，想保命嗎？唯一的方法就是憑眞功夫與他分出生死。

第三十二章　生死一線

今次無可避免地陷入與陳公公的決戰，劉裕有更深刻的體會。

對比之下，焦烈武和陳公公的身手高下立判。與焦烈武之戰，雖然勝得辛苦，可是打開始他便感到對方有隙可尋，能憑優越的戰術，利用焦烈武心靈的破綻，將他擊倒。

可是這回對上陳公公，劉裕卻清楚感到陳公公的精神修養是無隙可覷，就像自亙古以來就存在的高峭山岳，任由狂風吹打，也難以動搖其分毫。

爲何自己竟會生出這種感覺？是否自己的氣機感應更爲精進，還是因爲對方是養精蓄銳，再不會像上回般對自己掉以輕心。

不過無論如何，在氣勢對峙上，他劉裕已屈居下風，故而生出無法擊倒對方的頹喪感覺。

劉裕心中響起警號，明白如果苦戰無功，這種失敗的感覺會成爲致命的因素。

只恨明知如此，仍沒法改變事實。

陳公公的氣勁完全將他籠罩，在他銳利閃耀的眼神下，劉裕感到被眼前可怕的敵人看個通透，就像赤身露體般難堪。

陳公公雙目紫芒趨盛，顯示他正不住提聚功力。

劉裕暗嘆一口氣，勉力振起鬥志。

「錚！」

厚背刀離鞘而出。

陳公公發出尖厲的笑聲，忽然整個人離地上升數寸，一拳隔空擊至。

劉裕面對生死關頭，剎那間精神晉升到無人無我的狀態，厚背刀先高舉過頭，然後分中劈下。

「蓬！」

刀鋒拳勁交擊，發出低沉悶雷般的勁氣撞擊聲。

劉裕低哼一聲，往後挫退三步。

陳公公落回地面，雙手反剪背後，悠然道：「果然稍有進步，難怪能收拾焦烈武，不過比起本人仍有一段距離。劉裕你信不信我可以在十招之內取你小命？」

劉裕聽得精神大振，雖然擋得非常辛苦，且差點受傷吐血，不過卻知自己能擋他全力一擊，已使對方暗吃一驚，致不敢趁勢追擊，以免自己拚命反撲。故在言語上削弱他的鬥志，希望能令自己生出逃走之意，不再力圖死拚。

陳公公當然不是怕自己會殺死他，只是本能反應，怕會在自己臨死的反撲下受傷，那便太不划算。

想到這裡，劉裕往後急退。

陳公公冷笑道：「蠢人想逃嗎？」

眨眼間竟足不沾地的橫過十多丈的空間，兩手前移，從寬袖內探出，化為千百掌影，鋪天蓋地往劉裕攻來。

劉裕哈哈笑道：「誰才是蠢人呢？」

倏地改後撤爲前衝，厚背刀化作長芒，直破入對方凌厲的掌影中，以簡對繁，充滿壯士一去兮不復還的情懷，完全是有去無回、同歸於盡的姿態。

以陳公公之能，仍不能對他此刀視若無睹，右手先縮入袖裡，揮袖抽擊刀鋒，另一手化掌爲爪，伸張不定，令人沒法把握其意圖。

劉裕冷喝一聲，刀往下沉，令陳公公充盈勁氣的一袖拂空，然後往他左爪挑去，連串動作一氣呵成，妙不可言，正是「九星連珠」的變招，更是他出道以來，最精微入神的傑作。

如果不是在此掙扎求存的極端情況下，加上過去幾天日夜苦練刀法，絕使不出如此巧妙的招式來。

陳公公喝道：「找死！」

左手爪化爲手刀，狠劈在劉裕刀鋒上。

「砰！」

氣勁爆響。

劉裕這招佔上主動的便宜，逼對方應招，雖被震得血氣翻騰，卻知此是生死一線的時刻，就借對方反震的力道，移到陳公公左前側，不單避過陳公公反拂過來的一袖，還一刀朝陳公公右肩橫掃過去，心中生出在沙場千軍萬馬中衝殺突圍的慘烈感覺，更是沒有留手與敵偕亡的凌厲招數。

陳公公「咦」了一聲笑道：「這招不賴啊！」

左手縮回袖裡，以兩袖先後抽擊劉裕的刀鋒，接著往後退開。

劉裕給他第一袖抽得眞氣渙散，再無以爲繼，哪還敢擋他第二袖，甚麼乘勝追擊更是提也不用提，唯一可以做的，就是借勁旋開，向相反方向退去。

旋勢驟止，厚背刀遙指對手。

陳公公仍是神氣十足，卓立三丈之外。

劉裕生出失敗的感覺，縱然他不願意承認，亦知明年今夜將是自己的忌辰。甚麼「一箭沉隱龍」，此情此景下只是諷刺和笑話，他從來都不是眞命天子。

陳公公實勝他不止一籌。

換了是燕飛親臨，要擊敗這個老太監仍是絕不容易。

陳公公微笑道：「劉兄似乎技止此矣！對嗎？」

劉裕整隻持刀的手臂痠麻起來，自知已是強弩之末。當然只要尚有一口氣在，必不肯甘心受死，改以雙手握刀，高舉過頭。

從容道：「等你眞殺了我再得意也不遲。」

陳公公冷笑道：「死到臨頭，還敢嘴硬？讓我先將你閹割，然後廢去你的武功，再弄瞎你的雙眼，看你還……」

話音忽然中斷，露出警戒的神色。

劉裕心忖這傢伙又使詐了，是不是變成太監的人都有點異於常人，明明佔盡上風，仍要折磨對手，又要以陰險手段愚弄人呢？

兩人此時置身於石灘上，離岸四、五十步，除了亂布的大小石頭外，一棵樹木也沒有。最接近的疏樹林，在劉裕後方千步之外，令劉裕縱然有心，也沒法施展他獨門的逃生本領。

陳公公鎖緊他的氣勁剎那間大幅增強，頗有撲噬而來之態。

劉裕心中一動，曉得他準備要全力出擊，再不像剛才視他如逃不掉的囊中物般，打打說說地試招，試圖逐漸瓦解他的戰力和鬥志。難以想見的雷霆萬鈞之勢，即將如狂風驟雨般強攻而來，直至分出勝負生死才會罷休。

這種以硬碰硬的方式，對居於上風的陳公公並不划算，究竟是甚麼原因令對方捨上策而用下計呢？

果然陳公公尖嘯一聲，雙手張開，全身寬袍「霍霍」拂動，兩手收入闊大的袖內，配合他頎長的體型，就像個十字形的怪物，腳不觸地似的往他直移過來，速度驚人至極點。

他每接近一些，壓體而來的眞氣便加強了少許。劉裕可預知當這強勁大敵臨身的一刻，所做的攻擊會是如何凌厲、如何難以抵擋。

更清楚自己的氣機感應實大有進步，對方雖看穿自己，他劉裕亦可先一步從氣勢變化掌握對手的意圖，在察敵先機方面是扯平了。不過優勢仍是偏向陳公公的一方，因爲他的招數全在陳公公的掌握中，而他卻摸不清對方縮在袖內兩手的招數，只直覺感到必然非常難捱。

這時他的右手禁不住行氣運功後已回復常態。於此要命時刻，忽然一個意念湧上心頭，「九星連珠」刀招的微妙處在於借對方的力道改變位置，那同樣的方法是否可以用於「天地一刀」上呢？

想到這裡，陳公公已不到丈半外，兩手開始合攏，勁氣加強。

劉裕大喝一聲，厚背刀閃電下劈。

刀鋒刀氣疾吐，硬撞入對方壓體而來如牆如堵的驚人眞氣。

「波」的一聲，刀氣猛撞陳公公的眞氣，劉裕如被長風颳起的落葉，往後飄飛，倏忽間把兩人的距離從丈半拉至近四丈。

劉裕「嘩」的一聲吐出一蓬鮮血，卻是全身一鬆，知道脫離了陳公公的氣感交纏，所以些許犧牲是完全値得的。

陳公公哪想得到他有此不惜受傷的脫身奇招，怒叱一聲，加速追來。

劉裕離後方林區已不到六丈，先運轉眞氣，舒緩體內傷勢，心忖如果可以重施故技，肯定可以脫身躲往疏林裡，至於在受創後能否逃過這老太監的追殺，乃爲次要之事，暫時不在考慮之列。只恨這老太監其奸似鬼，如用上拉扯的勁道，他便是作繭自縛。

就在此時，只見陳公公後方石灘小風帆停泊處，一艘雙桅大帆出現在漆黑的海面上，離岸已不到十丈。

劉裕恍然大悟，陳公公忽然展開全面以強攻堅的戰術，是因他聽到有船隻接近，怕橫生枝節，所以不得不全力出手，務求在有人來干涉前，置他於死地。

來者是何方神聖，他完全沒有頭緒，故無從猜測。

不過他已感到有一線的生機，忙提起全副精神鬥志，雙足往後一撐，點在後方一塊石上，改後退變爲前衝，往陳公公投去。

陳公公笑道：「這才像個人物啊！」

兩手從袖內探出，化作萬千掌影，迎向淩空而來的劉裕。

陳公公虛虛實實的掌影，令劉裕看得眼花撩亂，索性閉上眼睛，厚背刀生出變化，朝陳公公氣勁的鋒銳處硬劈過去。

如此閉目施刀，是受到焦烈武的啓發，更因對靈異氣機感應生出強大的信心。外在的感官雖然不能分辨識破對手的虛實，但卻可以「神思」去破對手的招數。

「蓬！」

厚背刀斜劈在陳公公右掌處。

以陳公公的本領，亦被這反擊的招數劈得往下挫身，以化去他的刀勁，且沒法連消帶打，施出後著。

而劉裕則借勢彈開，在空中連續兩個翻騰，落往三丈開外，離最近的一棵大樹已不到四丈。

陳公公於劉裕在空中第二個翻騰時，早重整陣腳，從地面疾掠追來。

仍在空中的當兒，劉裕看見來船上射出數十道人影，落往岸上，然後扇形散開，往他們包抄過來，擺明是合圍的戰術。從其動作的高速和俐落，可知這批人不但武功高強，且是訓練有術。登時令他推翻了來者是東海幫援兵的想法。

何銳肯定沒有身手這般了得的手下。

雙足觸地，劉裕一個旋身，厚背刀橫掃向陳公公。

「蓬！」

陳公公這招追擊早在他預料中，所以在空中翻觔斗時厚背刀已蓄勢待發，這招反擊可說由第一個空中翻騰已經開始，故此勁道十足，不單足以保命，還力能退敵。

陳公公悶哼一聲，硬被他凌厲的一刀劈得後移三步。

劉裕則反方向旋往丈許開外，到再次立定，已消化了陳公公反震的動力。

兩人回復對峙之局。

這敵對兩人四目交投，清楚知道轉眼即要陷入重圍，卻因互相牽制，不打不是，打更不是，情況古怪至極點。

破風聲在四方響起，來人已散布四方，將他們重重圍困。

陳公公哈哈一笑，撤去鎖緊劉裕的氣勁，背剪雙手，環目掃視，傲然道：「來者何人？給我報上名來。」

劉裕亦在注視這批人數達五十之眾的不速之客。這些人持著各式兵器，神態冷靜從容，一看便知是身經百戰之輩，隨便站一個出來，已可以在江湖上揚名立萬，現在數十人聚在一起做同一件事，背後的指使者當然更不是等閒之輩，而是像孫恩、桓玄或聶天還等一方之霸。想到這裡，立即心中有數。

五十人分作三重，形成包圍網，圍得水洩不通，若想突圍而逃，恐怕唯有憑實力闖出一法。

一人排眾而出，神色不動，背掛長劍，微笑道：「本人只是江湖上的無名小卒，不足掛齒！敢問公公與這位兄台有何恩怨，要在這裡作生死決戰？」

接著往劉裕瞧來，笑著打招呼道：「劉兄你好！」

由於劉裕猜到來的最有可能是桓玄一方的人，見到此人，登時想起屠奉三曾特別提起的一個人來，回刀鞘內，哈哈笑道：「如果巴蜀第一高手乾歸也算江湖上的無名小卒，真正的無名小卒又算怎麼回事呢？」

陳公公動容道：「乾歸？」

乾歸淡淡道：「正是在下！」

劉裕在眨眼間心中轉過無數念頭。

如果不是有陳公公在這裡，肯定乾歸根本不給自己說話的機會，立即全力出手，務求將他殺死。可是陳公公卻令乾歸有所顧忌，故先要摸清底子，方決定策略。

如果陳公公肯和自己聯手突圍，確實大增逃生的機會，否則只是乾歸一人，自己已沒有一定勝算。

忽然間，他明白到今晚是生是死，全看他如何利用三方間爾虞我詐的形勢。

現時他最可以憑恃的，就是在兩個縱躍之外的後方林木，只要逃入林木區，他的靈猴跳便可盡展所長，如蛟龍入海。問題在這三、四丈的距離，眞是寸步難行。

劉裕淡淡道：「乾兄不知公公是何人，乃情有可原，因爲公公乃琅琊王密藏起來的鎭府高手，乘此良機，乾兄可和公公親近親近。」

接著不容乾歸答話，逕向陳公公道：「我們的一場就此作罷，公公如要選擇離開，我看乾兄只會額手稱慶，而不會妄圖阻止。」

接著偷偷往後方最接近的樹瞥了一眼，由他的位置到那棵樹，攔著七、八名敵人，劉裕仍是一副毫不在乎的自若神態。

在場諸人裡，只有曾領教過劉裕逃生本領的陳公公明白是怎麼一回事，登時臉色微變。只是他縱然清楚劉裕的意圖，卻苦於無法立即出手，怕招來誤會，引起四周敵人的包圍攻擊。

陳公公朝乾歸瞧去。

乾歸亦神情一動，想要說話。

劉裕豈容他們有交談的機會，如果兩人暫時拋開敵對的立場，聯手對付他，他必死無疑。

「錚！」

厚背刀出鞘。

劉裕大喝道：「公公動手！」

就地縱身而起，斜掠上兩丈高空，一個翻騰，往位於那棵樹和中間的敵人投去。

乾歸寶劍出鞘，下令道：「殺！」

他的手下立即聽命，一時刀光劍影，殺氣騰騰。

陳公公恨得牙都癢起來，不顧一切的躍起，朝半空的劉裕追去。

驀地劍氣遽盛，乾歸從旁凌空攻至，顯然他是誤會了，又或在寧枉毋縱的心態下，怕陳公公欲要與劉裕聯手闖關。

此實爲劉裕一手營造出來的情況，陳公公若沒有插手之意，最聰明的方法是立在原地袖手旁觀，現在卻令乾歸錯會他的意向，不知他不得不出手的苦衷。

劉裕心叫僥倖，同時使個千斤墜，加速下沉之勢，避過從四面八方射過來各式各樣的暗器，一刀下劈。

「噹！」

刀鋒劈中先一步朝他刺來的長矛，劉裕暗叫一聲「謝天謝地」，借勁彈起，迅如流星往疏林區投去。

第三十三章 死裡求生

劉裕落往另一棵大樹的横幹末處，借力彈起，可是心中卻再沒有在林海飛翔、自由自在的感覺。他的傷勢，在敵人窮追達兩個時辰後，惡化至影響他的速度，他已撐不了多久。假如不能趁夜色的掩護撇掉敵人，天明後他肯定會被追上。

陳公公的眞氣與任遙的邪異眞氣類似，有可怕的殺傷力且非常陰鷙。之前動手他數次硬把化不掉的眞氣強壓下去，致經脈受創。借巧計脫身後，敵人群起追之，到此刻只剩陳公公和乾歸這兩個氣脈最悠長、身法最了得的人，仍在後方鍥而不捨地追來。

他曾數度分別被兩人追至半里的近距離，但他都能憑獨門身法誤敵，拉遠了距離，只恨他現在已是強弩之末。

陳公公固是令他畏懼的敵人，而乾歸實力之強，亦出乎他意料之外。他脫身時仍不忘留意兩人交手的情況，兩人在空中全面交鋒，劍來掌往，竟拚了個平分秋色，誰都奈何不了誰。

雖說陳公公吃虧在力戰之後，又心懸劉裕，可是乾歸能有此戰果，顯示他與陳公公是同級數的高手，武功實在他劉裕之上。

任何一人追及他，劉裕肯定自己有死無生。

劉裕躍落林地，穿林過野的繼續逃亡。心忖這般奔走下去的確不是辦法。

乾歸的智慧和應變能力亦令他心生戒懼，當乾歸目睹他借樹幹彈離重圍，投往另一株大樹，立即醒悟過來，明白陳公公不是要與劉裕聯手闖出重圍，而是有先見之明，想設法追截劉裕。一句「誤會得罪了」，便命手下停止攻擊陳公公，改而窮追劉裕。如果乾歸待劉裕遠遁後方知道犯錯，他現在便不致陷於如此死局。

有甚麼辦法可以脫身呢？

倏地林木轉疏，原來已抵密林的邊緣區，外面是起起伏伏廣闊達十多里的丘陵草原區，再之外便是延綿橫亙的山巒。

劉裕心中湧起英雄氣短的感慨，難道自己竟要葬身於此？

不！

我劉裕絕不可以死，死了淡眞的辱恨誰爲她洗雪？如何對得起把希望寄託在他身上的屠奉三和眾多北府兵兄弟？他的死更會令燕飛和荒人陷於進退維谷的艱難處境，拯救千千主婢的行動將受到致命的打擊。

可是在現今的劣勢下，他可以有甚麼作爲呢？想來也諷刺，他以當探子起家，最擅長追蹤查探之道，而此刻卻被另兩個超級探子追在身後，這是不是自作孽？

死亡的陰影已將他完全籠罩。

就在此刻，腦際靈光一閃而過。

對！對方既是探子，或等若探子，自然會以探子的心態和方法追捕自己，所以他最明白他們。

思索至此，劉裕心中已有定計。猛提眞氣，盡餘力奔出林區，疾掠丘原之上。

如果不是想出死裡求生的方法，他絕不會如此耗力疾行。

任何高手，即使高明如燕飛、孫恩、慕容垂之流，體內眞氣雖能生生不息，可是人的體力總有極限，不可能永無休止地操勞，亦會有力盡之時。所以於長途奔行時，會時慢時快，讓身體有休息的機會。劉裕這般竭盡全力奔跑，不讓自己有喘息的機會，肯定可以拉遠與敵人的距離。

當陳公公和乾歸發覺距離拉遠，很自然會認爲劉裕或許因眞氣接近油盡燈枯的絕境，又或怕天明後失去夜色的掩護，故而要逃進山區去躲起來。此正是劉裕脫身之計的重要部分。

倏忽間劉裕奔上一座處於林區和山區正中處的小丘之頂。

別頭回望，陳公公和乾歸同時從林區掠出，離他只有七、八里。

這對本是分屬不同陣營的敵對高手，因追殺劉裕的目的相同，竟變成強手合作的夥伴，確是異數。

劉裕亦大爲懍然，想不到在長途比拚腳力下，乾歸仍與陳公公旗鼓相當，不得不對他再看高一線。

劉裕不忘向敵人遙遙揮手致意，旋即奔下斜坡，拿起厚背刀往左手臂輕輕一劃，就那麼割出一道血痕，再從傷口處啜吸鮮血，含在嘴裡。

七、八里的距離轉眼走了大半，劉裕已啜得滿口鮮血，更感到再度失血後軟弱的感覺。心忖如果此計不成，被敵人看破，肯定連一招半式都擋不住。

回頭一瞥，視線被起伏的丘陵阻擋，看不見敵人，當然也代表敵人看不到他。

劉裕勉力加速，終抵山腳。

劉裕掠入山區，深入十多丈後，停在一堆從石隙長出來的樹叢旁，噴出小口鮮血，仍保留大半含在口裡。含著自己的血，那種滋味眞是難以形容。

劉裕迅速依走來的腳印倒退回去，到了山腳處，往草地撲下去，把口裡鮮血盡噴出來，登時出現遍地血跡的驚心情景。

劉裕站起來，看到草地上留下的掌印和血跡，勉提餘力，斜掠而起，投往左旁三丈許外的一處草石叢後，隱藏起來。

劉裕急喘幾口氣後，抹去嘴角血漬，平躺草石叢後，閉目調息。

十多下深呼吸後，體內先天眞氣發動，內息逐漸凝聚。

破風聲至。

劉裕忙平息靜氣，用心聆聽。心忖如被敵人看破，只好怪老天爺不幫忙，也沒有甚麼好怨的。

破風聲倏止，顯是兩人停下來察看地上痕跡。陳公公陰陽怪氣的冷笑聲響起道：「劉裕啊！我還以為你多麼本事，原來還是不行，終於撐不住了。」

風聲再起，那邊靜了下來。

劉裕卻曉得仍有人站在那裡，因爲風拂衣袂的響聲，正不住傳來。同時他生出強烈的倦意，只想閉目睡個痛快。另一個聲音又在心中警告自己，絕不可以向睡魔屈服，這只是失血和眞元耗損的現象，必定要力撐下去，待體內眞元回復，否則功力會大幅減退。他弄不清楚自己爲何會有這個想法，只感到直覺正確。

乾歸的聲音響起道：「前方十多丈入山處有另一灘血漬，顯然是這小子內傷發作，沒法繼續逃亡，所以躲到山上去。」

陳公公道：「見到足跡嗎？」

乾歸道：「劉裕是北府兵最出色的探子，精於潛蹤匿跡之道，如一意躲起來，當不會留下任何線索。幸好他肯定逃不遠，只要我們搜遍山上十里內的範圍，必可以揪他出來，他是死定了。」

陳公公欣然道：「剛才他妄用眞氣，強增速度，我已知他撐不了多久。正因耗力過鉅，才致他內傷提早發作。我們只要仔細去搜，到天明時他更是無所遁形。」

乾歸道：「我們走！」

破風聲去。

劉裕此時再無暇理會他們，拋開一切，無人無我的運氣療傷。

半個時辰後，劉裕從草叢探頭外望，不見人影，心叫謝天謝地，燕飛的免死金牌仍然有效，他的功力已回復大半，最重要是內傷不翼而飛。

看來兩人仍在山上搜個不休。

此時不走，更待何時？

劉裕彈跳起來，沿山腳朝大江的方向狂掠而去。

燕飛和拓跋珪蹲在一個小山崗上，遙觀五里開外的敵軍營地。

離天明尚有小半個時辰，快速行軍下，拓跋族的部隊於昨夜在敵人北面十多里外追及目標，兩人遂親自來當探子，察敵形勢。

慕容寶的主力部隊經過一夜紮營休息後，開始整理行裝，準備天亮後繼續行程。

拓跋珪道：「敵人行軍緩慢，顯得步步為營，是對壓後軍的消失生出警戒心，怕我們從後追擊。」

燕飛沉聲道：「如果敵人保持這樣的警覺，直至進入長城，我們將難輕易取勝。」

拓跋珪笑道：「放心吧！我清楚慕容寶是甚麼料子。在戰場上他雖然是猛將，卻不夠沉著，又缺耐性，當他曉得沒有人追在後方，兼之又心切趕回中山爭皇位，會逐漸鬆懈下來，逼手下兼程趕路，那時我們的機會便來了。」

燕飛嘆道：「希望你沒有猜錯。」

拓跋珪不悅道：「我怎會猜錯？」

燕飛愕然瞥他一眼。

拓跋珪醒覺過來，陪笑道：「我失態了。唉！因為我太緊張此戰的成敗。對不起！小飛你大人有大量。」

燕飛苦笑道：「從小你便是這樣子，認定了的事，再不願聽不同的意見。你要小心點，當你成為代國的君主後，仍要保持開放的胸襟，否則會聽不進逆耳的忠言。」

拓跋珪俯首受教道：「我會謹記你的忠告。」

燕飛沉吟片刻，道：「坦白告訴我，你是不是仍在怪責小儀？」

拓跋珪一呆道：「不要翻我的舊賬好嗎？現在我除了這場仗外，其他東西都放不進腦子裡去。」

見燕飛仍狠瞪著他，投降道：「好啦！只看在你的分上，我已不敢怪他。」

燕飛不悅道：「這麼說，你仍是耿耿於懷？」

拓跋珪笑道：「當然不是，待我立國後，我會封小儀作太原公，仍然視他爲族內的好兄弟，繼續重用他。這樣可釋去你的疑慮嗎？」

燕飛仰望夜空，片晌後道：「走吧！天亮了便難避過對方的偵騎。」

兩人往北掠去。

卓狂生來到立在船頭吹河風的慕容戰旁，笑道：「快天亮了！你不是在這裡站了整夜吧？」

慕容戰沒有答他，反問道：「你不寫你的天書嗎？否則現在該是你上床的時候了。」

卓狂生道：「今晚愈寫愈興奮，已沒有絲毫睡意，所以上來吹吹風，看看潁水日出的美景。」又道：「有心事嗎？」

慕容戰嘆道：「誰能沒有心事？拓跋儀比我更早到甲板上來，見他霸佔了船尾，我只好到船頭來，你沒看見他嗎？」

卓狂生皺眉道：「你沒和他打招呼嗎？」

慕容戰哂道：「有甚麼好打招呼的？我一向和他話不投機，大家又沒有共同話題，只好敬而遠之。」

卓狂生道：「你似乎和老屠較談得來。」

慕容戰點頭道：「因爲我們之間沒有甚麼利害關係，反可以暢所欲言。」

卓狂生訝道：「你和拓跋儀有甚麼利益衝突呢？」

慕容戰道：「現在大致上沒有，可是隨著拓跋族的崛起，將來的事誰說得準呢？有時我眞的感到矛盾。」

卓狂生定睛看了他半晌，點頭道：「想不到你看得這麼遠，告訴我，你對將來有甚麼打算？」

慕容戰道：「現在我唯一的目標，是讓千千主婢回復自由，其他的都不在我考慮之列。」

卓狂生笑道：「不要騙我了，若是如此，你怎會感到矛盾？正因你曉得拯救千千主婢的行動，等於助拓跋珪一臂之力，方有兩難的感覺。」

慕容戰苦笑道：「我不想在這方面討論下去。」

卓狂生欣然道：「好！讓我們轉移話題，你是否準備在邊荒一直待下去呢？」

慕容戰道：「這算甚麼話題？現在我懶得要命，不願費神去想將來的事。」

卓狂生道：「不敢去想將來會很痛苦的，恐懼將來更是人最大的夢魘，不論未來如何難測，對未來的猜想也可以是一種樂趣。」

慕容戰道：「好吧！告訴我，將來的邊荒集會變成甚麼樣子？」

卓狂生笑道：「開始有興趣哩！留神聽著，邊荒集現在已成爲南北各大勢力鬥爭角力的核心，它不住影響著南北政局的發展，到最後南北兩邊的變化，亦會反過來影響著它。勿要笑我說的是虛泛的空言，再沒有人能形容得比我說的更貼切。只要你想想沒有了邊荒，劉裕和拓跋珪現今會是怎麼一番光景，便明白我看得多麼精確。」

慕容戰動容道：「我怎敢笑你？」

卓狂生目光投往前方領航的雙頭船，悠然道：「能於邊荒集最光輝的時期，置身於邊荒集，是我們的一種福分。所以千萬不要因一時的得失，而生出氣餒的感覺。人生在世，彈指即逝，可是只要曾轟轟烈烈活過，且活得痛快，已是不枉此生。」

慕容戰點頭道：「你說得很好。」

卓狂生道：「我想再問你一個私人的問題，希望不會惹你反感。」

慕容戰苦笑道：「那最好不要問了。」

卓狂生道：「問題並不難答，假設千千鍾情的不是燕飛而是你，你的生命還會有遺憾嗎？」

慕容戰神色一黯道：「還說不難答？」

卓狂生道：「當然不難，只是你不願說出事實。朋友，生命的姿采正在於不住出現的變化，而邊荒集更是最變化無常的地方。看高小子吧！一個小白雁已徹底把他改變過來，這正是生命的遇合變化。說不定在今次邊荒遊的旅客裡，你遇上了能代替心中千千位置的佳人，一切就會改變過來。」

慕容戰嘆道：「有可能嗎？你說這番話時，肯定連你自己也不相信。」

卓狂生道：「坦白說，我真的不相信。未來存在太多不可預知的變數，正因其不可測，你更要保持樂觀積極的心情，誰曉得將來不會出現奇蹟？你有心事，因你心裡感到不足，好像缺乏了甚麼似的，而這種心情，最終會成爲推動你設法彌補不足的動力。我說得有道理嗎？」

慕容戰頹然道：「我不知道。」

卓狂生笑道：「怎會不知道呢？以我爲實例，邊荒集改變了我，在我心中埋下種子，到逍遙教煙消雲散，這粒種子便開花結果，成就了我這個邊荒名士，完完全全的屬於邊荒集，只忠於邊荒集。這是我剛踏足邊荒集時無法預測的變化。」

慕容戰道：「我的情況似乎不太相同吧？」

卓狂生哂道：「有甚麼不同的？千千勾起了你心中對愛情的渴望，撒下了種子，只要有一個機會，這粒情種是會開花結果的。」

慕容戰沒有答他，目視前方道：「潁口在前方了，我也在期盼會有奇蹟出現，不過卻不是你說的那種奇蹟，而是敵人沒有混入邊荒遊的觀光團裡，致影響我們振興邊荒的大計。」

第一道曙光，出現在左方地平處。

第三十四章 形勢有異

劉裕抵達大江北岸，天剛放明。

由於眞元損耗過鉅，身疲力竭，又曾失血，劉裕雖擁有超凡的體質，仍差點崩潰下來，自問無力渡江，於是在靠岸的一座叢林坐下休息。大江美景盡收眼底。

江風徐徐吹來，好不清爽。在與敵人糾纏整夜後，分外感到能安然坐於此處的珍貴。眼前一切確實得來不易。

自離開邊荒集後，他每一天都是在驚濤駭浪裡度過，步步爲營，直到此刻，他才眞正感到輕鬆。這並不表示前路變成一片坦途，但至少在這一刻，他擁有大難後的片刻寧和。

陳公公和乾歸追到這裡來的機會微乎其微，最有可能是仍在山區搜索，只是把搜索的範圍擴大。縱然醒悟中計，也會以爲他逃返廣陵，想不到他的目的地是建康。

針對自己的刺殺行動，將會一波一波的展開，並不會因他到建康而終止。不論司馬道子或桓玄，是絕不會容他活在世上。自己定要想辦法應付。

從一個北府兵的小將，變成一個令南方權貴欲除之而不得的人物，是可以自豪的一件事。可惜這並不代表他比別人快樂，因爲他已失去最心愛的女子。

與朔千黛共度的一段時光，時間過得很快，他的心神全被她坦誠直接的如火熱情吸引，令他不再胡思亂想。這情況對他是一種啓發，正如燕飛的忠告，人是不能永遠活在不能挽回的過去裡，讓悔恨和悲傷不住侵蝕靈魂。

人是得向前看的。

在裕州他隱隱感到一個新的開始正在掌握中，這種感覺於此刻猶更眞實和強烈。他必須從以往的哀傷和失意中振作起來，這才算一個全新的轉變。因爲他實在有點負荷不來。

他不能只爲洗雪淡眞的辱恨而去奮戰，雖然那是他生命裡沒法抹除的部分。他身負的是荒人和北府兵兄弟的期望，至乎南方漢人的希望。謝玄慧眼看中他，並非要他當一個復仇者的角色，而是希望自己完成他未竟之志，統一南北，驅逐胡虜，回復大晉的光輝。

一艘戰船出現在上游。

劉裕先是吃了一驚，接著大喜站了起來。來的竟是一艘掛著北府兵和謝琰旗號的戰船。他毫不猶豫奔到岸旁，跳上附近最大的石頭，揚手示意。

如果這是敵人僞裝的，他仍有充裕時間掉頭跑。

戰船鐘聲響起，減慢船速，不住靠近。

船首處出現幾個人，不住向他揮手回應。劉裕用神一看，立即喜上眉梢。

來的竟是宋悲風和王弘。

高彥嚷道：「我的娘！竟這麼多人。」

卓狂生、姚猛、慕容戰、拓跋儀、方鴻生、高彥等全聚在船首處，看著壽陽城外碼頭上熱鬧的情況，有點不敢相信自己的眼睛。

碼頭上聚集了過千人，人人興高采烈，彷如過年過節。

「砰砰嘭嘭！」

高達兩丈的竹架掛起的兩大串爆竹被點燃，一時爆裂聲震耳，在人群的歡叫喝采聲中，兩串爆竹閃起耀眼的火光，送出大量的紙屑煙火和火藥的氣味，大大增添了歡樂的氣氛。

同時擂鼓聲起，四頭醒獅齊舞，不住對靠近的樓船擺出生動活潑的歡迎姿態。

江文清和程蒼古主持的兩艘雙頭船則在樓船後不住穿梭，更添樓船的威勢。

眾人都沒有想過鳳老大弄了這麼一個盛大的歡迎儀式來，一時都看得癡了。

艙廳內，劉裕、宋悲風和王弘圍桌而坐，細訴離情。

戰船掉頭駛往建康。

聽到王凝之父子慘死會稽，謝道韞負傷返回建康，劉裕色變道：「王夫人痊癒了嗎？」

宋悲風答道：「大小姐內傷嚴重，我們想盡辦法，才勉強保住她的命，恐怕要燕飛出手，方有機會令她復元。」

劉裕雙目湧現殺機，心忖如果不能教孫恩和天師軍覆亡，如何對得起謝玄。

宋悲風的聲音傳進他耳內道：「現在二少爺已和劉牢之聯名上稟朝廷，請命出戰平亂，檄文該可在這幾天內接到。」

劉裕向王弘道：「你怎會和宋老哥一起來接我的呢？」

王弘道：「此事說來話長，且是一波三折。我把焦烈武的屍身帶返建康，立即轟動朝野，司馬道子更是陣腳大亂，不知該如何處置劉兄。我把整個情況詳告家父，他問清楚事情的來龍去脈後，聯同多位元老大臣，入稟朝廷，請皇上獎賞劉兄，並加重用。由於劉兄之事朝野皆知，司馬道子無法隻手遮天，可是這奸賊無計可施下，竟翻劉兄的舊賬，指責劉兄與荒人結黨，並放出『一箭沉隱龍』的謠言，蠱惑人心，居心叵測。」

宋悲風冷哼道：「只可惜這託詞不再靈光了。最關鍵處是小裕你若有背叛之心，從邊荒返回廣陵後理該立即處斬，而不該被委以重任，派赴鹽城討賊。」

王弘點頭道：「我爹正是有見及此，請皇上傳召當時到了建康商量對付天師軍的劉牢之，在朝會解釋此事。劉牢之別無選擇，只好全力支持劉兄，表明是他派遣劉兄到邊荒集辦事，且立下軍令狀，以免胡寇取得南來的戰略據點，無罪有功。至於『一箭沉隱龍』，只是荒人說書者的誇說，被民眾循聲附會，根本與劉兄沒有關係。」

宋悲風欣然道：「此事令人發噱，劉牢之是最想害你的人，可是在如此處境下，卻不得不力撐你到底，否則將是欺君之罪，確實非常微妙。」

劉裕冷笑道：「這也是他對北府兵諸將士的一個交代，不然就食言了，何況他仍深信我沒命返廣陵去，說甚麼也沒甚麼大不了的。」

王弘道：「事情水落石出後，司馬道子被逼擢升劉兄爲建武將軍，但卻找諸般藉口，要劉兄留在鹽城收拾殘局。」

劉裕笑道：「他只是拖延時間，好讓他的人有充裕時間收拾我吧！」

宋悲風道：「幸好王珣大人看穿司馬道子的手段，登門來見二少爺，請他出頭要人，際此東面沿海一帶大亂之時，討伐孫恩乃頭等大事，加上佛門的壓力，以司馬道子的強悍，也不得不屈服，正式下令，讓小裕你可名正言順參與討賊的行動。」

王弘欣然道：「我是隨爹拜訪刺史大人，因而結識宋大哥。」王恭死後，謝琰升為衛將軍、徐州刺史，出替王恭之位，故王弘稱其為刺史大人。

劉裕整個人輕鬆起來。謝玄死後，他一直備受排擠，南方各大勢力無不欲置他於死地，幾經辛苦後，他終於再度成功打入南方的權力圈子，雖然要殺他的人只有增加沒有減少，可是在微妙的形勢下，只要他懂得如何玩這個權力鬥爭的遊戲，當機會來臨時，憑建康高門改革派的支持、他在北府兵的影響力，加上對群眾有龐大號召力的佛門撐腰，他將會如彗星般崛起南方。

這條路會是漫長而艱困，但一直活在暗黑裡的他，已看到一線的曙光。

微笑道：「司馬道子以為不論派給我甚麼官職差事，我都沒有命去消受，怎知此著錯得多厲害。」

又問道：「朝廷現在議定了討伐孫恩的策略嗎？」

宋悲風悶哼道：「事實上自司馬曜被妖婦害死，司馬德宗硬被司馬道子捧上帝位，朝廷政令只能行於三吳一帶，真正主事者不是搖搖欲墜的晉室，而是孫恩。如非失意於邊荒集，天師軍早攻至建康城下。現在情況特殊，誰都想保存實力，桓玄如是、司馬道子如是，孫恩和劉牢之也有同樣的想法。唉！只有二少爺不但看不通情況，還自恃曾打敗苻堅百萬大軍，只視孫恩為一個小毛賊，不把天師軍放在眼裡。」

三吳指的是吳郡、吳興和會稽。

王弘接口道：「現在朝廷內外戒嚴，任命刺史大人和劉統領為正副平亂統帥，正在集結兵力，準備分兩路反擊天師軍，大戰一觸即發。」

劉裕心中暗嘆，謝琰比起乃兄謝玄，實在差遠了。淝水之勝，與他根本沒有關係，而他仍迷醉於不屬於他往日的光輝裡。

倘如謝玄仍在，即使以孫恩的智慧武功，恐仍不敢妄動，致自招滅亡。他劉裕身為謝玄的繼承者，定要延續謝玄的威風，不讓奸邪得道。

問道：「孫恩方面的情況又如何呢？」

王弘答道：「王凝之被殺後，孫恩聲勢更盛，八郡亂民群起響應。現時天師軍兵力達三十萬之眾，戰船逾千艘。」

劉裕失聲道：「甚麼？」

宋悲風嘆道：「孫恩如此有號召力，是誰都想不到的事。安公生前一直擔心這情況的出現，所以力圖化解，可惜朝政一直由司馬道子這奸賊把持。安公去後，朝廷更故態復萌，致力保護建康僑寓南方世族的利益，置東晉本土高門豪族的利益不顧。今次孫恩的亂事，是本土豪族積怨的大爆發，所以不可只以亂民視之。追隨孫恩的人中實不乏有識之士，故此天師軍絕不易應付。」

王弘點頭道：「這回天師軍二度作亂，來勢如斯凶猛，正因不乏精通兵法的戰將，其中一個叫張猛的更特別出色。此人號稱『東晉第一把關刀』，不單武功超卓，且用兵之奇不在徐道覆之下，已成天師軍第一號猛將。」

劉裕的心直沉下去，想不到經邊荒集的挫敗後，天師軍的勢力膨脹得這麼厲害。北府兵的總兵力不到十萬，以十萬人去對三十多萬亂兵，而朝廷將領間均各有異心，強弱之況，顯而易見。

王弘喟然道：「王恭被殺後，司馬道子把兒子司馬元顯提拔爲錄尚書事。人們稱司馬道子爲『東錄』，司馬元顯爲『西錄』，而司馬元顯爲創立『樂屬軍』，大灑金錢，弄至國庫虛空。最令人詬病的，是司馬元顯起用作爲樂屬軍將領者，均爲與他朋比爲奸的建康七公子之流，人人都知是阿諛之徒，只有他認爲是一時英傑，又或風流名士。這批奸徒聚斂無已，司馬元顯又肆意縱容包庇，使朝政更是不堪，我們對他們父子已是徹底的失望。」

劉裕眞的頭痛起來，安公一去，建康的政情便如江河日下。他身在局內，比任何人明白建康朝廷諸勢力間的勾心鬥角。大晉的江山，只可以「搖搖欲墜」來形容。

苦笑道：「桓玄又如何呢？」

宋悲風道：「眞奇怪！桓玄最近很守規矩，沒有任何挑釁的行爲。」

劉裕冷哼道：「這只表示他已有完整謀朝奪位的大計，只要去除楊佺期和殷仲堪兩人，他便會全面發動。」

王弘和宋悲風沉默下去。

劉裕很想問宋悲風關於燕飛的情況，卻知不宜在王弘面前談及這方面的事，只好再另找機會。向王弘道：「到建康後，我希望可以盡快拜會令尊。」

王弘欣然道：「此事我會安排，家父也很想見到劉兄呢！」

劉裕起立道：「謝家子弟的鮮血是不會白流的，只要我劉裕有一口氣在，定向孫恩討回公道。我劉裕於此立下誓言，我會將天師軍連根拔起，回復北府兵在玄帥旗下大敗苻堅於淝水的光輝。」

鳳老大領著剛登岸的高彥等人朝壽陽城門走去，群眾夾道歡迎的情況，令眾人仍有如在夢中的不眞實感覺。

他們憑甚麼得到如此盛大隆重的接待呢？

卓狂生第一個忍不住問道：「鳳老大從何處弄了這麼多人來？」

鳳老大神氣的道：「他們全是自發來的。」

高彥失聲道：「竟是自願的？我還以爲是老大用錢收買了他們。」

鳳老大笑道：「這也說得通，不過錢不是出於我的私囊，而是你們派給他們的。」

慕容戰不解道：「我們該沒有花過半個子兒。對嗎？」

最後一句是問高彥。

鳳老大欣然道：「我也沒想過邊荒遊的效應這般厲害，自各地幫會廣爲宣揚後，好熱鬧和想到邊荒一遊的人從各地蜂擁而至，令壽陽興盛起來，所有客棧全都爆滿，店舖酒樓的生意好到應接不暇。你說壽陽城的人該不該感激你們？該不該熱烈歡迎你們？」

眾人恍然大悟。

鳳老大道：「事實上自淝水之戰後，不住有遊人到來想看這著名的南北決戰之地，只因壽陽地近邊荒，不知情者怕多盜賊，所以不敢來遊。可是自邊荒遊的消息傳出，人們戒心盡去，於是都跑來一開眼界。」

又笑道：「淝水旁近日臨時搭建了二十多間酒舖茶寮，全都高朋滿座，不論酒價茶錢如何昂貴，遊人仍樂於光顧。哈！其中十多間都是我們潁口幫開的，還請來了說書先生講述淝水之戰的精采戰情。一邊喝酒品茶，一邊遙想當年玄帥大敗胡人百萬大軍的威勢，怎麼貴都是值得的。」

眾人只有聽的分兒，更感到邊荒遊的不容有失。

拓跋儀問道：「觀光團情況如何？」

鳳老大嘆道：「各地群眾反應的熱烈，是事前想不到的。第一炮後整個月的團都爆滿了，現在怕的不是沒有生意，而是怕應付不來。三艘樓船肯定不敷應用。你們能否再多造幾艘大樓船？」

高彥挺胸道：「這個可以仔細研究。」

卓狂生問道：「明天起程的團友現在城內何處呢？」

鳳老大領著眾人直入城門，門衛不但不問半句，還齊致敬禮。笑道：「各位放心，大小姐交代下來的事，我鳳翔當然辦得妥妥當當。他們全體入住邊荒大客棧，且有免房租的優惠，第一個團怎都該給點特別的好處吧！」

高彥一口道：「邊荒大客棧？怎會這麼巧的？」

鳳老大道：「不是巧合。客棧本名潁川客棧，前兩天才改名作邊荒大客棧，是我幫的小生意。如此才可以配合邊荒遊的威勢。」

又低聲道：「改名後，邊荒大客棧已成遊人首選的宿處，我們正準備拆掉兩旁的舖子擴建客棧。」

卓狂生大笑道：「全是好消息，我們現在是不是該去拜會我們親愛可敬的眾團友呢？」

鳳老大答道：「太守大人想見你們，大家打個招呼，見過太守大人後，各位想幹甚麼，我鳳翔都會好好安排。」

第三十五章　各式人物

見過胡彬後，眾人到了邊荒大客棧，與江文清和程蒼古會合，準備登房拜會團友，豈知大部分團友均趁起程前的多餘時間，去遊覽淝水和有一水之隔的八公山及其上的硤石城。只見到八個團友，他們都是從建康來滿身銅臭的商賈，結伴遣興而來，因返回邊荒大客棧吃午飯，才被他們遇上，看來他們都是借觀光爲名，到邊荒集來看看是否有生意可做爲實。

見過他們後，連卓狂生的熱情都冷卻下來。

接著各人分頭行事，龐義、程蒼古和方鴻生前往市集採購糧食物料，江文清和陰奇回去碼頭打點樓船戰船。其他人隨鳳老大返回位於東城門潁口幫的總壇，於內堂休息商議。

眾人圍桌品茗吃糕點。

高彥接過鳳老大遞來的遊客名單，裝模作樣的在研究，如果不是有鳳老大這個外人在場，卓狂生等早劈手把名單奪過去，以免高彥這小子浪費時間。

鳳老大當然視高彥是邊荒遊的最高負責人，向他解釋道：「這一團只有四十五人，是老夫依大小姐的意思，第一個團盡量不招待太多人，好易於伺候。名單分兩色，白單十二頁共二十八人，這些人全是各地有頭有臉者，身家清白，大多都不懂武功，該不會出岔子。黃單十五頁十七人，這名單上的人來自偏遠地方，出身來歷全由他們自己提供，我們是姑妄聽之，其中七個於名字旁畫上紅圈者，如不是武功高強，便是形相特異，又或行藏古怪。要出問題，便該出在這七個人身上。」

高彥忽然雙目發亮道：「柳如絲，這個女客是否長得很標致？」

鳳老大頹然道：「我也曾經有此誤會。柳如絲只是陪伴其中一個叫商雄的遊客，姿色平庸的青樓姑娘，商雄是襄陽有名的布商，出名畏妻，你們明白哩！」

眾人立即爆起哄堂笑聲，高彥卻毫不感尷尬，但對名單顯然興趣頓失，把名單塞到探頭來看的卓狂生手上。

卓狂生直揭黃單看，一副津津有味的模樣。

鳳老大拍拍高彥肩膀，笑道：「要看美女，定不會教高兄失望。這一團內，可能有兩個絕色。」

慕容戰訝道：「有就是有，沒有就沒有，爲何是『可能有』呢？」

眾人也像慕容戰般生出疑問，靜待鳳老大解說。

鳳老大油然道：「在黃單上有個報稱香素君的女子，便是個非常標致的可人兒，且是個高明的會家子。」

陰奇現出警戒的神色，道：「她來自何處？」

鳳老大答道：「她報名的地方是巴東，自稱爲大巴山的人，一副孤芳自賞的模樣，不與人說話。」

拓跋儀道：「這種人若要到邊荒集去，該不用參加觀光團，我們須留神了。」

鳳老大道：「說起此女，不得不提黃單上另一個叫晁景的人，此人一副風流名士、文武全才的外表，似乎與香素君有點關係。因爲不論香素君到哪裡去，他都追隨在她附近，只不過兩人從不交談，互不理睬，情況耐人尋味，很像一對鬧彆扭的情侶。」

慕容戰點頭道：「來哩！裝出來的只是幌子，事實上他們是合謀的夥伴。」

卓狂生道：「黃單上叫王鎮惡的是怎樣的一個人？此人只是名字已教人觸目。」

高彥抗議道：「不要岔到別處去好嗎？鳳老大仍未解釋另一個可能是美人兒的女客。」

卓狂生不理會他，逕自把名單上批文讀出來道：「年約二十三、四，身材高大，豹頭環眼，氣派逼人，肯定是武功高強的會家子，卻不帶兵器，神態落落寡歡，似有滿腹不平之氣，又若落魄江湖人。但出手很闊氣，該是囊內多金。對出身家世閃爍其詞，報稱為隨郡人，卻有北人口音，不可信。」

接著哈哈笑道：「看！這是否像我們說書的口氣？」

眾人為之莞爾。

鳳老大道：「這是個很古怪的人，三天前到壽陽後，一直坐在淝水旁一塊大石上，任由日曬雨淋，到現在仍沒有離開。似是滿懷心事的樣子。」

姚猛一聽道：「他沒有進食喝水嗎？」

鳳老大笑道：「至於他有沒有偷偷趁黑私下飲食，就非我們所知哩！」

他的話登時惹起另一陣哄笑。

卓狂生笑道：「七個疑人，說了三個，還有四個分別是劉穆之、顧修、辛俠義和談寶，這四個又是甚麼傢伙？」

鳳老大道：「四個人中，除辛俠義外，其他人都不懂武功，只因來歷不明，怕他們懂得旁門左道的東西，才列入黃單內。」

又欣然道：「辛俠義是這些人中年紀最大的，但也不是很老，我看他是未逾六十，卻是白髮蒼蒼，終日喝酒，滿腹牢騷，喝醉了便說江湖的事，不過是二、三十年前的江湖，劍不離身，常說自己是當今之世唯一的俠客。」

卓狂生道：「原來是個活在舊夢裡不願醒過來的怪人。」

鳳老大續道：「劉穆之惹人注目的原因，是他一副名士風範，沉默寡言，不論行住坐臥，都書不離手。與劉穆之相反的是談寶，此人逢人說人話，見鬼說鬼話，口若懸河，深諳奉承諂媚之道，是個大滑頭。」

慕容戰對剛才鳳老大描述的三個人不感興趣，道：「剩下一個顧修，又是甚麼傢伙？」

鳳老大道：「顧修沒有特別之處，只因他報稱的來處是最遠的雲南，又帶著個可能是美女的小姑娘，所以引起我們的注意。如果她眞的長得很美，唉！那就是一朵鮮花插在牛糞上了。」

最感興趣的是高彥和姚猛，連忙追問。

鳳老大道：「顧修是個俗不可耐的大胖子，卻帶著個香噴噴身段迷人作苗族女子打扮的姑娘，由於她以重紗掩面，所以不知她長相如何。看來她非常討厭顧修，顧修說話時她只是低垂著頭，顧修大吃大喝時她便靜坐一旁，曾有人聽過她在房內偷偷飲泣。」

姚猛喝道：「如果是逼良爲娼，我們絕不能坐視。」

卓狂生斜眼睨著他道：「如果只是逼良作小老婆又如何呢？我們辦的是觀光團，不是管人家私事的正義會，在商只言商，你想學高少般來個英雄救美嗎？」

姚猛頹然無語。

拓跋儀道：「鳳老大可肯定顧修不懂武功嗎？」

鳳老大道：「我親自見過所有團客，不過江湖上臥虎藏龍，實不敢保證會否有人高明至可以瞞過老夫。」

鳳老大畢竟是老江湖，不敢把話說盡，好爲自己留下餘地。

此時有人來到鳳老大耳邊說話。

鳳老大起立道：「屠老大來了，已到了大小姐的船上。」

眾人大喜，雖不知屠奉三能否完成任務，至少曉得他仍安然無恙。

劉裕和宋悲風走下甲板，到船尾說私話。

劉裕再細問謝道韞的傷勢。

宋悲風細說一遍後，道：「大小姐這條命算保下來了。」

劉裕道：「我不是小看你老哥的武功，孫恩爲何會未竟全功便離開呢？」

宋悲風嘆道：「我曾多次思索這個問題。大家都是自己人，我不用瞞你，我實在不是孫恩的對手，當時我已落在下風，只望可以令他負上點傷，便死而無憾。可是孫恩卻像沒有殺我之意，處處留有餘地，眞令人難解。他如眞的想引小飛去向他尋仇，理該把我和大小姐都殺掉。」

劉裕道：「或許他是想借老哥你的口，向燕飛傳出訊息，暗示如小飛避而不戰，類似的事件會陸續發生。」

宋悲風搖頭道：「這並不合情理，孫恩創立天師軍，擺明要爭天下，根本不用透過任何人之口，其企圖亦是明顯可見。」

劉裕道：「孫恩和小飛間肯定發生了非常微妙的事，而其中情況，只有他們雙方心裡有數。」

又問道：「通知了小飛嗎？」

宋悲風點頭道：「我已向文清小姐送出訊息，她會設法令小飛知道，唉！眞不願加重小飛的負擔，他正力圖營救千千主婢，可是沒有他，大小姐又沒法復元。」

劉裕陪他嘆了一口氣。

宋悲風道：「拓跋珪是怎樣的一個人？」

劉裕愕然道：「怎會忽然提起他？」

宋悲風道：「拓跋珪現在是建康權貴最熱門的談論對象，人人都關心他和慕容垂關係破裂後的情況，希望他可以阻延慕容垂統一北方的鴻圖大計。」

劉裕心忖建康的高門眞不爭氣，到現在仍是一副偏安心態，難道北伐眞是後繼無人。想到這裡，心中一熱。

答道：「我與他相處的時間很短，但印象卻非常深刻。他是那種有強大自信的人，也因而主觀極強，對我們漢文化有深刻的認識，爲了復國可以不擇手段，他的野心是永無休止的，與小飛是完全相反的兩個人，奇怪他們卻是最好的朋友。」

宋悲風道：「假如今次他能擊敗慕容寶征討他的大軍，他將成爲北方最有資格挑戰慕容垂的人，而拓跋珪和慕容垂的對決，亦指日可待。」

劉裕動容道：「慕容垂眞的派了兒子去送死？」

宋悲風答道：「確是如此。慕容垂因要應付邊荒集的反擊和出關東來的慕容永，沒法分身，不得不由兒子出征盛樂。聽你的話，似乎慕容寶必敗無疑。」

劉裕道：「儘管慕容寶兵力上佔盡優勢，可是決定戰爭成敗還有其他各方面的因素，主帥的指揮和謀略更起最關鍵的作用。龍是龍、蛇是蛇，慕容寶怎可能是拓跋珪的對手？問題只在慕容寶敗得有多慘，而這將決定未來的發展。」

宋悲風搖頭道：「我不明白，輸便是輸了，如何輸也有分別嗎？」

劉裕道：「當然大有分別。慕容垂比任何人更清楚自己的兒子是甚麼料子，更深悉拓跋珪的厲害，所以必把重兵交給兒子，讓慕容寶以優勢兵力彌補其策略指揮上的不足。試想假如慕容寶全軍覆沒，會立即改變拓跋珪和慕容垂兵力上的對比，而慕容垂將出現兵力不足以保衛廣闊疆土的情況。」

稍頓續道：「拓跋珪卻剛好相反，立時聲威大振，北塞再沒有敢挑戰他的人。唯一勉強夠資格的赫連勃勃，會避開拓跋珪，改而向關中發展，更可以坐山觀虎鬥，這是明智的策略，卻使拓跋珪可以集中力量與慕容垂爭天下。而在拓跋珪的勢力範圍內，以前舉棋不定希望能看清楚形勢的草原部落，若要求存將不得不依附拓跋珪，令他實力驟增。此消彼長下，拓跋珪立成慕容垂最大的威脅。加上邊荒勁旅，鹿死誰手，確難預料。」

宋悲風喜道：「如此不是大有可能救回千千小姐和小詩嗎？」

劉裕道：「所以問題在慕容寶敗得有多慘，如果傷亡不重，那拓跋珪風光的日子亦不會太長。不過我深信拓跋珪是不會錯失這個機會的，他是那種膽大包天的人，卻出奇的有耐性，這種人當時機來臨，是不會犯錯誤的。」

宋悲風道：「你會否返回邊荒集主持大局，配合拓跋珪好營救千千小姐主婢呢？」

劉裕道：「荒人可否遠征北方，要看我在南方的作爲。當前首要之務，是擊敗天師軍，解除孫恩對建康的威脅。」

說罷嘆了一口氣。

宋悲風訝道：「你對平定天師軍不樂觀嗎？」

劉裕道：「天師軍崛起得這般快，是有其背後的原因。我們的朝廷眞不爭氣，把前晉那一套照搬過來，嚴重損害了本土世族豪門的利益。安公大樹既倒，司馬道子更是肆無忌憚，倒行逆施，弄至天怒人怨。即使我們能在戰場上打敗天師軍，可是禍根仍在，只有徹底把朝廷的政策改變過來，方可眞正平亂。否則天師軍會像燒不盡的野草，一陣春風便可令其死灰復燃。」

宋悲風默然片刻，苦笑道：「有一件事我不知該否告訴你？」

劉裕愕然道：「究竟是甚麼事？」

宋悲風嘆道：「二少爺對你的印象頗爲不佳。」

劉裕一呆道：「今次我能名正言順回建康，他不是出了一份力嗎？」

宋悲風道：「那是因何謙派系的劉毅爲你說項，而二少爺信任他的看法，否則即使王珣爲你說話，恐怕仍不能改變他。」

劉裕的心直沉下去，道：「我做過甚麼事令他這麼不喜歡我呢？」

宋悲風道：「問題不是出在你身上，打開始他便不同意安公和大少爺提拔你。他看過你寫的字，認定你是滿肚子草包的粗人，根本不是將相之才。」

劉裕失聲道：「他竟去找我寫的字來看？」

宋悲風道：「這是二少爺自恃的一門本領，就是觀字察人之術，坦白告訴你吧！他看不起沒有家世的人，這樣你明白了嗎？」

劉裕不解道：「你不是說過他看重劉毅嗎？劉毅的出身雖然遠比我富有，但仍然是寒門之士，他又爲何會對他另眼相看呢？」

宋悲風訝道：「你竟不曉得劉毅被人稱爲北府兵裡的才子嗎？他博涉文史、滿腹經綸，更是清議的高手，隨二少爺到建康後，不少文人才士都愛與他往來，兼之寫得一手好字，所以極得二少爺的讚賞。」

劉裕回想起劉毅，確是舉止文雅，一副讀書人的樣子。自家知自家事，他的確從不好讀書。謝琰拉攏劉毅亦是有道理的，只有把何謙派系的人收歸旗下，方可與劉牢之分庭抗禮。而他劉裕說到底該算是劉牢之派系的人，謝琰在不明情況下，當然更疏遠他。

想到這裡，心叫糟糕。

果然宋悲風接著道：「所以回建康後，你要有心理準備，二少爺是不會重用你的。你有沒有作爲，決定權是在劉牢之的手上，誰都幫不上忙。」

劉裕頹然無語，千辛萬苦後以爲轉機來了，轉眼便夢想成空。眞想放棄一切，溜往邊荒集了事。

宋悲風道：「小裕你千萬別氣餒，眼前成就得來並不容易。」

劉裕目光投往江水，說不出話來。

第三十六章　變亂即臨

江陵城。

侯亮生抵達桓府，甫進內堂，便曉得有大事要發生了。

桓玄坐於主位，另有六人分兩邊跪坐地蓆上，右邊依次是桓修、桓弘、桓謙和桓蔚，此四人是桓氏一族裡的精英，也是桓玄最信任的人，他的得力臂助。

另一邊坐的是桓玄的兩名心腹大將吳甫之和皇甫敷，兩人曾在征蜀的戰役中表現出色，立下大功，對桓玄更是忠心不二，極得桓玄的寵信。

如果不是有事發生，這批人絕不會坐在這裡。

侯亮生心叫不妙，曉得對付楊佺期和殷仲堪的行動，已是如箭在弦，勢在必發。他前天才見過屠奉三，清楚楊、殷兩人的情況。一邊是蓄勢以待，另一邊則仍猶豫不決，勝敗之數不用猜也可預見。

桓玄一洗自王淡眞自殺身亡後的沉鬱，春風滿面的道：「亮生坐！」

侯亮生壓下心中波動的情緒，到皇甫敷旁跪坐蓆上。

桓玄和顏悅色的道：「亮生！建康方面有甚麼新的消息？」

侯亮生心中忐忑，聽桓玄的語調，他該已向眾人說清楚建康的情況，顯然這個秘密會議已進行了一段時間。剛才他在外堂等了一刻鐘，到此時才被召進來做每天例行的消息匯報，更證實了這個想法。最令他心寒的是他對桓玄召這些人來見一事毫不知情，否則便可以先一步警告屠奉三，讓他通知楊佺期。

忙道：「據昨夜從建康傳來的消息，謝琰被任命爲征討天師軍的統帥，劉牢之爲副帥，大軍將於十天內出發。」

桓玄哈哈笑道：「這樣的搭配，豈是孫恩的對手？司馬道子是自取滅亡，害人終害己。」

桓修點頭道：「司馬道子要借謝琰以壓劉牢之，劉牢之肯定不會心服，這一仗即使謝、劉兩人衷誠合作，仍不易言勝，何況貌合神離呢？」

臉相粗獷，體魄懾人的皇甫敷冷笑道：「謝琰自恃淝水之戰的功業、顯赫的家世，一向目中無人，論才智，實遠比不上乃兄謝玄，此仗他只是去送死。」

桓玄道：「所以我們必須好好掌握這個機會，先孫恩一步進佔建康，否則將後悔莫及。」

眾人轟然答應。

桓玄又向侯亮生瞧去，道：「尚有甚麼其他特別有趣的消息呢？」

自王淡眞辭世後，侯亮生從未見過桓玄心情這般好，暗自驚訝。答道：「有個很壞的消息，劉裕不但大破海賊大海盟，還親手斬殺焦烈武，又把焦烈武的遺體送返建康。」

內堂一時靜至落針可聞。

桓玄該是曾向眾人說及劉裕的事，所以堂內人人明白侯亮生這番話的意義。

桓玄的臉色變得很難看，喃喃道：「劉裕到鹽城有多少天呢？」

桓修比其他人更清楚劉裕的情況，皺眉道：「這是不可能的。」

吳甫之從容道：「侯先生請道出詳情。」

吳甫之如不是穿上軍袍，肯定沒有人看得出他是能征慣戰的猛將，一派溫文爾雅的書生模樣。從來沒有人見過他動氣，他擅使長槍，甚得桓玄器重。

侯亮生道：「據聞劉裕使計活擒焦烈武的情人『小魚仙』方玲，引得焦烈武傾巢而來，卻被劉裕放火燒船，再單挑焦烈武，令焦烈武飲恨城下，接著一鼓作氣下乘勝追擊，把大海盟徹底打垮了。」

桓玄雙目凶光閃閃，沒有說話。

他不說話，誰敢發言。一時內堂氣氛凝重，像有一股無形力量緊壓在各人心上。

桓玄冷哼一聲，打破沉默，狠狠道：「好一個劉裕，讓我看你能得意至何時。」

皇甫敷沉著的道：「此事可交給屬下去辦。」

桓玄搖頭道：「此事我自有安排，不勞皇甫將軍。正事要緊。哼！我才不相信劉裕可以永遠這般走運。」

侯亮生心忖在桓玄眼裡，不論多麼寵信的手下，仍只是一只棋子，須遵從他的意向作出進退，只有他一人明白全局。這是優點，也是缺點，一旦出亂子，手下們會因不明白整個局面而自亂陣腳。

侯亮生尚要說話，桓玄像想起甚麼似的，打手勢阻止他說下去，逕自若有所思的站了起來，眾人連忙隨之站起來。

桓玄不快神色一掃而空，欣然道：「一切依計行事。」

接著匆匆從後門離開。

眾人連忙致禮，到桓玄走後，眾人才從正門離開。

侯亮生隨眾人走出正門，心中泛起大事不妙的不安感覺。

鳳老大與屠奉三打過招呼，說幾句客氣話後，知道屠奉三突然出現，當有要事與各人商量，隨便找個藉口，識趣的離開，留下眾人在樓船的艙廳內。

眾人團團圍著桌子閒聊，江文清一直陪屠奉三說話。

卓狂生聽著鳳老大離去的足音，笑道：「大小姐慧眼識夥伴，與老鳳合作是一種樂趣，既知情識趣，更不是悶蛋，否則有得我們好受。」

江文清以笑容回應卓狂生的讚賞。

高彥訝道：「大小姐今天的笑容特別甜，臉蛋兒又興奮得紅撲撲的，是不是我們的屠老大帶來甚麼好消息？可是軍情是軍情，如何令大小姐立即紅光滿面呢？」

江文清大嗔道：「高彥你給我檢點些。」

卓狂生嘆道：「高小子你沒得到洞庭去，是鐘樓議會的決定，不關大小姐一個人的事，勿要含恨在心，有機會便油嘴滑舌的調侃大小姐。」

慕容戰笑道：「大小姐不要怪高少，對美麗的女孩子他從來欠缺自制力。拿起觀光團的名單，他便不理是白是黃，只挑女的來研究。」

拓跋儀道：「高小子少來你那一套。」轉向屠奉三道：「屠兄是否大有收穫呢？」

屠奉三苦笑道：「恰恰相反，我的行動該算失敗了。」

眾人大訝。

屠奉三道出了情況，然後總結道：「際此桓玄和聶天還隨時發動的時刻，殷仲堪仍是畏首畏尾，猶豫不決，貽誤軍機，令我們沒法配合，勝負之數，已可預見。」

慕容戰點頭道：「桓玄一發動便是攻其不備的雷霆萬鈞之勢，那時我們想幫忙亦無從插手，只能坐看桓玄逐個擊破。」

卓狂生神色凝重的道：「如被桓玄獨霸荊州，他下一步會怎樣走？我們必須評估情況，早做準備。」

屠奉三雙目閃閃生輝，沉聲道：「我明白桓玄這個人，看似肆意行事，全無忌憚，事實上他疑心極重，不但懷疑別人，也懷疑自己。如此疑神疑鬼的人，膽子肯定大不到哪裡去，所以他會採取穩紮穩打的策略，令自己先立於不敗之地，到形勢對他絕對有利的時候，方會揮軍建康。」

江文清道：「屠兄的猜測雖不中亦不遠矣。觀乎上回桓玄與殷、楊兩人兵鋒直指建康，大軍已抵石頭城，可是當曉得劉牢之殺王恭，便半途而廢，還師荊州，正顯示出屠兄所說的性格和作風。」

姚猛道：「如此桓玄究竟會採取哪種策略？」

屠奉三道：「當然是既可以削弱建康，又是他力所能及的戰略。」

拓跋儀道：「那便是封鎖建康上游，令中上游的物資不能運往建康，在此建康忙於平亂的時刻，此著的確可以造成建康很大的損害。」

卓狂生欣然道：「哈！我們大做生意的機會來了。」

屠奉三搖頭道：「桓玄絕不會便宜我們。」

姚猛色變道：「他竟敢來犯我們邊荒集嗎？」

屠奉三冷笑道：「他仍沒有那種勇氣，以慕容垂和姚萇聯合起來的力量，來攻我們的邊荒集，仍要落得焦頭爛額而回，他憑甚麼以爲自己可以辦得到。不過在正常的情況下，他若以奇兵突襲的戰術，要攻克壽陽，是可以辦到的。」

卓狂生一震道：「佔據壽陽，等於截斷我們南面的水路交通，也截斷淮水的交通，此招非常毒辣。」

屠奉三道：「既然我們猜中桓玄的手段，當然不會讓他得逞。桓玄千算萬算，卻算漏了我這個老朋友。今回我定要他二度無功而返，粉碎他的皇帝美夢。」

高彥看著江文清道：「眞令人難解，爲何大小姐會滿面春風的樣子呢？屠老大帶來的該不算好消息吧！唉！眞是教人摸不著頭腦。」

江文清倏地不能掩飾地漲紅了臉蛋兒，嗔道：「是否要我動手教訓你？」

今次連其他人都感到異樣，齊瞪著江文清。

屠奉三解圍道：「不但大小姐心情好，我也感到興奮，原因不在荊州的情況，而是我們剛收到建康傳來天大的好消息。」

慕容戰奇道：「建康可以有甚麼好消息呢？」

高彥拍桌道：「肯定與我們的劉爺脫不了關係。」

江文清連耳根都紅了，她一向冷靜自若，可是劉裕卻像她情緒金鐘罩鐵布衫的唯一罩門死穴，令她被點中時，所有防禦都會土崩瓦解。

屠奉三喝止高彥道：「你說夠了嗎？」

高彥笑嘻嘻的靠往椅背，一副得意洋洋的氣人模樣。

卓狂生道：「究竟是怎麼一回事？」

屠奉三道：「剛收到建康傳來的消息，劉爺在鹽城大破焦烈武，親手斬殺此賊，還把他的屍首送往建康。」

眾人齊聲喝采，精神大振。

屠奉三道：「所以我會立即到建康去，好與劉爺見個面。」

姚猛愕然道：「劉爺不是在鹽城嗎？」

屠奉三道：「爲應付天師軍，北府兵大部分將領均到了建康去，包括謝琰和劉牢之，劉爺若要參與討伐天師軍的行動，必須到建康去爭取機會。就算劉爺仍在鹽城，我可經建康看清楚情況，再決定是否該到鹽城去。」

慕容戰道：「建康因孫恩的亂事，正嚴密戒備，屠當家須小心點。」

屠奉三笑道：「我的船有無懈可擊的僞裝身分，既可以瞞過荊州軍，當然也可以瞞過建康軍。何況得大小姐之助，在建康我們有正當生意往來的商號，這方面該沒有問題。」

江文清笑道：「這不是我的功勞，而是孔老大的功勞，商號是由他供應的。」

高彥失望的道：「你不參加我們的邊荒遊第一炮嗎？」

屠奉三不答反問道：「名單上有可疑的人嗎？」

一直只聽不語的陰奇見自己的老大提問，忙答道：「有緬懷過去光輝歲月的臨暮高手，有攜美偷情的畏妻布商，有準備到邊荒集找尋商機的投機商人，也有不得志的風流名士，又或鬧彆扭的俊男美女，神態曖昧的怪客，但仍沒法認定誰最可疑。」

屠奉三起立道：「如刺客是由我派來，必千方百計令你們不起提防之心，可是只要給敵人掌握到一個機會，便可教我們陰溝裡翻船，各位切記。千萬不可掉以輕心，我們是輸不起的。」

王弘來到劉裕身旁，道：「今晚可抵建康，明早我才陪劉兄到兵部報到述職，今晚劉兄可到我家盤桓些時，大家喝酒談心，不亦快哉。順道可見家父。」

劉裕仍立在船尾，情緒低落至極點，可是仍不得不強顏歡笑，免得被王弘看穿自己有心事。這樣做人的確非常痛苦。宋悲風留下他在這裡，讓他思量對策。可是他左思右想，依然一籌莫展，劉牢之肯定不會給他立功的機會，唯一能給他機會的是謝琰，只恨此人囿於高門寒門之別，又以讀書寫字的方法品人之高下，令他對謝琰徹底的失望。

道：「到建康後遲些兒再找機會拜訪令尊吧！我宜先到謝府去見刺史大人，看他有甚麼指示。」

王弘欣然道：「敝府亦是在烏衣巷內，與謝府只隔了幾間房舍，非常方便。」

劉裕深切地感受到烏衣巷和他像隔了一道不可踰越的鴻溝，這間隔與地域無關，全是心理上的。以前他並沒有這種感受，可是當他想到謝府的主人再不是謝安或謝玄，這感覺便油然而生。

劉裕不想再聽到「烏衣巷」三個字，岔開道：「司馬道子如何處置方玲和菊娘？」

王弘答道：「我回建康後第二天的午時，她們便被公開處斬。」

劉裕皺眉道：「你當時在場嗎？」

王弘道：「我當時應召到尚書府，被盤問尋找焦烈武藏寶地的經過。」

劉裕斷然道：「你被司馬道子騙了，斬的肯定不是方玲和菊娘。」

王弘一呆道：「不會吧！這可是欺君之罪。」

劉裕哂道：「欺甚麼君？朝廷是由我們的白癡皇帝主事還是司馬道子？那晚建康的水師船深夜直闖賊島，航線掌握得一絲不誤，肯定有熟悉海島情況的人在指揮，這個人就是方玲。爲了保命，方玲會以獻出焦烈武過去兩年來劫奪的財富物資作交換，而司馬道子爲了建立新軍，更爲了殺我，當然不會拒絕對他有利無害的交換條件。」

王弘恨恨道：「眞是奸賊。」

又道：「今次幸好得劉兄破賊，否則我返回建康也是死路一條，輕則丟官，永不錄用；重則死罪難逃。不論劉兄有甚麼計畫，我王弘都會拚死追隨。」

劉裕稍感安慰，以王弘身爲王導之孫的顯赫家世，說得出這番話來，表示他摒除了門戶之見，即使他劉裕一意謀反，他仍要矢志追隨，不會有絲毫猶豫。

劉裕探手摟著他肩頭，語重心長的道：「我還有一段很漫長的路要走，王兄心中所想的要好好的隱藏，最好是裝作看不起我這個寒門布衣，這樣對你我都有利。你明白我的意思嗎？」

王弘一呆道：「我明白！劉兄果然是做大事的人。如此我是否仍須爲劉兄安排見家父呢？」

劉裕暗嘆一口氣，道：「現在仍不是時候，時機來臨，我會通知王兄。」

王弘道：「我可以如實把情況告知家父嗎？他眞的很想見你。」

劉裕道：「當然可以，但只限於他一人。」

從宋悲風口中知道謝琰對自己的態度後，他已作了最壞的打算。更清楚被閒置只是小事，最困難的是如何保命。因爲比之任何時候，敵人更有殺他而後快的理由。

第三十七章　智士輓歌

馬車駛離桓府後，侯亮生揭簾召喚心腹手下蒯恩，後者應命催馬趕到馬車旁，俯身道：「先生有甚麼事須小人去辦？」

蒯恩長得身高力大，二十來歲的年紀，出身貧賤，卻非常好學，不但識字，且騎射皆精。兩年前從鄉間到江陵來闖天下，因做人不夠圓滑，又是見義勇爲之輩，開罪了當地的幫會人物，差點喪命，全賴侯亮生無意碰上，爲他解圍，從此跟隨侯亮生，是侯亮生最信任的手下。

侯亮生見他不但人品好，且聰明勤敏，遂傳他兵家之學。

侯亮生神色凝重的問道：「剛才你在南郡公府外廣場等候我的時候，有沒有見到客人來訪？」

蒯恩微一沉吟道：「只有一輛馬車駛入府內，由刁弘親自領路，繞過主堂直入內院方向，除此外便沒有其他訪客。」

刁弘是桓玄親兵的頭子，主要任務是貼身跟在桓玄左右，如非特別的客人，該不用出動刁弘去接人。可想此客不但是桓玄看重的貴賓，且該是剛從外地抵江陵。

侯亮生問道：「馬車是否屬南郡公府上的？」

蒯恩答道：「不但是桓府的馬車，且是南郡公的座駕。」

侯亮生腦際轟然一震，已猜到馬車載的是誰。時間再不容許他有絲毫猶豫，道：「蒯恩，你仔細聽著我現在說的每一句話。」

蒯恩聽出事態嚴重，毫不猶豫的道：「先生儘管吩咐，小恩萬死不辭。」

侯亮生壓低聲音耳語道：「你現在立即由南面出城，趕到荊江下游的水波渡，等我半個時辰，如不見我來，千萬不要再返江陵來，立即日夜趕路到邊荒集去，找一個叫屠奉三的人，告訴他害死我的人是任妖女，其他的，就看你的造化了。」

蒯恩吃驚道：「先生！」

侯亮生低喝道：「廢話少說，快依我的話去辦，我再沒有時間多費唇舌。」

蒯恩雙目湧出熱淚，激動的道：「我在水波渡等先生。」

說畢掉轉馬頭，轉入橫巷去了。

侯亮生哪敢猶豫，向駕車的手下喝道：「改道由東面出城。快！」

御者呆了一呆，連忙加速，轉入往東行的大街。

另三名家將先是見蒯恩忽然離開，然後馬車改向，都不明所以，只好一頭霧水地護車續行。

侯亮生的心「霍霍」亂跳，額角冒汗。

他知道自己並非多疑，而是因他太熟悉桓玄。只有任青媞，才可以令桓玄忘記王淡眞。正因桓玄曉得任青媞回到他身邊，故春風滿面，又迫不及待的中斷會議，好去見任妖女。

事實上任青媞一直是橫梗在侯亮生心頭的一根刺，以她的精明，事後大有可能猜到破壞她行刺的人，並不是侯府的家將，而是屠奉三。因爲像屠奉三那種人物，不要說荊州，天下間又可以有多少個呢？

他本以爲任青媞好馬不吃回頭草，再不會回來，可惜他自負多智，卻在此事上出錯了。幸好他還有最後一著。

城門在望。

出城後，他只要向手下要來駿馬，便可揚長而去，任青媞會否向桓玄揭破他和屠奉三的事，雖仍是未知之數，但他是不會冒此奇險的，桓玄對付叛徒的毒辣手段，想想已教人不寒而慄。

眼看就要出城，密集快速的蹄聲在後方響起，迅速接近。

侯亮生朝後望去，刁弘正率著十多騎狂追而來。

家將們均手足無措。

侯亮生暗嘆一口氣，從懷內掏出準備好了的一小瓶見血封喉的毒酒，緊握在手中。

「停車！」叱喝聲傳來。

侯亮生瀟灑的拔開瓶塞，自語微笑道：「亮生先走一步，請屠兄爲我報仇。」

說罷把毒酒一飲而盡。

送走屠奉三後，眾人回到樓船的艙廳去，此時龐義、程蒼古和方鴻生等回來了，買了兩車東西。

尚未坐下，忽然岸上傳來吵鬧聲，眾人大訝，心想難道竟有人敢公然來鬧事？如果敵人是以這樣的方法來破壞邊荒遊，確是始料不及。

眾人見慣風浪，仍安坐喝茶，只有高彥和姚猛兩個好事者，跳將起來，移往靠岸的窗子，朝岸上瞧去。

只聽見一個蒼老的聲音大喝道：「我辛俠義要登船，誰敢阻我？」

卓狂生愕然道：「辛俠義？莫非是我們的貴客。」

慕容戰笑道：「正是鳳老大說過那終日緬懷昔日光輝的老傢伙。」

高彥傳信回來道：「我們的老俠客醉了，抱著一罈酒硬要登船，怎麼辦呢？」

江文清道：「你高少不是負責人嗎？當然由你決定該如何應付。」

在岸上站崗的荒人兄弟好言相勸，辛俠義卻一概不聽，逕自罵道：「想當年我與祖逖同被共寢，聞雞起舞，揮軍北伐，你們這些小兒尚未出世，現在憑甚麼攔著老夫的路？」

又喝道：「俠之大者，在於為天下間一切不平的事揮正義之劍，知其不可為而為，雖千萬人吾往矣。你們明白此甚麼？快給老夫滾開。」

眾人不能置信地互望，祖逖北伐是七十年前的事，如此老所說屬實，他豈非至少近百歲的高齡？

姚猛苦笑著回來坐下，嘆道：「我們不單要應付刺客、落魄名士、怪人，還須應付老酒鬼。」

卓狂生哈哈笑道：「高少，讓他上來繼續喝酒吧！要來的始終要來，早一晚遲一天並沒有分別。」

高彥聞言喝下去道：「兄弟們，請辛大俠上來吧！」

辛俠義大樂道：「哈！終於遇上有識之士，還敢不讓老夫登船嗎？」

高彥正頭痛時，身後異響傳來，別頭一看，眾人早一哄而散，樓上只剩下他孤零零一個人。

高彥推門而入，卓狂生正對著桌子發呆。

卓狂生道：「我們的大俠走了嗎？」

高彥在他桌旁的椅子頹然坐下，捧頭道：「他走路不穩，可以到甚麼地方去？吵了我近一個時辰後就那麼伏桌睡個不省人事。我叫人把他抬進房內去了，又要派人到客棧把他的行李搬來，如每個客人都要這麼伺候，眞要把人煩死。」

卓狂生道：「他該不是刺客，否則這麼好的機會，怎會不向你這小子出手？」

高彥抹了一把冷汗駭然道：「我完全沒想過這方面的問題，你們算甚麼兄弟，竟留下我一個人面對危險？」

卓狂生哂道：「你是第一天到江湖上來混嗎？要不要我們像奶娘般一天十二個時辰看著你這個初生嬰兒。唉！告訴你吧！我一直在旁聽著你們說話，陪你受苦。如果我說書館的說書先生是像他般的角色，肯定關門大吉，哈！」

高彥道：「差點給他悶出鳥來。告訴我，爲何每個人總認爲只有自己是對的，其他人都不是東西？」

卓狂生道：「這只是個別的情況吧！有胸襟的人自可以包容有別於自己的其他人，看到別人的優點，也因而看到自己的缺點，這才可以進步。像老子我便很欣賞你，包括你的缺點。」

高彥冷哼道：「我有甚麼缺點？」

卓狂生笑道：「你這種不肯認錯的態度正是一種缺點。沒有人是完美的，集缺點、優點於一身，你要雞蛋裡挑骨頭吹毛求疵地去批評，只挑缺點來說，當然可以把對方批評得一文不值，體無全膚。但這卻完全無助於眞相。人是很複雜的，評量一個人，就像看一幅畫，近觀、遠望各有不同，若只湊近至寸許的距離去挑破綻，怎知道畫的是甚麼？明白嗎？」

高彥道：「不論甚麼東西，由你說出來總似有點歪理。」

卓狂生氣道：「歪理？我去你的娘。」

旋又笑道：「幸好我大人有大量，不和你計較。」

高彥問道：「你不繼續寫東西嗎？」

卓狂生道：「小子想幹甚麼？」

高彥道：「你憑淝水之戰的說書賺了大錢，既到此地，豈能不到淝水旁聽書喝酒，遊覽這會名傳後世的著名戰場。」

卓狂生笑道：「小子氣悶了。」

高彥陪笑道：「橫豎離鳳老大擺宴爲我們洗塵尙有兩個時辰，不四處逛逛，如何過日子？」

卓狂生起立道：「這是個好提議，走吧！」

蒯恩躲在岸旁的密林裡，看著一隊追兵奔馳而過，心中難過，不過他已哭盡了淚水。出城後，他的熱淚不受控制的奪眶而出，邊馳行邊哭，肝腸寸斷。

侯亮生不但是他的大恩人，還是他最尊敬的師父。沒有他，蒯恩便沒有今天。

在侯亮生循循善誘、苦心開導下，他從一個未開竅的鄉下小子，成爲一個博涉歷代興衰、通曉兵法的人，這種大恩大德，是他永遠感激的。

過去的兩年，沒有一天是虛度浪費的，他的武功劍法更是突飛猛進，一切全拜侯亮生所賜。所以對眼前的突變，他分外接受不了。

他知道侯亮生完了，且不敢去想他的下場。現在他心中只餘一件事，就是完成侯亮生所託，爲他到邊荒傳話。他不曉得任妖女指的是何人，但他會弄清楚，侯亮生的血仇，已融入他的血液裡，成爲他生命的一部分。

蒯恩掉轉馬頭，馳進密林深處。

卓狂生和高彥沿著淝水，遙觀對岸的八公山，清風徐徐吹來，令人神清氣爽。淝水兩岸遊人此來彼往，非常熱鬧。果如鳳老大說的，在淝水旁搭建的茶寮酒舍擠滿了人，簡直插針不下，兩人只好逛逛算了。

卓狂生忽然止步，指著對岸道：「謝玄該是從這裡領軍殺過來，想想當時他是多麼威風。」

高彥點頭道：「面對百萬大軍，這需要多麼大的勇氣呢？」

卓狂生道：「這才是眞正的俠客，爲了南方萬民的福祉，拋頭顱、灑熱血，在所不顧。這更是經過精密的計算，運用高明的戰略手段，並不是盲目的去做大俠。行俠仗義並不易爲，首先是懂分辨善惡，擇善固執，其次是有能力去伸張正義。而說到底，往往是一個立場的問題。」

高彥笑道：「你也被辛大俠影響了。」

卓狂生捋鬚笑道：「不是受影響，而是被觸發，這是不同的。」

高彥道：「在我們辛大俠眼中，眞正的俠客必須是窮光蛋，開口閉口都是仁義道德，見了美女不能心動，銀兩近在眼前也要視若無睹，不可有權更不可有勢。這樣的俠客恕老子敬謝不敏，否則做人還有啥樂趣？根本不算個有血有肉的人。」

卓狂生道：「酒醉後說的話怎當得眞？他只是發酒瘋罷了！坐車搭船不用錢嗎？不正正當當的去賺錢，難道靠偷、靠搶？沒有付團費，他怎能在超豪華的樓船上作好夢？」

高彥道：「坦白說！我眞的很同情他，因爲他很不快樂。一個人如果深信除了自己以外，其他人都不是東西，肯定非常痛苦。」

卓狂生道：「對人痛毀極詆，或許是另一種快感。所謂文無第一、武無第二。只有踩低別人，方可抬高自己；攻擊的對象名氣愈盛、聲譽愈高，愈能把自己抬得更高。對自己有信心的人，方能容物，有容始大。只有無能之輩，或別有用心者……咦！看！」

高彥循他目光瞧去，一群人正從上游走過來，領頭者是個樣貌衣著均俗不可耐，渾身銅臭味的矮胖子，正口沫橫飛的說著淝水之戰，彷彿他比謝玄更清楚當時發生了甚麼事。

高彥正心忖「有甚麼好看的」，驀然眼前一亮，心神全被悄悄跟在最後方耀人眼目的姑娘吸引。

此女穿寬袖連衣裙，外套對襟背心，頭戴四角小花帽，以金銀線繡製，綴以各色小珠，色彩斑斕，絢麗奪目。身上更穿戴各種裝飾物，耳環、手鐲、項鍊樣樣俱備。走起路來，搖曳生姿，加上她身段勻稱、體態婀娜，只要是男人，都看得怦然心動。只可惜她面罩重紗，令人沒法窺見廬山眞面。

當她挾著香風經過兩人身旁，紗內的眼睛似乎有意無意的看了兩人一眼，旋又似感懷身世，赧然垂下螓首，雖看不見她紗內的表情，卻是令人感到震撼。

美女隨那群商賈打扮的人去後，好一會兒兩人才回過神來。

卓狂生噓一口氣道：「我現在和鳳老大深有同感。」

高彥茫然道：「她看了我一眼。」

卓狂生一肘撞在他肩頭，喝道：「醒來吧！或許她長得很醜呢？」

高彥斷然搖頭道：「以我的觀女之術，這位小姑娘的長相肯定不會差到哪裡去。」

卓狂生皺眉道：「你忘了你的小白雁嗎？」

高彥老臉一紅，惱羞成怒的道：「你是以小人之心度我君子之腹。這麼被逼跟著個奸商楚楚可憐的姑娘，我這俠客可以不起同情之心嗎？她等若快要掉進井裡去的孺子，有惻隱之心的人都該拯救她。」

卓狂生苦笑道：「你這臨時急就章的俠士勿要胡作妄爲，尙未弄清楚情況便妄下斷語，你怎知她和顧胖子是甚麼關係？或許一個是老爹，一個是親女呢？」

高彥道：「鳳老大不是說過有人曾聽過她在房裡偷偷飲泣嗎？」

卓狂生差點語塞，警告道：「對著老爹便不可以哭嗎？他奶奶的，今次我們是要振興邊荒集的經濟，而不是去管人家的私事。只要人家依照我們的規矩，我們便不可干涉客人的事。」

高彥怒道：「見到不平的事，怎可以坐視不理？」

卓狂生勸道：「看清楚情況再看怎麼辦好嗎？算我怕了你。」又道：「坦白告訴我，如果她不是長得這般標致，只像那柳如絲，你會這麼熱心去發掘眞相、熱心幫忙嗎？如果你是眞俠士，不如掏出全副家當去爲柳如絲贖身算了。」

高彥登時語塞。

卓狂生笑道：「所以大俠是不易做的，眞正的大俠，是可爲天下謀幸福，改變社會一切不公平的情況。時候差不多了，要去赴鳳老大請的洗塵宴哩！」

第三十八章　建康戰線

黃昏時分，船抵建康。

與到達鹽城時的心情相比，確有天壤之別。當時劉裕心中充滿危機感，但卻目標明確，只要能擊殺焦烈武，便完成使命；此刻卻是充滿無有著落的無奈感覺。晉室的偉大都城，多他一個劉裕或少他一個，根本不會有分別。曉得謝琰對他的看法後，他完全失去了方向，不知何去何從。

與王弘在碼頭分手後，宋悲風和他憑四條腿朝烏衣巷走去，置身熱鬧依然的建康街道，劉裕感受更深。

宋悲風道：「不要看街上這麼多人，車來馬去的，到亥時戒嚴鐘鳴，建康轉眼便靜如鬼域，那種對比會令人心裡很不舒服。」

劉裕沉默無語，帶著一顆沉重的心，茫然走著。

他的心情是很難向人解釋的，經過這麼多的打擊，掙扎求存到了此刻，本以爲出現了關鍵性的轉變，忽然又受到殘酷無情的沉重打擊，把他的情緒推至谷底，好像過去的努力盡付東流。他體會到失敗，且是徹底的失敗。付出了這麼多後，換來的只是換湯不換藥依然存在的劣勢。他明白劉牢之這個人，他肯冒開罪建康高門大族之險，殺死王恭，顯示他爲了北府兵大統領的權位，是不擇手段的。劉牢之當然不會喜歡司馬道子父子，更肯定是心中痛恨，可他依然肯與司馬道子父子合作，證實了他有更上一層樓的野心。

劉牢之並不甘於只當北府兵的最高統帥，他的目標是成爲另一個桓溫，最後坐上皇帝的寶座，只有這樣他的生死榮辱才不用操縱在別人的手裡，而別人的生死則由他去決定。不過比之桓溫，他卻少了顯赫的出身，令他的帝王之路並不好走。

現在劉牢之最大的障礙，不是司馬道子，更非桓玄，而是謝琰。

謝琰恃著家世，高傲自負，當然不把劉牢之放在眼裡，充其量只視之爲大奴才。謝琰的傲慢，令他沒法準確掌握形勢，容許何謙的派系向他靠攏，正犯了劉牢之的大忌，讓司馬道子分化北府兵的大計，得到預期的效果。

劉牢之顧忌何謙，卻絕不會畏懼謝琰，他會怎樣對付謝琰呢？

劉裕原本的如意算盤，是借謝琰的力量，成爲征伐天師軍的主將，如果他能助謝琰平定天師軍，劉牢之將被壓制。怎想得到本來手下無可用之人的謝琰，忽然接收了何謙派系的將兵，加上他對劉裕的惡感，令劉裕完全失去了利用的價值。

對劉毅他有了新的看法，劉毅太急功近利了，看到有利於他的機會，立即緊握手上，竟沒先和他打個商量。雖是情有可原，卻絕不明智，徒令北府兵再次分裂，在眼前的形勢下，是有損無益的。

宋悲風亦是滿懷感觸，嘆道：「這是個甚麼世界？當年苻堅百萬大軍南來，安公仍是每晚到秦淮河和千千小姐喝酒聊天，建康昇平如舊。如今俱往矣！」

劉裕仍是無言以對。

明天見到司馬道子和劉牢之，他們又會有甚麼手段對付自己呢？不由生出如牲畜在屠場等待被屠宰的感覺。

如果可以開溜，他定會不顧一切逃往邊荒集去。但如此一來，過去的一切努力將徹底白費，自己怎對得起燕飛、荒人兄弟以及北府兵支持自己者的期望？

誰爲淡眞洗雪辱恨呢？

宋悲風訝道：「你在想甚麼呢？」

對宋悲風，劉裕不但絕對地信任，更有一種特別的親近感覺，這種感覺只出現在與宋悲風的交往裡。

燕飛是他最深交的摯友，屠奉三是最好的戰友，但都不像宋悲風般似家人的親密感覺。

嘆道：「劉牢之差我到鹽城去，是要我去送死，可是我卻視爲轉機；現在到建康來，似是天大的轉機，可是我偏有來送死的感覺。」

宋悲風愕然道：「原來你的心情這麼壞，可惜不能找大小姐幫忙，現在只有她對二少爺仍有影響力。大小姐也是最清楚安公和大少爺心意的人。」

劉裕一呆道：「王夫人仍昏迷不醒嗎？」

宋悲風道：「你誤會了，她已可起床，但身體仍然虛弱，神志亦清醒，但在喪夫失子後，我們怎敢讓她再受刺激。她已是非常堅強，比別的人看得開哩。」

此時他們切入貫通大司馬門、宣陽門連接朱雀橋的最繁華御道。

劉裕置身車水馬龍的繁華大道，卻只有斯人獨憔悴的荒涼感受。

兩人轉往南行。

宋悲風語重心長的勸道：「小裕你千萬要振作，不可消沉放棄。安公說過，只有逆境方可以鍛鍊一個人的意志，達致百折不撓的堅強。大少爺不論文事武功，均是天縱之才，缺的正是逆境的磨練。大少爺一輩子太順利了，所以在權力鬥爭上便敗下陣來，幸好安公的慧眼看中了你，你不可以令他失望啊！」

劉裕愕然道：「安公對玄帥竟然有這樣的看法？」

宋悲風道：「不是安公的看法，而是我的看法。你正走在與大少爺截然不同的路上，你艱苦多了，但將來的收成，當在大少爺之上。」

劉裕心忖這是知易行難，苦笑道：「不要把我看得太高。唉！現在除了你外，我眞有舉目無親的孤獨感覺。」

宋悲風沉吟片刻，道：「情況並不如你想像的惡劣，我們亦非全無還手之力。」

劉裕頹然道：「在建康我可以有甚麼作爲呢？朝政由司馬父子把持，我則要聽命於恨不得置我於死地的劉牢之。南方再沒有容我之地，只有邊荒集是我可寄身之所。」

宋悲風倏地立定，側身面向劉裕，沉聲道：「你千萬不可以有這個想法，還要暫時把邊荒集忘個一乾二淨。大少爺之可以贏得淝水之戰，是因爲他清楚退此一步，即無生路。他必須死守淝水的戰線，不讓苻堅跨越淝水半步，正是這種不成功便成仁的態度，使他成就流芳百世空古絕今的美名。你現在的情況亦如是，建康就是你的淝水，敵人的實力雖千百倍於你，可是你卻不能退縮半步，否則你將輸掉一切，以前贏回來的全賠進去。」

劉裕站在車道旁，垂首無語。

宋悲風續道：「建康就是你的淝水，不論敵人勢力如何強大，你如何勢單力薄，可是你只有死守這條戰線，方有可能絕處逢生。這是你最後一個機會，可以重新融入晉室的建制之內，我宋悲風會捨命陪君子，把性命榮辱押在你身上，生死與共。」

劉裕赧然點頭道：「老哥教訓得好，事實上我除了一條小命外，也沒甚麼可以損失的。剛才你說我們並不是全無還手之力，指的是甚麼呢？」

宋悲風答道：「我指的是安公的影響力。安公在世時，建康上自公卿大臣、下至販夫走卒，沒有人不對他敬愛有加。安公雖然去了，但他餘威猶在，我會設法爲你聯結一些人，一有事發生，我們才不致孤立無援。」

劉裕沉吟道：「我最怕是明天見劉牢之後，他會使手段不准我接觸外人，那時恐怕我想與你碰頭都很困難。」

宋悲風哂道：「劉牢之落腳的地方是石頭城，那是他要求的，而現在石頭城亦成爲北府兵在建康的軍營。劉牢之可以阻止任何人去見你，卻攔不住我宋悲風。因爲北府兵上下並不視我爲外人。放心吧！我怎麼都有辦法見到你，至不濟也可以向你通風報信。」

劉裕回復常態，笑道：「劉牢之對司馬道子仍有戒心，怕成爲第二個何謙。不過他該是過慮了，在目前的情況下，司馬道子怎捨得動他。司馬道子現在最希望發生的事，是北府兵和天師軍拚個兩敗俱傷，他便可一舉去了兩個心腹之患，更可以樂屬新軍取代北府兵，再由他兒子當新軍的大統領，專心去應付桓玄，如此司馬道子的江山便可穩如泰山。蠢人畢竟是蠢人，劉牢之霸佔石頭城，徒令建康的高門對他更添顧忌。」

宋悲風欣然道：「小裕回復鬥志哩！」

劉裕笑道：「給老哥你點醒了。我們該走了！」

宋悲風道：「還有幾句話。待會見到二少爺，不論他說甚麼，勿要和他計較，便當是看在安公和玄帥分上吧。」

劉裕道：「我早有此打算。」

兩人對視一笑，繼續行程去了。

燕飛坐在小河旁大石上，閉目養神。

入黑後他們披星戴月的趕路，不得不停下來休息，讓馬兒到河裡喝水。

其他人都不敢來驚擾燕飛，他也樂得自在，可以靜心想想。

尚有十二天，千千百日築基之期將告屆滿，他熱切期待這一天的來臨，他早受夠相思之苦的折磨。

她現在情況如何呢？自滎陽別後，她的倩影一直陪伴著他轉戰南北，令他在最失意落魄的時候仍不覺孤寂。千千火熱的愛，溫暖了他的心，不論前路如何艱困，如何悲觀失望，爲了千千，他會奮鬥至最後的一刻。

拓跋珪來到他身旁坐下，道：「我們該趕過了小寶的先鋒隊伍，我敢肯定小寶正疑神疑鬼，睡不安穩。」

燕飛張開眼睛，入目是拓跋珪閃動著興奮神色的銳利眼神，苦笑一下。

拓跋珪笑道：「仍對戰爭深惡痛絕嗎？有時戰爭是沒法逃避的事，你不犯人，別人也會來犯你。」

燕飛想起紀千千，點頭道：「我明白！」

拓跋珪搖頭道：「你並不明白。」

燕飛點頭道：「是的！我承認，戰爭眞是無法避免的嗎？」

拓跋珪冷然道：「人類愛發動戰爭是與生俱來的，在歷史上從沒有恆久停止過，它已成了我們生活的一部分。」

燕飛搖頭道：「我不能同意這種說法，這只是人的問題。」

拓跋珪笑道：「這不是我們的問題，要怪便該怪老天爺。」

燕飛皺眉道：「這和老天爺有甚麼關係？」

拓跋珪道：「怎會不關老天爺的事？江湖有江湖的規矩，大自然也有大自然的法則。你也不是沒有在草原上生活過，餓狼追逐鹿群時，專挑老弱下手，不夠強壯，跑得不夠快的鹿，便要遭狼吞。由大草原的畜牲到我們人的世界，由始至終都是個弱肉強食的世界。你可以說仁義道德，可以美化侵略的行爲，但說到底仍是強者淘汰弱者的殘酷遊戲。你想拯救你的紀美人，我不想亡國滅族，所以我們今夜在這裡並肩作戰，誓要把敵人趕盡殺絕，其他想法都是不切實際的。」

燕飛仰望星空，再沒有說話。

宴會在鳳老大的華宅舉行，穎口幫香主級以上的人全部出席，還有位料想不到的來賓，就是壽陽的第一號人物胡彬，更明確地表達他對邊荒集的全力支持。

事實上在這山高皇帝遠的地方，他的意向比劉牢之的態度更重要，沒有他首肯，邊荒遊根本難以成事。

鳳老大興致極高，頻頻向眾人勸酒，氣氛融洽，賓主盡歡。宴後鳳老大本要留眾人在宅內住宿一晚，明天才登船起航。不過眾人都心懸停泊城外的樓船，怕有敵人來犯，毀掉生財工具事小，邊荒遊完蛋事大，遂婉言拒絕了鳳老大的好意，告辭離開。

為安全計，在江文清的提議下，三艘船駛離碼頭，於壽陽淮水上游離岸處下錨，同時派人輪更留意水面、水底的情況，做足安全的工夫。此時辛俠義仍酒醉未醒。

卓狂生是愈夜愈精神，拉著陰奇到艙廳下圍棋，惹得龐義、方鴻生去觀戰。慕容戰和拓跋儀雖精通漢語，卻對圍棋一竅不通，看了一會兒便回房休息。

高彥也對要動腦筋的東西不感興趣，正返回艙房，給姚猛在門外截著。

高彥皺眉道：「邊荒遊還嫌沒談夠嗎？我今晚不想再聽到『邊荒遊』三個字，只希望能在夢裡尋到我的小雁兒，好好作個綺夢。」

姚猛陪笑扯著他往鄰房走去，道：「告訴我，你是不是我兄弟？」

高彥咕噥道：「兄弟又如何？難道不用睡覺嗎？」

姚猛推開門，硬扯他到靠窗的椅子坐下，珍而重之從懷裡掏出一張便條，在椅旁的几子張開，道：「上面寫的是甚麼東西？」

高彥側頭一看，讀道：「救我！哈！原來你不識字的嗎？」

姚猛愣了一下，呆望著字條，沒有答他。

高彥鍥而不捨道：「你眞看不懂這兩個字？我可以每天這樣教你認兩個字，可是須收費的，人說一字千金，老子將就一點，五百金一字吧！」

姚猛半跪在他跟前，壓低聲音道：「此事你要幫我的忙，切不可讓其他人知道。」

高彥一頭霧水的道：「你在說甚麼？」

姚猛道：「你曉得誰給我這張條子嗎？」

高彥愕然道：「你不說我怎知道。嘿！竟是有人向你求救嗎？」

姚猛嘆道：「唉！我還以爲是佳人有約，又或飛來艷福，想不到竟然是求救的字條。」

高彥興趣來了，低聲道：「好小子！究竟是哪位佳人求你去救她？」

姚猛道：「就是那位苗族姑娘。」

高彥一呆道：「你怎會和她有接觸呢？」

姚猛道：「還說呢！你和老卓去遊山玩水，我只好代你履行職務，和陰奇兩人到邊荒大客棧與客人打招呼。離開時，剛巧碰到蒙面小美人回來，爲了趕赴鳳老大的宴會，只能在大門處和幾個包括那胖子在內的客人寒暄兩句，當我經過那小姑娘身旁時，她便把條子塞入我手裡。他奶奶的，她的小手眞柔軟。」

高彥拍腿道：「今次我贏了卓瘋子啦，都說那掩面美人可憐兮兮的，偏不信我的話，讓我把條子給他看，瞧他還有甚麼話說。」

姚猛大急道：「你怎可以告訴卓瘋子？」

高彥不解道：「爲何不可以？」

姚猛道：「你忘了我們公告天下，只要依照邊荒遊的規矩，絕不可以干涉客人的私務嗎？」

高彥道：「我們乃俠義之輩，怎可以見死不救？」

姚猛苦惱道：「早知如此，就不叫你看條子上寫甚麼東西。邊荒遊的規矩是經鐘樓議會公決的，誰都不可以違背。」

高彥道：「你不是準備違背嗎？」

姚猛愁容滿面地嘆道：「今次眞頭痛。」

高彥道：「得美人青睞，只有快樂，怎會頭痛？」

姚猛自言自語道：「又不知她長相如何，是否値得這樣做？」

高彥捧腹笑道：「原來我們志同道合，都是見色才會起心的色鬼。」

姚猛氣道：「你究竟是不是我的兄弟？」

高彥拍胸道：「當然是兄弟。你這小子算走運了，如果你拿條子去找老卓幫你認字，肯定他會把『救我』讀作『滾開』，又或『混蛋』，然後燒掉條子，叫你永遠忘記此事。哈！該是『滾蛋』較精采。」

姚猛爲之氣結。

高彥沉吟道：「她肯定在水深火熱之中，且是痛不欲生，所以才胡亂向陌生人求助。」

姚猛搖頭道：「這怎算是胡亂向陌生人求助？她是早有準備，暗藏條子，故能掌握機會，向我們荒人求救。」

高彥道：「陰奇看見她遞字條給你嗎？」

姚猛道：「他走在我前面，當然看不到。」

高彥道：「大家一場兄弟，想不幫你也不行，我們該如何下手營救她呢？」

姚猛道：「此事說易不易，說難不難，問題在如何瞞過老卓他們，又如何交代此事。」

高彥同意道：「對！還有個大難題，就是事後如何安置她？嘻！你會娶她爲妻嗎？」

姚猛跪得腿都瘓了，站起來沒精打采的到几子另一邊的椅子坐下，苦笑道：「你說到哪裡去了？老子是夜窩族的中堅分子，從來沒有興趣娶妻生子，只想過得一天是一天，肆意地享受人生。早知便由你這小子到邊荒大客棧去，不用由我去承受。」

高彥道：「坦白告訴我，你對她心動了嗎？」

姚猛道：「經過她身旁時，我整個人有種飄飄欲仙的奇異感覺，這算不算心動？」

高彥笑道：「不但是心動，且是食指大動。」

姚猛怒道：「不要說笑，我是說正經的。」

高彥道：「我給你弄糊塗了，你究竟想怎樣處置此事呢？」

姚猛頹然道：「我不知道，我的心很亂。」

高彥笑道：「幸好我有小白雁，否則肯定接了你這筆英雄救美的生意來做。讓我告訴你吧！現在一切按兵不動，待明天開船後，我設法弄開顧胖子，你則去探訪蒙面小美人，弄清楚她的苦難、她和顧胖子的關係，然後我們再定進攻退守的策略。明白嗎？」

第三十九章　老臣受辱

劉裕與宋悲風抵達烏衣巷謝府，本來以宋悲風與謝家的關係淵源，該可登堂入室，領劉裕逕自入內，豈知把門家將雖然認得是宋悲風，卻客氣的請他們稍待片刻，讓他們通報。

劉裕和宋悲風均感詫異，可是能有甚麼法子呢？只好在門旁的接待室耐心等候。

不一會兒梁定都匆匆來了，這個人雖然頗有高門之僕見高拜見低踩的習氣，對宋悲風這個一手提拔他的人仍是非常尊敬，禮數十足，但對劉裕則是循例施禮，態度疏遠。

宋悲風皺眉道：「這是怎麼一回事？」

梁定都領著兩人朝主建築物松柏堂的方向走去，低聲道：「這是孫少爺的指示，必須嚴守上下之別，內外之分，一切依規矩辦事。」

宋悲風沉聲道：「包括我在內？」

梁定都頹然點頭。

宋悲風向一臉疑惑神色的劉裕道：「孫少爺就是二少爺的兒子謝混，極得二少爺寵愛，二少爺出任刺史，家裡的事便由他決定。」

劉裕心忖有其父必有其子，不過仍忍不住嘆息謝家昔日的瀟灑風流、不守成法到哪裡去了。當年他和燕飛、高彥與謝家諸領袖對坐商談的日子，肯定不會重現。

梁定都並不是領他們到松柏堂去，而是越過廣場，朝偏廳走去。

梁定都苦惱的道：「大小姐臥床休息，二小姐又不愛理事，現在府內的事，全由孫少爺打點。」

二小姐便是謝琰的妹子，下嫁王國寶。

進入偏廳後，三人席地跪坐一旁，都有點不知從何說起的感覺。

宋悲風道：「二少爺在嗎？」

梁定都道：「二少爺外出未返。」

宋悲風道：「如此我們想先向大小姐請安問好。」

梁定都苦笑道：「這須由孫少爺決定。」

宋悲風光火道：「這小子當我宋悲風是何人？」

此時一名侍婢進來，以茶奉客，宋悲風只好閉口。

侍婢去後，三人再沒有說話，氣氛凝重。

又等了一會兒，梁定都向宋悲風請示道：「讓我去見孫少爺，看他因何事耽擱？」

宋悲風點頭同意，梁定都起身離開。

劉裕嘆道：「究竟是怎麼一回事呢？如非老哥冒死救回大小姐，情況不堪想像，可是謝家卻反把老哥視作外人。」

宋悲風道：「安公、玄帥去後，謝家的子弟太不爭氣了，好的不學，卻學了建康高門的流風陋習。」

劉裕道：「你不是看著謝混長大的嗎？他今年是甚麼年紀？」

宋悲風道：「該有十六、七歲。我一向以爲他可以承繼謝家的風流。此子早熟聰明，十一、二歲便是清談的高手，詩文書畫，樣樣皆精，且儀容秀美，風采不凡，故有『謝混風華，江左第一』的讚譽，更有人說他是東晉這一代第一美男子，且被朝廷欽定為晉陵公主的夫婿，待他到二十歲時成親。」

又道：「他是二少爺的第三子，兩位長兄隨二少爺當官去了，所以謝家由他主事。」

劉裕哂道：「肯定是司馬道子籠絡二少爺的手段。」

宋悲風嘆了一口氣，欲語無言。

這時梁定都滿臉陰霾的回來，於宋悲風旁坐下道：「孫少爺有事未能分身，請宋叔和劉將軍再稍候片刻。」

宋悲風不悅道：「甚麼事這麼重要？」

梁定都欲語還休，最後仍是不敢隱瞞宋悲風，低聲道：「孫少爺和劉毅將軍在忘官軒下棋。」

劉裕失聲道：「劉毅？」

梁定都忙解釋道：「劉將軍勿要怪責劉毅大人，他已準備中斷棋局，趕來見將軍你，只是孫少爺堅持勝負即分，要繼續下去。」

劉裕心忖看來劉毅在建康混得非常不錯，竟能憑布衣的身分，打進最顯赫家族的圈子去。這方面自己真是自認不如。

宋悲風正要說話，足音傳來。

劉裕循聲望去，劉毅正和一年輕公子跨檻入廳，乍然看去，他也不由心中一震。此子身形舉止神氣，有七、八分酷肖謝安，又是風華正茂之時，宛如玉樹臨風，灑脫不群至極，難怪有江左第一美男子之稱。

劉裕心中本來對他印象極壞，可是見到他冠絕江左的儀容神采，竟發覺自己心中怒氣全消，沒法對這近乎完美的少年生氣。

三人連忙站起來，梁定都退往一旁，垂手躬立。

劉毅顯然和謝混稔熟，反客爲主的呵呵笑道：「這位就是我常向三公子提起的劉裕劉將軍哩！是否百聞不如一見呢？」

謝混有如寶石般閃亮的眼眸落在劉裕身上，先是略一皺眉，這才展現有所保留的歡容，微笑道：「謝混見過劉將軍。」又向宋悲風施禮道：「謝混向宋叔請安。坐！坐！不用多禮。」

宋悲風冷哼一聲，神情不悅，沒有回禮，顯是心中仍未能釋然。

劉毅微一錯愕，目光投往劉裕，向他暗送眼色。

劉裕深切明白宋悲風的感受，但卻不想因此把事情弄砸，拉著宋悲風到一旁坐下。

謝混對宋悲風的反應似是視若無睹，著劉毅在另一邊坐下，自己則跪坐於主位。

當下又有侍婢進來奉茶。

劉裕朝劉毅瞧去，這小子昔日因何謙遇害而來的頹喪悲憤已一掃而空，一身仿效高門子弟的打扮衣著，令劉裕感到自己再不認識他。

不過劉毅對他的神態仍是親切如舊，見劉裕往他望來，做出待會喝酒談心的手勢。

謝混神態從容的向劉裕道：「謝混在這裡代表謝家祝賀劉將軍破賊成功，凱旋歸來，榮升建武將軍。」

劉毅嘆道：「劉兄的美事，已傳得街知巷聞，特別是單挑焦烈武，斬殺此賊，更是建康上下近日最熱門的話題。」

劉裕謙虛的道：「只是僥倖而已，劉裕怎敢居功？」

宋悲風早不耐煩，道：「我想和劉將軍向大小姐請安。」

他顯然心中極怒，竟不提謝混的稱謂。

站在一旁的梁定都登時臉色微變。

謝混終掠過不快神色，但仍壓制著自己，柔聲道：「道韞姑母已上床休息，今晚恐怕不適宜，宋叔和劉將軍先在敝府暫歇一宿，明天我會作出安排，請宋叔見諒。」

劉毅幫腔道：「趁這機會我們好好敘舊，這幾天刺史大人一直渴望見到劉兄，劉兄安然歸來就最好了。」

宋悲風卻一刻也待不下去，拂袖而起道：「如此我和劉將軍明天再來拜訪。」

連劉裕也想不到一向好脾氣的宋悲風可以變得如此火爆，可見他受辱於謝家的小兒輩，對他這曾備受謝安器重當作是自己人的首席家將傷害有多深。

今次謝混也慌了手腳，忙起立道：「宋叔請留步，如有怠慢之罪，謝混願受責罰。」

劉裕和劉毅連忙站起來，卻沒法插嘴，此時的情況已演變成謝混和宋悲風之間的事。

謝混現在的態度，亦顯示出宋悲風在謝府中根深柢固的地位。

宋悲風盯著謝混，淡淡道：「請孫少爺指示，我宋悲風何時變成外人了？若是如此，你以後便不該喚我作宋叔。」

謝混朝梁定都瞧去，目光轉厲。

梁定都低垂著頭，不敢呼半口大氣。

謝混轉向宋悲風，低聲下氣的道：「只是一場誤會，謝混怎敢冒犯宋叔呢？是嗎？定都。」

梁定都可以說甚麼話呢？忙答道：「是定都不對，忘了宋叔不是外人。」

宋悲風當然明白梁定都只是爲謝混背黑鍋，但亦知不宜和謝混鬧翻，呼一口氣壓下心中的怨憤，點頭道：「好吧！就當是一場誤會。不過我已失去把酒言歡的興致，明天再來向大小姐請安。」

接著不理會謝混，向劉裕道：「我們走。」

說罷朝大門走去，劉裕只好匆匆向謝混兩人施個禮，跟在宋悲風身後。

謝、梁兩人呆在當場。

眼看宋悲風快要走出門外，驀地一人笑著走進來，喜道：「眞好，宋叔和小裕回來了。」

赫然竟是謝琰。

宋悲風愕然止步。

劉裕也大惑不解，看謝琰一臉喜色的模樣，與他兒子對待他們的態度眞是天壤之別。

難道一向以家世自恃，看不起出身低微者的謝琰，竟忽然轉了性嗎？

《邊荒傳說》卷九終

國家圖書館出版品預行編目資料

邊荒傳說／黃易著. --初版.--台北市：
蓋亞文化，2015.06－
冊; 公分. --

ISBN 978-986-319-153-7 (卷9：平裝)

857.9　　104000521

邊荒傳說

卷 09

新編完整版

作者／黃易
封面題字／錢開文
裝幀設計／克里斯
出版／蓋亞文化有限公司
地址◎台北市103赤峰街41巷7號1樓
電話◎（02）25585438　傳眞◎（02）25585439
部落格◎gaeabooks.pixnet.net/blog
服務信箱◎gaea@gaeabooks.com.tw
投稿信箱◎editor@gaeabooks.com.tw
郵撥帳號◎19769541　戶名：蓋亞文化有限公司
法律顧問／義正國際法律事務所
總經銷／聯合發行股份有限公司
地址◎新北市新店區寶橋路二三五巷六弄六號二樓
電話◎（02）29178022　傳眞◎（02）29156275
初版一刷／2015年06月
定價／新台幣 280元
Printed in Taiwan

ISBN／978-986-319-153-7